Maximilian Maurer

Leichen kann man nicht ermorden

Kriminalroman

Besuchen Sie uns im Internet:
www.hockebooks.de

Maximilian Maurer: Leichen kann man nicht ermorden. Ein Fall für Chief Inspector Hippolyt Gibbs. Kriminalroman

Covergestaltung: Joachim Luetke (www.luetke.com) unter Verwendung eines Motivs von Irantzu Arbaizagoitia / shutterstock.com

Herstellung: BoD – Books on Demand, Norderstedt
Printed in Europe

ISBN: 978-3-95751-282-6

Leichen kann man nicht ermorden

Inhalt

Die Personen dieses Kriminalromans

Mark Kingman (70):
schwerreicher Industrieller und Marineexperte. Besitzt wahnsinnig viel Geld

Charles Kingman (68):
Marks Bruder. Archäologe, braucht Geld, weil er noch Träume hat

Martha Stapleton (62):
Marks Schwester. Ebenso hässlich wie bösartig, verfügt über eigenes Geld

Robert Stapleton (64):
ihr Ehegatte. Erfolgloser Unternehmer, braucht Geld weil er kurz vor dem Ruin steht

Simon Kingman (44):
Sohn von Charles. Scheut die Arbeit und braucht Geld für seine vielen »Hobbys«

Genevieve Foucault-Kingman (36):
Simons Frau. Braucht Geld, um ihren Mann loszuwerden

Judy Kingman (24):
Simons Tochter. Braucht eigentlich kein Geld, nur Liebe

Irene Winters (33):
Marks Nichte. Hat zu viel Geld. Hasst Paul Watford

Paul Watford (38):
Anwalt und Geschäftsführer, kümmert sich um Geld. Liebt Irene

Dr. James Wafer (62):
Arzt und Freund von Mark. Spricht nie über Geld

Richard Blumenfeld (28):
angeblich unehelicher Sohn von Mark. Braucht kein Geld mehr

Victoria Dunbar (42):
hilft für Geld beim Memoiren-Schreiben

Jonathan (56):
ein typischer Butler

Marie (52):
eine exzellente Köchin

Arthur Mills (38):
ein Chauffeur und Mann für alle Fälle

Rose (30):
ein braves Hausmädchen

Crisbin (o.A.):
ein Gärtner und Faktotum

Ann (19) und Sandy(25):
zwei hübsche Aushilfshausmädchen

Frank Coogan (50):
ein Bootstaxiinhaber

Hippolyt Gibbs (44):
Chief Inspector von Scotland Yard

Melanie Poulsen (34):
Detective Sergeant, seine Assistentin

Die Handlung spielt Anfang der 1990er Jahre auf einer fiktiven Insel in der keltischen See vor der englischen Hafenstadt Newquay.

1. Kapitel:
Stürmische Ankunft

Wenn sich zwei streiten,
ist der, der dem Zornigen nicht widerspricht, der weisere.
Euripides, griechischer Dichter

Der kleine Kutter mit den weißen Planken und dem blau abgesetzten Dollbord tuckerte behäbig durch das brackige Wasser des Hafenbeckens. Die Märzsonne hing bleich an einem milchigen Himmel und obwohl sie schon ihren höchsten Punkt erreicht hatte, fehlte ihr die Kraft, die Menschen aus ihren dicken Wintersachen zu schütteln. Draußen vor der Mole, dort wo der Seegang gewöhnlich stärker ist, kräuselte sich das Wasser und ein feiner Dunstschleier lag über der silbrig glänzenden See. Die ersten Fischerboote kamen schwer beladen vom Fang zurück und ein Schwarm Möwen forderte laut schreiend seinen Anteil an der Beute.

»Wird Sturm geben«, seufzte der alte Coogan in seinem Steuerhaus.

Irischer Whiskey und englisches Wetter hatten sein Gesicht gegerbt. Mit sorgenvoller Miene spähte er hinauf zum Himmel. Von der Fischfabrik zog ein unangenehmer Geruch herüber.

Frank Coogan betrieb so eine Art Fährtaxi. Es verkehrte zwischen Newquay und den vorgelagerten Inseln. Eine der Inseln hieß Kingman Island. Ein ruhiger Job, was diese Insel betraf. Einmal die Woche brachte er die Post auf die Insel und wenn nötig lieferte er die Waren aus, die Jonathan, der Butler von Droughty Hall bei ihm bestellt hatte. Ab und an holte er auch den Müll ab. Selten galt es, Besucher auf die Insel zu bringen. Aber allzu viele waren es nicht, die hinüber wollten oder besser gesagt, die dort willkommen waren. Die Insel befand sich in Privatbesitz und bevor Coogan den Motor anwarf, um einen Passagier überzusetzen, rief er auf der Insel an und fragte, ob er den Besucher rüberbringen sollte oder nicht. Und wenn Coogan erst einmal Nein gesagt hatte, dann war das auch ein Nein und man konnte höchstens noch schwimmen.

Einmal im Jahr, genauer gesagt gegen Ende März, herrschte bei Coogan Hochbetrieb was Kingman Island betraf. Denn in der letzten Märzwoche stand Mark Kingmans Geburtstag an. Dann kam die ganze Sippschaft des millionenschweren Industriellen zu Besuch und der kleine weiß-blaue Kutter fuhr ein ums andere Mal.

Heute war Paul Watford der einzige Passagier an Bord. Er war Privatsekretär, Anwalt und rechte Hand von Mark Kingman und es gehörte zu seinen eher unwichtigeren Pflichten, dafür zu sorgen, dass sich die Familie rechtzeitig und vollständig zur Geburtstagsfeier auf Droughty Hall versammelte.

Der Name des Herrenhauses stammte aus der Zeit, als es auf der Insel kein Wasser gab und es nach langen trockenen Sommern schon mal vorkam, dass die Zisternen leer waren.

Seit Paul vor zwei Jahren die Kanzlei seines Vaters übernommen hatte, übertrug ihm Kingman mehr und mehr Aufgaben und heute wurde praktisch das gesamte Kingman-Imperium von Watfords Kanzlei aus gesteuert. Wer den Anwalt zum ersten Mal sah, konnte sich nur schwer vorstellen, dass er der Chef einer so großen und bedeutenden Sozietät war. Er machte vielmehr den Eindruck eines dieser jungen, unbekümmerten Zeitgenossen, wie man sie heutzutage in den Straßencafés der großen Städte trifft. Seine sportliche, aber teure Kleidung, sein wildes, immer ein wenig ungepflegt wirkendes Haar und seine schlaksige Gestalt ließen ihn jünger erscheinen, als er tatsächlich war. Ein warmes Lächeln und eine freundliche, ruhige Art machten ihn den meisten Menschen auf Anhieb sympathisch. Und dennoch verbarg sich hinter der jungenhaften Fassade ein absoluter Profi seines Fachs und wenn es sein musste, auch ein knallharter Manager.

»Sind alle Geburtstagsgäste schon auf der Insel?«, wollte Watford wissen.

»Ja, Sir, Sie sind der letzte, den ich rüberbringe. Am Mittwoch habe ich Dr. Wafer und die Tochter von Mr Simon Kingman übergesetzt, gestern den Rest.«

»Und das mit den beiden Aushilfsmädchen, hat das auch geklappt?«, hakte Watford nach.

»Ach die, die hab' ich ganz vergessen. Die eine hatte nur so'n kurzes Röckchen an, die Ärmste. Muss sich 'n Arsch abgefror'n haben, das arme Ding. Verzeihung Sir. Die beiden kamen schon am Montag, als es so geregnet hat. Hab' ihnen 'ne Plane gegeben, zum Schutz gegen den Wind.«

Das Boot passierte die enge Hafenausfahrt und nahm Kurs auf Kingman Island. Diese Überfahrten, auch wenn sie nicht einmal eine Stunde dauerten, waren für Watford jedes Mal ein großes Vergnügen. Wie viele Landratten bewunderte er alles, was mit dem Meer und mit Schiffen zusammenhing. Er hatte im Heck des Kutters Platz genommen, seinen Koffer und seine Aktentasche zwischen die Beine geklemmt und spielte mit einem kurzen Tampen herum, den er auf dem Schiffsboden gefunden hatte. Von Zeit zu Zeit warf er am Steuerhaus vorbei einen Blick nach vorn. Gern hätte er Coogan gefragt, ob er mal das Steuer übernehmen durfte, aber er wollte sich keine Blöße geben.

Die verschwommenen Konturen der Insel lösten sich langsam in Einzelheiten auf. Schon konnte man die Kaimauer erkennen, das steinerne Bootshaus daneben und den modernen Zweckbau, hinter dessen nüchternen Betonwänden sich ein mit Dieselöl betriebener Stromgenerator verbarg, der die Insel mit ausreichend Strom versorgte.

Kingman Island gehörte zu einer Gruppe von Inseln, die wie auf einer Perlenschnur aufgereiht etwa drei bis vier Seemeilen vor der englischen Südwestküste lagen. Einige der größeren Eilande waren bewohnt, weil sie über ausreichend Trinkwasser verfügten. Die kleineren, wasserlosen Inseln, zu denen auch Kingman Island einst zählte, lagen verstreut dazwischen. Mark Kingmans Urgroßvater hatte den unwirtlichen Felsklotz vor dem Ersten Weltkrieg günstig erworben und mit viel Geld und Geduld in ein wahres Schmuckstück verwandelt. Die Insel war nicht ganz zwei Meilen lang und etwas mehr als eine halbe Meile breit. Aus der Luft betrachtet wirkte sie wie ein sinkendes Schiff, dessen felsiges Heck, die Nordspitze also, steil aus dem Meer ragte, während der Bug bereits unter Wasser lag. Gleichzeitig hatte das Inselschiff auch noch Schlagseite, weil die dem Festland zugewandte Küste flach aus dem Wasser stieg, um quasi an Steuerbord steil abzufallen. Für die Bewohner von Kingman Island war das ein großer Vorteil, denn so spürten sie auf der Insel kaum etwas von den rauen Westwinden der keltischen See. Kingmans Urgroßvater hatte in einer Senke knapp unterhalb des höchsten Punktes der Insel Droughty Hall erbauen lassen. Das Wasserproblem wurde anfangs mit Zisternen gelöst, später brachte man eine Tiefenbohrung nieder und fand mehr als genug des kostbaren Nasses. So konnten nicht nur die beiden Anwesen der Insel mit Frischwasser versorgt werden. Es reichte sogar noch für einen kleinen Bach, der nahe des höchsten Punktes der Insel gefasst, in zahlreichen Mäandern durch saftige Wiesen bis zu einem Tümpel im tiefer gelegenen Teil der Insel hinunter plätscherte. Ein prächtiger Park mit altem Baumbestand rund um das Herrenhaus war der Lohn jahrzehntelanger harter Arbeit von Generationen von Landschaftsgärtnern.

Mittlerweile war das Boot seinem Ziel so nahe gekommen, dass man auch die Holzscheune sehen konnte, die Kingman im Süden der Insel hatte bauen lassen. Dort waren die landwirtschaftlichen Geräte untergebracht, die man zur Pflege des Parks und der Rasenflächen brauchte. Es gab sogar einen Traktor mit Anhänger, der sich die einzige befestigte Straße der Insel mit einem alten Hillman Minx teilte. Der klapprige Kombi diente als komfortable Verbindung zwischen Haus und Anlegestelle. Mills, der Chauffeur, pflegte die beiden Fahrzeuge liebevoll. Watford sah den Hillman schon am Kai warten. Mills lehnte lässig am Kotflügel und rauchte.

Jetzt waren es nur noch wenige Hundert Meter bis zu ihrem Ziel und Watford war traurig, dass sein kleines Seeabenteuer schon wieder zu Ende ging. Die Sonne, die bei ihrer Abfahrt noch das kabbelige Wasser glitzern ließ, versteckte sich jetzt immer öfter hinter hoch aufgetürmten Wolkenbergen und ein steifer kalter Nordost kroch in die Bucht. Mit der scheinbar gelangweilten Routine eines erfahrenen Seebären ging Coogan an der Kaimauer längsseits, exakt dort, wo eine Steintreppe so vorgebaut war, dass man bei jedem Wasserstand bequem von Bord gehen konnte. Watford griff nach seinem Gepäck und sprang leichtfüßig an Land. Coogan tippte zum Gruß an seine

Kapitänsmütze, spuckte einen Strahl Kautabak in die See und machte sich mit aufbrummendem Motor auf den Rückweg. Der junge Anwalt sah ihm noch eine Weile nach, bis das Boot nur noch ein heller tanzender Fleck in der jetzt stärker werdenden Dünung war. Ein Räuspern von Mills riss ihn aus seinen Gedanken.

»Nett, dass Sie mich abholen kommen, Mills. Wären Sie bitte so freundlich, mein Gepäck nach oben zu bringen? Ich möchte gerne zu Fuß hinaufgehen und noch ein wenig meine Gedanken sortieren.«

Mills schnappte sich wortlos Watfords Gepäck und stellte es in den Hillmann. Der kräftig gebaute, bullig wirkende Mann stand schon seit einigen Jahren in Kingmans Diensten. Obwohl er der gleiche Jahrgang war wie Watford, sah er bei Weitem älter aus als dieser. Seine Züge waren hart, der Mund stets etwas verkniffen, die Haut vom häufigen Aufenthalt im Freien derb und mit ersten tiefen Falten versehen. Watford hatte Arthur Mills aus einem Resozialisierungsprogramm der Marine übernommen und war sehr zufrieden mit ihm. Es hieß, er habe einmal einen Vorgesetzten halb totgeschlagen, aber darüber wurde nicht gesprochen. Mills war überhaupt ein recht einsilbiger Mensch, der seine Arbeit gut erledigte und die meiste seiner freien Zeit alleine in der Natur oder in seiner kleinen Wohnung im Gärtnerhaus verbrachte. Es ging das Gerücht, dass er ein Verhältnis mit Rose, dem Hausmädchen habe, aber wenn dem so war, dann verbargen die beiden dies sehr geschickt. Neben seiner Hauptaufgabe, der Pflege des Inselfuhrparks, ging Mills gerne dem Gärtner zur Hand oder machte sich sonst wie im Haus nützlich. Watford schätzte ihn, weil man ihm nichts lange zu erklären brauchte. Wenn Mills sah, dass etwas zu tun war, dann packte er an. Er besaß gute Manieren und wenn Kingman auf dem Festland unterwegs war, dann fuhr Mills den schwarzen Bentley und gab in seiner schicken Uniform eine prächtige Figur ab.

Während der Hillmann mit qualmendem Auspuff klappernd die Vorhut antrat, machte sich Watford zu Fuß auf den Weg. Die schmale, von jungen Birken gesäumte Makadam-Straße führte sanft bergan, vorbei an Wiesen und Hecken. Einige Schafe rupften zufrieden blökend das erste Frühlingsgras ab. Das Haus selbst war von hier unten nicht zu sehen, denn es lag geschützt in einer natürlichen Senke, verborgen von herrlichem altem Baumbestand.

Watford war diesen Weg schon so oft gegangen und doch genoss er immer wieder die Aussicht über die Insel hinweg, hinüber zum Festland, wo man an klaren Tagen die Häuser von Newquay sehen konnte und die Schiffe, die im Lee der Inseln sicheren Routen folgten. Heute war alles ein wenig anders als sonst, wenn er in dienstlicher Eigenschaft kam, um als Angestellter von Mark Kingman Geschäftliches mit ihm zu besprechen oder Papiere zur Unterschrift vorzulegen. Zwar gab es auch diesmal einen offiziellen Anlass für sein Kommen, aber die Einladung zum 70. Geburtstag des Großindustriellen war durchaus privater Natur.

Doch da war auch noch Irene, die Nichte Kingmans. Mit ihr verbanden sich für ihn so viele schöne, aber leider auch schmerzliche Erinnerungen. Er hätte längst einen Strich unter die ganze Geschichte ziehen sollen, aber das schaffte er nicht. Seine Gefühle für sie waren immer noch zu stark. So stark, dass er trotz seiner fast vierzig Jahre nie daran gedacht hatte, sich nach einer anderen Frau umzusehen. Damals, er war gerade als noch unerfahrener Barrister in die Kanzlei seines Vaters eingetreten, hatte alles so hoffnungsvoll begonnen. Irene war aus ihrem schweizerischen Internat zurückgekommen: Zwei junge Menschen, die die Liebe suchten und die zur richtigen Zeit am richtigen Ort zusammentrafen. Gemeinsam durchstreiften sie die Insel, fuhren mit der Motorjacht des Onkels hinüber zu den Kneipen des Festlands oder saßen stundenlang auf den Klippen, um auf das Meer hinauszuschauen, zu rauchen und zu quatschen. Als sie sich zum ersten Mal küssten, ertönte just in diesem Augenblick von fern das Signalhorn eines vorbeifahrenden Kreuzfahrtschiffes und für Paul war das ein unerschütterliches Zeichen dafür, dass ihre Liebe unter einem guten Stern stehen müsse. Fast zwei Jahre lang währte das junge Glück und dann, eines Tages, Irene hatte das Studium der Kunstgeschichte in Zürich aufgenommen, war es so plötzlich vorbei, wie es begonnen hatte. Sie lernte an der Akademie einen anderen Mann kennen, den Sohn eines deutschen Industriellen, der sie zu sich nach Hause einlud und ihr mit dem Scheckbuch seines Vaters die Welt zu Füßen legte. Irene war von dem Deutschen so beeindruckt, dass sie ihn nur wenige Wochen später heiratete. Für Paul brach eine Welt zusammen.

Danach kam eine schwere Zeit für die Kingmans. Marks Frau starb völlig überraschend an Krebs, Jumping Jack, Irenes Lieblingspferd, kam bei einem Transportunfall zu Tode, an dem Paul zwar schuldlos, aber nicht ganz unbeteiligt war, und schließlich der schreckliche Autounfall, bei dem Irene schwer verletzt wurde und das Kind verlor, das sie unter dem Herzen trug. Monatelang lag sie im Krankenhaus und den Ärzten gelang es schließlich, ihre zahlreichen Verletzungen zu heilen. Aber auch wenn ihre körperlichen Wunden verheilt waren, die Wunden an der Seele ließen sich nicht so einfach behandeln. Zu den psychischen Belastungen kam noch die Scheidung hinzu und Irene kehrte schließlich – um einige Illusionen ärmer – wieder nach Kingman Island zurück, wo sich ihr Onkel Marky, wie sie ihn zärtlich nannte, rührend um sie kümmerte.

Aus einem Grund, den Paul bis heute nicht verstehen konnte und den Irene wohl auch selbst nicht genau kannte, machte sie ihn allein für ihr Schicksal verantwortlich und pflegte fortan eine abgrundtiefe Abneigung gegen ihn. Anfangs hatte Paul noch geglaubt, alles würde sich wieder einrenken, er bräuchte ihr nur etwas Zeit zu lassen, aber diese Hoffnung musste er bald aufgeben. Da er jedoch immer mehr zu einem unentbehrlichen Mitglied des Kingman-Imperiums wurde, konnte er auch nicht mehr so einfach aus ihrem Leben verschwinden. So entwickelte sich im Laufe der Zeit eine Art »Waffenstillstand« zwischen ihnen. Er ging ihr, wenn möglich, aus dem Weg und sie tat nichts, um dies zu ändern. Wenn sie sich begegneten, behandelten sie sich mit eisiger Höflichkeit, vermieden aber alles, was irgendwie die frühere Vertrautheit erkennen ließ. Im Grunde war dies nicht allzu schwer, denn Paul kam nur ein bis zwei Mal die Woche nach Droughty Hall und Irene weilte häufig in London, wo ihr Onkel Marky eine kleine Galerie eingerichtet hatte. Aber jetzt würden sie vier Tage unter einem Dach miteinander verbringen und da konnte man sich nicht so ohne Weiteres aus dem Weg gehen.

Während Paul so seinen Gedanken nachhing, hatte er die ersten Baumgruppen der Anhöhe erreicht. Die turmhohen, vom Wind zerzausten Eichen stammten noch aus der Zeit, als Droughty Hall erbaut wurde. Näher am Haus, wo es geschützter war, wuchsen Ulmen und Buchen, die in kleinen Gruppen zusammenstanden und dem Anwesen einen parkähnlichen Eindruck verliehen. Der Anstieg wurde flacher und hinter einer letzten Kuppe wand sich der Weg in einem langen Bogen hinunter in die Senke, in der das Haus stand. Paul warf einen letzten Blick zurück auf den tiefer liegenden Teil der Insel und auf das Meer, das sich jetzt in wilden Gischtfontänen an der Hafenmole brach. Der Himmel hatte sich mit einer tief hängenden, geschlossenen Wolkendecke überzogen und vom Horizont näherte sich eine gefährlich aussehende schwarze Gewitterfront. Der kalte Wind hatte deutlich an Stärke zugelegt und fuhr mit solcher Gewalt durch die noch kahlen Baumkronen, dass sich selbst armdicke Äste mit unheilvollem Knirschen hoch über Pauls Kopf aneinander rieben. Paul schlug den Mantelkragen hoch und beschleunigte unwillkürlich seinen Schritt. Schon bald konnte er zwischen den Stämmen hindurch Droughty Hall ausmachen. Das alte Gemäuer war ganz aus grauem Naturstein gebaut und mit schwarzem Schiefer eingedeckt. Dunkler, fast schwarzer Efeu kroch die Mauern hoch und es schien, als würde sich die Natur das von Menschen erbaute Artefakt Stück für Stück zurückholen.

Droughty Hall bestand aus einem älteren Gebäudeteil und einem später angebauten Westflügel. Von oben betrachtet sah es aus wie ein großes »L«. Über dem Erdgeschoss gab es ein weiteres Stockwerk und ein steil aufragendes Dachgeschoss mit umlaufenden Zinnen und vielen kleinen Mansarden. Der Eingang, zu dem eine breite steinerne Treppe hinaufführte, lag an der Innenseite des »L«, dort, wo sich Haupthaus und Westflügel begegneten. Rechts vom Eingang wölbte sich ein erkerartiger Vorbau aus der Fassade, mit hohen, gotisch anmutenden

Fenstern, die bis zum Dachgesims hinauf reichten. Dahinter verbarg sich die große Halle. Dem Erker vorgelagert lud eine großzügige Veranda an warmen Sommertagen zum Verweilen ein. Sie war so um die Fensterfront des Speisesaals herumgezogen, dass sie mit dem Vorplatz des Eingangs eine Einheit bildete. Wer also die Treppe zum Hauptportal hinaufstieg, konnte entweder durch die schwere geschnitzte Eichentür in das Haus gelangen oder etwas weiter rechts durch die Verandatür des Speisesaals Droughty Hall betreten.

Der Weg wurde jetzt breiter und war mit einer dicken Schicht feinem Kies bedeckt, der bei jedem Schritt leise unter Pauls Sohlen knirschte. Aus alter Gewohnheit folgte er nicht dem in großem Bogen zur Vorderfront des Hauses führenden Weg, sondern nahm eine Abkürzung zwischen den Bäumen hindurch. Als Kind hatte er diesen Weg immer eingeschlagen, weil man so fast unbemerkt das Haus erreichen konnte. Man ging einfach im Schutz der mächtigen Bäume bis zum Haus, dann um den Westflügel herum und gelangte so unmittelbar vor die Treppe zum Haupteingang.

Hätte Watford den offiziellen Weg genommen, hätte er gesehen, dass Irene oben am Treppenabsatz auf ihn wartete. So verwehrte ihm die massive steinerne Brüstung die Sicht auf den Bereich vor der Eingangstür. Ein dicker Regentropfen traf sein Gesicht und gleich darauf ein zweiter. Paul beeilte sich ins Haus zu kommen. Er hielt überrascht inne, als er Irene erblickte. Sie hatte sich breitbeinig oben auf der letzten Treppenstufe vor ihm aufgebaut, die Hände in die Hüften gestützt und sah ihn mit funkelnden Augen an. Ihr welliges rötliches Haar flatterte im Wind. Der Regen wurde stärker und die schweren Tropfen malten erste dunkle Tupfen auf den Steinboden. Irene sah blass und mitgenommen aus. Ihr hübsches Gesicht mit den vielen kleinen Sommersprossen, dem vollen Mund und dem dichten roten Haar wirkte verkniffen und abgespannt. Das hellblaue Strickkleid passte so gar nicht zu ihrer sonst so mädchenhaften Erscheinung. Paul, der nicht wirklich mit einer herzlichen Begrüßung gerechnet hatte, war dennoch überrascht, sie hier zu sehen. Er hatte keine Ahnung, was Irene von ihm wollte, aber er spürte, dass gleich etwas geschehen würde, was ihm sicher nicht gefiel. Er versuchte es mit freundlicher Gelassenheit.

»Hallo Irene. Was für ein reizendes Empfangskomitee. Wollen wir nicht ins Haus gehen? Wir werden sonst gleich schrecklich nass, fürchte ich.«

Paul machte ein ängstliches Gesicht und deutete mit dem Finger zaghaft nach oben. Doch Irene nahm gar keine Notiz von ihm. Ihre Augen blickten kalt. Mit unnatürlich lauter Stimme herrschte sie ihn an. Offensichtlich hatte sie sich genau überlegt, was sie ihm zu sagen hatte.

»Ich habe gesehen, wie Mills deinen Koffer angeschleppt hat. Deshalb wusste ich, dass du ebenfalls jeden Moment erscheinen würdest. Ich muss mit dir reden. Und du wirst mir jetzt zuhören. Jetzt!«

»Aber gerne doch«, wandte Watford ein und startete einen letzten Versuch, ins Trockene zu kommen. »Könnten wir das vielleicht auf später verschieben? In wenigen Minuten habe ich einen Termin bei deinem Onkel und du weißt, wie sehr er Unpünktlichkeit hasst.«

Mit einer ungeduldigen Handbewegung wischte Irene seinen Einwand beiseite. Der Regen wurde stärker, der Wind peitschte die Tropfen in heftigen Böen gegen das Haus. Irene musste schreien, um gegen das Tosen des Sturms anzukommen.

»Glaubst du, ich stehe mir hier die Beine in den Bauch, um mich dann auf später vertrösten zu lassen? Der Regen ist mir egal. Was ich zu sagen habe, dauert nicht lange. Ich habe nur ein paar ganz simple Fragen an dich. Und wage ja nicht, mich anzulügen. Ist es richtig, Paul, dass du hier bist, um mit Onkel Mark ein neues Testament zu besprechen?«

Watford, vom Inhalt der Frage und von diesem unerwartet heftigen Angriff überrascht, nickte unsicher.

»Also ja. Ist es ferner korrekt, dass dein Besuch an diesem Wochenende eher privaten Charakter hat, so wie früher, als …?«

Sie vollendete den Satz nicht, aber beiden war klar, was sie meinte: »So wie früher, als wir noch zusammen waren?« Wieder nickte Watford, der nicht begriff, worauf Irene hinauswollte.

»Dann darf man wohl auch den Gerüchten Glauben schenken, wonach du Chef der neuen geheimnisvollen Holding geworden bist, die künftig alle Geschäfte für meinen Onkel erledigen soll?«

Paul zögerte mit der Antwort, weil er unschlüssig war, wie er auf eine solch offensichtliche Indiskretion reagieren sollte. Sie hatte in der Tat recht, aber eigentlich konnte sie davon absolut nichts wissen. Widerstrebend nickte er.

»Dann wird es wohl auch stimmen, dass dir Onkel Mark ein Angebot unterbreitet hat, ob du …«

Es bereitete Irene sichtlich Schwierigkeiten, das ihrer Ansicht nach Ungeheuerliche auszusprechen. Ihre Stimme zitterte und bekam jenen schrillen hysterischen Unterton, den Paul von früheren Auseinandersetzungen nur zu gut kannte.

»… ob du dich um die alleinstehende, geschiedene Nichte kümmern würdest, wenn es sich entsprechend für dich auszahlt?«

Jetzt war es also heraus. Es war so haarsträubend, so weit entfernt von jeder Realität, dass Paul nicht anders konnte, als zu lächeln. Eigentlich hätte er am liebsten laut losgebrüllt vor Lachen. Doch für Irene war seine Reaktion nichts anderes als schiere Arroganz. Sie hatte die Arme angewinkelt und die schlanken Hände zu Fäusten geballt, sodass die Knöchel weiß hervortraten. Ihr Körper zitterte und ihr Brustkorb hob und senkte sich, als würde sie jeden Augenblick ohnmächtig niedersinken. In diesem Moment öffnete der Himmel alle verfügbaren Schleusen, als hätte er nur auf dieses Stichwort gewartet und beschlossen, die beiden Streithähne einfach fortzuspülen. Aber Irene war noch nicht fertig mit ihm. Sie schrie ihn an. So laut, dass es trotz des Lärms, den die herabfallende Regenflut verursachte, vermutlich jedermann im Hause hören konnte.

»Dann pass mal auf, Paul Watford. Das eine sage ich dir! Dem allen werde ich niemals zustimmen. Um mich braucht sich niemand zu ›kümmern‹. Und du kommst dafür am allerwenigsten infrage. Ich hoffe, dass du das ein für alle Mal kapiert hast. Hast du mir noch nicht genug Leid zugefügt? Was willst du eigentlich noch? Und wenn du noch einen winzigen Funken Anstand im Leib hast, dann erledigst du deine gottverdammte Arbeit hier, so du welche zu erledigen hast, und dann verlass die Insel, wenn es geht, am besten für immer. Ich will dich am Wochenende hier nicht sehen.«

So standen sie sich gegenüber. Wie zwei begossene Pudel. Paul, ausnahmsweise unfähig, die passenden Worte zu finden. Irene, zornig, mit klammen Fingern die tropfenden Haarsträhnen aus dem Gesicht streichend. Ihr Make-up zerfloss in farbigen Bächen über Nase und Wangen. Für einen Moment sah sie so wunderschön aus, dass Paul sie am liebsten in den Arm genommen und so lange geküsst hätte, bis alle diese dummen und falschen Vorwürfe sich genauso in Nichts auflösen würden, wie die kunstvoll aufgetragene Schminke. Doch er stand nur da, unfähig sich zu rühren oder etwas zu sagen. Sein dünner Mantel hielt zwar das Ärgste ab, aber das Wasser bahnte sich in dünnen Rinnsalen den Weg von seinem Gesicht hinunter und tropfte ihm kalt und nass in den Kragen. Irene, die in ihrem Kostüm bis auf die Haut durchnässt sein musste, warf ihm einen letzten hasserfüllten Blick zu, drehte sich um und lief ins Haus zurück.

Die ganze überaus peinliche Szene hatte kaum zwei Minuten gedauert, genau so lang wie der Wolkenbruch, der so plötzlich aufgehört hatte, wie er begann. Watford begriff nur langsam, was da passiert war. Er trat an die breite steinerne Brüstung, zog mit klammen Fingern ein silbernes Etui aus der Sakkotasche und zündete sich mit zitternden Händen eine Zigarette an. Wie zufällig fiel sein Blick auf die Gravur im Deckel. »Für Paul – in Liebe Irene« stand da. Sie hatte es ihm zum Geburtstag geschenkt, vor langer Zeit, vielleicht sogar in einem anderen Leben.

Auf dem Weg vor dem Haus hatten sich große Pfützen gebildet und Paul lauschte der beruhigenden Melodie der Wassertropfen, die von Bäumen und Dächern auf den nassen Boden fielen und sich mit dem wieder einsetzenden Gezwitscher der Vögel mischte, die froh waren, sich wieder in die Lüfte schwingen zu können. Ein paar tiefe Züge aus der Zigarette und sein Verstand begann langsam wieder normal zu arbeiten. Er sah den Rauchfahnen nach, die sich wie Zeichen eines archaischen Brandopfers in den Äther schwangen. Was um

Gottes willen war nur in Irene gefahren? Wie konnte sie nur so einen dummen Verdacht äußern, der nichts, aber auch gar nichts mit der Wirklichkeit zu tun hatte? Sein erster Ärger hatte sich schnell gelegt und seine Sorge galt jetzt Irene, die diesen Unsinn offenbar zu glauben schien. Sie musste zutiefst verletzt sein. Am liebsten wäre er ihr sofort nachgeeilt und hätte den schrecklichen Irrtum aufgeklärt, aber er wusste, dass das jetzt keinen Sinn hatte. Sie würde ihm nicht einmal zuhören. Außerdem musste er sich beeilen. In wenigen Minuten hatte er einen Termin mit Kingman und der schätzte es gar nicht, wenn man unpünktlich war.

Er betrat die Halle, wo Jonathan ihn bereits erwartete. Jonathan hatte sein ganzes Leben bei den Kingmans verbracht. Er war schon als junger Mann zur Familie gekommen. Es war die Zeit, als sich die feinen Herren der besseren Gesellschaft noch einen Kammerdiener leisteten. Irgendwann hatte er dann die Stelle als Butler übernommen und seitdem leitete er den Haushalt der Kingmans. Jonathan sah aus, wie man sich einen Butler schlechthin vorstellt. Er verkörperte vollendet diese Mischung aus Würde, Arroganz und Unterwürfigkeit, die einen guten Butler ausmacht. Er bemerkte jeden Vorgang im Haus, ohne ihn scheinbar zu bemerken. Er war immer da, ohne aufdringlich zu sein, und er hielt das Personal auf Trab. Zugegeben, von der jährlichen Geburtstagsfeier und den gemeinsamen Weihnachtsfeiern der Familie abgesehen, war es auf Droughty Hall ziemlich ruhig geworden seit dem Tod der Hausherrin. Außer dem Hausherren, seiner Nichte Irene, einer wissenschaftlichen Mitarbeiterin namens Victoria Dunbar und der spärlichen Dienerschaft wohnte niemand dauerhaft auf der Insel. Watford kam nur aus dienstlichen Gründen und blieb dann nur Stunden oder Tage und Irene weilte oft genug in London. Ansonsten wurden von Zeit zu Zeit ausgewählte Geschäftsfreunde mit ihren Familien eingeladen, wenn Kingman jemanden beeindrucken oder belohnen wollte. Häufiger Gast war auch Dr. James Wafer, der Hausarzt und Freund von Mark Kingman, der mit dem alten Herrn hin und wieder beim Billard oder beim Schach über alte Zeiten plauderte. Er hatte wie Watford sein eigenes Zimmer auf

Droughty Hall. Watford hielt ihn für einen Schwätzer und ging ihm wenn möglich aus dem Weg.

»Guten Tag Sir, darf ich um Ihren Mantel bitten. Ich werde ihn zum Trocknen aufhängen lassen. Bis morgen ist er sicher wieder ganz passabel. Falls Sie Ihre Tasche benötigen, ich bat Mills, sie in Ihr Zimmer zu bringen. Mr Kingman erwartet Sie dann in fünf Minuten in seinem Arbeitszimmer.«

Jonathan hätte niemals auch nur eine Silbe über den Zwischenfall verloren, deren Zeuge er unzweifelhaft gewesen sein musste. Dennoch hatte Watford das Gefühl, dass ihm eine Woge ehrlichen Wohlwollens und Solidarität entgegenschlug. Und das tat ihm gut, verdammt gut.

2. Kapitel: Gespräche mit Mark Kingman

Ein Mann ohne Sohn
ist wie ein Baum ohne Krone.
Kaukasisches Sprichwort

Als Watford das Arbeitszimmer seines Chefs betrat, erhob sich der alte Herr leichtfüßig aus seinem Sessel hinter dem schweren Eichenschreibtisch. Er ging dem Jüngeren lächelnd entgegen, beide Arme zum Willkommensgruß ausgestreckt.

»Freue mich wirklich sehr, Sie zu sehen, Watford. Bitte denken Sie jetzt nicht, ich hätte Sie nur zum Arbeiten hergelockt. Keine Sorge, Ihr Besuch an diesem Wochenende ist rein privater Natur, auch wenn wir jetzt noch eine Kleinigkeit zu erledigen haben. Aber morgen wird nicht gearbeitet, das verspreche ich. Ich freue mich jetzt schon auf eine Partie Billard mit Ihnen. Vielleicht kann ich Sie ja doch wieder einmal bezwingen.«

Mark Kingman sah man die siebzig Jahre, die er morgen vollenden würde, nicht an. Er war groß und hager und seine sportliche Figur hätte manch Jüngerem zur Ehre gereicht. Er hielt sich kerzengerade, wie man das oft bei Menschen beobachten kann, die einen großen Teil ihres Lebens beim Militär verbracht haben.

Wie meist trug er eine bequeme dunkle Sporthose mit einem sehr noblen cremefarbenen Pullover dazu. Das fast weiße Haar hielt er extrem kurz geschnitten, was ihn jünger, aber auch ein wenig streng erscheinen ließ. Seine tiefliegenden intelligenten Augen waren von einem stechenden Stahlblau und ständig in Bewegung, als wollten sie alles um ihn herum jederzeit unter Kontrolle halten. Dadurch konnte man leicht den Eindruck gewinnen, Kingman sei ein gehetzter, nervöser Mensch. Aber das zu glauben wäre sicher ein Irrtum gewesen. Im Gegenteil: Kingman war das, was man einen besonnenen, planvoll handelnden Charakter nennen konnte.

Sein Arbeitszimmer, das er gern als seine Kommandobrücke bezeichnete, lag im ersten Stock des Westflügels, am Ende einer Reihe von Räumen, die dem Industriellen und seiner Nichte als Wohnung dienten. Es nahm die ganze Breite des Seitentrakts ein und hatte an jeder der drei Außenwände ein hohes Fenster. Trotzdem wirkte der Raum düster, weil die Flächen zwischen den Fenstern mit wuchtigen Bücherregalen aus schwarzem Mahagoni bedeckt waren, die vom Boden bis zur Decke reichten und bis auf den letzten Platz gefüllt waren. Der größte Teil der Bücher befasste sich mit maritimen Themen, von der Geschichte der Seefahrt und der Seekriege bis hin zu Abhandlungen über das Schicksal einzelner Schiffe. Mark Kingman hatte es auf diesem Gebiet zu einem anerkannten Fachmann gebracht und selbst bereits mehrere Werke veröffentlicht, die sich mit der jüngeren Seekriegsgeschichte Großbritanniens befassten und die er in seiner aktiven Zeit noch selbst miterlebt hatte. Er hatte die ganze Karriere durchlaufen, vom Seekadetten bis hinauf zum Commander mit eigenem, wenngleich bescheidenem Kommando. Doch noch vor dem Ende des Zweiten Weltkriegs musste er seine hoffnungsvolle Karriere bei der Royal Navy beenden. Der Gesundheitszustand seines Vaters machte es erforderlich, sich mit der Übernahme des familieneigenen Unternehmens zu befassen. Aber auch auf diesem Gebiet erwies sich Kingman als brillanter Geist und beharrlicher, zielstrebiger Unternehmer. Seine Kontakte bis in die höchsten Marinekreise sicherten ihm so manchen Vorsprung vor seinen

Konkurrenten und im Augenblick gehörte Kingman Enterprises zu den bedeutendsten Unternehmen in der Marine-Branche des Landes. Doch die Bürde, ein derart großes Unternehmen zu leiten, hatte an dem Siebzigjährigen ihre Spuren hinterlassen. So war er schon seit Jahren dabei, die Verantwortung dafür Stück für Stück in jüngere Hände zu übergeben. Zu seinem großen Bedauern gab es keinen geeigneten Nachfolger aus dem Kreis der Familie, keinen, dem er sein Firmenimperium anvertrauen wollte. Seine ganze Hoffnung ruhte deshalb auf Paul Watford, mit dessen Vater ihn bis zu seinem Tod eine herzliche Freundschaft verbunden hatte und der ihn stets anwaltlich gut beraten und vertreten hatte. Paul, der in Kingman mehr als nur seinen Förderer und Arbeitgeber sah, hatte sich in den letzten Jahren unentbehrlich gemacht, was die Leitung des Unternehmens anging. Kingman vertraute ihm völlig. Jeder wusste, dass Watford der Kronprinz war. Kingman dagegen zog sich Schritt für Schritt aus dem Unternehmen zurück. So blieb ihm jetzt genug Zeit, sich seinem Hobby, der Marine zu widmen. Im Augenblick schrieb Kingman an seinen Memoiren. Aus diesem Grund hatte er eigens eine wissenschaftliche Mitarbeiterin engagiert, die ihm mit viel Fleiß und Sachverstand zur Hand ging.

Außer dem Schreibtisch, vor dem zwei spartanisch aussehende Besucherstühle platziert waren, gab es noch eine kleine Sitzgruppe vor dem Kamin. Dazwischen standen Vitrinen mit einigen sehr schönen Schiffsmodellen von alten Fregatten bis hin zu modernen Schlachtschiffen. Über dem schweren Eichenbalken, der den Kamin oben abschloss, hing ein großes, einfach gerahmtes Gemälde, das die verstorbene Ann Kingman, Marks Frau, zeigte. Trauerflor zierte die linke obere Ecke des Bildes. Mark sah es oft und lange an und dann dachte er mit Wehmut an seine geliebte Ann.

Watford hatte gegenüber von Mark Kingman an dessen Schreibtisch Platz genommen und die mitgebrachten Papiere ausgebreitet.

»Wie ich sehe, Watford, haben Sie bereits alles vorbereitet.«

»So ist es, Sir, es gab noch einige formale Kleinigkeiten zu klären, Aber ich glaube, wir haben das alles ganz ordentlich hingekriegt. Wollen Sie, dass ich den Inhalt nochmals mit Ihnen durchgehe, bevor Sie unterschreiben?«

»Aber nein Watford, das wird nicht nötig sein«, entschied Kingman und zückte seinen Füller, um mit schwungvoller Bewegung die Dokumente eines nach dem anderen zu unterzeichnen.

»Wir werden also«, fuhr Kingman fort, »die Sache heute Abend nach dem Dinner verkünden. Ich werde zunächst eine kurze Ansprache halten und meine Beweggründe für die Maßnahme erläutern. Dazu werde ich wohl einen der anonymen Briefe präsentieren. Anschließend ziehe ich mich zurück und Sie übernehmen das Kommando. Erklären Sie der Familie die Einzelheiten. Ich habe Jonathan angewiesen, die Bibliothek entsprechend herzurichten und für Erfrischungen zu sorgen.«

»Alles klar, Sir, genau so werden wir es machen.«

Kingman bedeutete Watford, der Anstalten machte, sich zurückzuziehen, er möge noch einen Moment bleiben.

»Da wäre noch etwas Watford. Ich werde jetzt, wie Sie sich wohl denken können, ein ernstes Gespräch mit meiner Nichte führen müssen. Ihre Attacke auf Sie war durch das offenstehende Fenster nicht zu überhören und ich kann das nicht einfach so übergehen. Im Anschluss daran schicke ich sie zu Ihnen. Erklären Sie ihr alles und auch, dass sie meine Haupterbin sein wird. Aber sie soll den anderen gegenüber den Mund halten. Ihr vertraue ich völlig und ich möchte nicht, dass sie sich irgendwelche unnötigen Sorgen macht. Trotzdem halte ich sie im Augenblick für ein verdammt ungezogenes Mädchen. Es sollte sich endlich jemand um sie kümmern, bevor sie ganz aus dem Ruder läuft.«

Damit war eigentlich alles gesagt und Watford sammelte seine Unterlagen zusammen. Im Hinausgehen sagte er: »Verzeihung Sir, es ist mir etwas peinlich, aber ich halte es unter den gegebenen Umständen für besser, Ihrer Nichte nichts zu sagen. Ich könnte morgen abreisen und es würde keinen unnötigen Ärger geben. Ich denke, wenn sie erst begreift, dass ihre Ängste unbegründet sind, wird sie sich schon wieder beruhigen.«

Kingman, der ebenfalls aufgestanden war und durch das Fenster in den Park hinabsah, wandte sich um.

»Danke für Ihren gut gemeinten Rat, Watford. Aber das wäre Flucht. Wenn der Feind angreift, muss man sich stellen, so oder so. Ihr Ansinnen können Sie vergessen. Ich bestehe darauf, dass Sie hier bleiben und morgen meinen Geburtstag zusammen mit mir und der Familie feiern. Die sollen sich ruhig schon mal ein wenig an Sie gewöhnen. Vor Ostermontag lasse ich Sie keinesfalls aufs Festland zurück.«

Auf seinem Gesicht, das eben noch hart und geschäftsmäßig aussah, zeichnete sich ein mildes Lächeln ab. Mit einem Augenzwinkern fügte er hinzu: »Noch bin ich hier der Chef, Watford. Und ich wähle meine Geburtstagsgäste aus, nicht Irene!«

Watford versuchte einzulenken: »Verzeihung Sir, aber ich denke, Ihre Nichte hat einfach etwas überreagiert. Wenn Sie jetzt zu hart mit ihr ins Gericht gehen, wird es so aussehen, als hätte ich mich über sie beschwert.«

»Keine Sorge, junger Mann, das werde ich schon klarstellen. Aber es ist nett von Ihnen, dass Sie sie in Schutz nehmen, und es spricht für Ihren Großmut, aber ich werde doch mit ihr reden müssen. Schon weil ich wissen will, wie sie zu diesen abstrusen Anschuldigungen kommt. Also dann, wir sehen uns zum Dinner.«

Damit war Paul entlassen. Kingman betätigte den Klingelknopf und wenig später erschien Jonathan.

»Sie wünschen Sir?«

»Bitte bestellen Sie meiner Nichte, dass ich sie unverzüglich auf der Kommandobrücke sprechen möchte. Die Angelegenheit ist dringend und duldet keinen Aufschub.«

Es dauerte nicht lange, bis Irene dieser Aufforderung nachkam. Sie hatte die nassen Sachen gegen Jeans und einen dicken flauschigen Pulli getauscht und stand nun vor ihrem Onkel wie ein harmloses kleines Schulmädchen. Sie wusste genau, was jetzt kommen würde. Aber sie wusste auch, wie man seinen Lieblingsonkel um den Finger wickelt. Kingman deutete auf einen der Stühle vor dem Kamin.

»Komm, Mädchen, setz dich. Ich muss mit dir reden.«

Irene tat, wie ihr geheißen. Trotzig, aber nicht ohne Zuneigung sah sie ihren Onkel an.

»Ich hätte mir denken können, dass sich Watford über mich beschwert. Er ist und bleibt ein Ekel. Jetzt wirst du mir wohl die Leviten lesen.«

Kingman stand vor dem Fenster und hatte ihr den Rücken zugewandt. Eine Weile sagte er gar nichts. Irene saß in ihrem Sessel, das rechte Bein über die gepolsterte Armlehne baumelnd, und sah nicht so aus, als hätte sie Angst vor ihrem Onkel. Die Sache schien sie eher zu amüsieren. Doch Kingmans Stimme klang hart und abweisend, als er sich plötzlich zu ihr umdrehte.

»Du scheinst eine Vorliebe für falsche Schlussfolgerungen zu haben, meine Liebe. Das solltest du dir abgewöhnen. Erstens hat sich Watford nicht beschwert und zweitens, ich habe nicht die Absicht, mich in Dinge einzumischen, die dich und Paul betreffen. Das ist allein eure Sache. Mich interessiert ganz etwas anderes.«

»Woher weißt du dann von unserem Streit, wenn nicht von ihm?«, unterbrach ihn Irene.

Als hätte er auf diesen Einwand gewartet, dreht sich Kingman um und öffnete das Fenster. Draußen hörte man den Regen, der jetzt wieder eingesetzt hatte, auf die Treppe vor dem Eingang prasseln. »Ich saß vorhin an meinem Schreibtisch und habe gearbeitet. Das Fenster stand offen, so wie jetzt, und ich konnte jedes Wort eurer Unterhaltung verstehen. Oder sollte ich besser sagen, deines Monologs. Ich frage dich, wie du zu diesen Behauptungen kommst.«

»Stimmen sie denn etwa nicht?«

»Beantworte meine Frage, Irene. Von wem hast du diese Informationen?«

»Von Tante Martha.«

»Von Tante Martha?«, wiederholte Kingman mit ungläubigem Staunen.

»Ja, sie ist immer bestens über alles informiert.«

»Und du hast diesen himmelschreienden Unsinn geglaubt? Diese Frau ist eine notorische Lügnerin, auch wenn sie bedauerlicherweise meine Schwester ist. Willst du mir allen Ernstes einreden, dass du die Hirngespinste von Martha für bare Münze genommen hast?«

Irene zuckte mit den Schultern. »Warum nicht? Ich saß heute Mittag auf der Veranda, um ein bisschen Sonne zu tanken. Eines der Fenster zum Speisesaal stand offen und Martha erzählte alles ihrem Mann. Ich habe nicht gelauscht. Ich saß nur da und musste alles mit anhören. Zuerst war ich natürlich etwas skeptisch, wie Robert auch, aber sie sagte, sie hätte das alles aus erster Hand. Außerdem«, fuhr Irene triumphierend fort, »hat Watford doch alles zugegeben …«

»Papperlapapp!«, unterbrach sie Kingman. »Er hat nur zugegeben, dass er auf meine Anweisung hin das Testament geändert hat, und dass ich ihn zum Chef einer neuen Firma im Unternehmen gemacht habe, sonst nichts.«

Kingman schloss das Fenster. Er ging zum Kamin und setzte sich auf den Stuhl neben Irene. Als er weitersprach klang seine Stimme leise und ein wenig brüchig. »Damals, als mein Bruder und seine Frau bei dem Flugzeugabsturz ums Leben kamen, da haben meine Frau Ann und ich keine Sekunde gezögert, dich zu uns zu holen. Und wir haben es nie bereut. Wir hatten dich bald so lieb gewonnen, als wärst du unser eigenes Kind. Du hast uns oft für all unsere Liebe entschädigt, mit deinem Lachen, mit deiner liebevollen Art. Als meine Frau starb, warst du es, die mir über die schwere Zeit hinweggeholfen hat. Ich liebe dich wirklich von ganzem Herzen. Deshalb muss ich dich etwas fragen.«

Ohne auf eine Antwort zu warten fuhr Kingman fort. »Du weißt, dass ich große Stücke auf Watford halte. Ich habe mir immer einen Sohn wie ihn gewünscht und ich wäre stolz, wenn er es wäre. Aber hältst du es nach all dem was wir beide zusammen erlebt haben wirklich für möglich, dass ich ihm oder irgendeinem anderen Mann Geld oder einen Posten anbieten würde, damit er dich zur Frau nähme? Glaubst du das?«

Irene griff nach seiner Hand und versuchte ein zaghaftes Lächeln. Doch Kingman entzog sich ihr und fuhr unerbittlich fort. »Das ist keine Antwort auf meine Frage, Irene. Also, glaubst du das?«

Das Lächeln war aus Irenes Gesicht verschwunden und sie hielt den Kopf gesenkt.

»Nein, Marky, ich glaube nicht, dass du so etwas tun könntest. Bitte verzeih mir meine Dummheit.«

Kingman schloss die Augen.

»Dann ist ja alles gut, mein Liebes.«

Er nahm ihre Hand und drückte sie zärtlich.

»Aber eine Bitte habe ich doch noch.«

»Ja?«

Man konnte Irene ansehen, dass sie ahnte, was jetzt kommen würde.

»Ich möchte, dass du mit Watford sprichst und die Sache aus der Welt schaffst.«

»Muss das wirklich sein, Onkel Mark? Du weißt doch, wie sehr ich ihn verabscheue. Auch wenn ich ihm jetzt vielleicht unrecht getan habe, ich hasse ihn. Ich werde mich nie, hörst du, nie, mit ihm aussöhnen.«

Wie ein kleines ungezogenes Mädchen schlug sie zornig mit den Fäusten auf die Stuhllehnen. Doch Kingman blieb hart.

»Du musst ihm ja keinen Heiratsantrag machen. Ich will nur, dass du dich für dein Verhalten heute Mittag entschuldigst. Ihr beide werdet heute Abend neben mir sitzen und ich möchte keinen Streit an meinem Tisch. Also: Du wirst mir den Gefallen tun müssen. Betrachte es als dein Geburtstagsgeschenk an mich.«

3. Kapitel: Watford macht sich Gedanken

Gedanken wollen oft – wie Kinder und Hunde – dass man mit ihnen im Freien spazieren geht.
Christian Morgenstern

Paul stieg den steilen Weg zu den Nordklippen hinauf. Die Luft roch klar und würzig. Der Regen hatte mal wieder eine Pause eingelegt, doch der Boden war gefährlich glitschig. Linkerhand reichte der Blick zwischen lockerem Buschwerk und vereinzelt stehenden Bäumen hindurch weit hinaus auf die offene See. Dort, wo der Weg nahe am Klippenrand verlief, konnte Paul beobachten, wie sich tief unter ihm das Meer in gewaltigen Gischtfontänen an den Felsen brach. Ein falscher Schritt und der tödliche Absturz in die Tiefe wäre hier unvermeidlich. Zu seiner Rechten fiel das Gelände weniger steil ab. Der karstige Hang war mit Geröll übersät. Dazwischen ein paar kümmerliche Büsche, Moos- und Grasflächen. Ein Steinadler schoss unvermutet hinter ein paar Felsbrocken hervor und gewann kreisend an Höhe. Unten am Hang, wo das Gelände flacher wurde, sah man die Dächer von Droughty Hall zwischen den unbelaubten Baumkronen des Parks.

In Gedanken war Paul noch immer mit den Anschuldigungen beschäftigt, mit denen ihn Irene bei seiner Ankunft konfrontiert hatte. Dabei schmerzte ihn am meisten die Behauptung, seine Karriere im Kingman-Unternehmen hätte er lediglich der Zusage zu verdanken, sich um sie zu »kümmern«. Es war Paul klar, dass diese Sicht der Dinge nicht von Irene selbst stammen konnte. Das musste ihr jemand eingeredet haben. Jemand mit einer bösartigen, kranken Fantasie. Irene wusste im Grunde nur zu gut, dass er sie selbst ohne jeden Pfennig mit Handkuss nehmen würde. Trotzdem hatte sie den Unsinn geglaubt. Die Einflüsterung musste also von jemandem gekommen sein, dem sie vertraute. Und die Information musste relativ frisch sein, sonst hätte sie ihm gegenüber nicht so spontan reagiert. Sie konnte es ja kaum erwarten, ihn an der Treppe abzufangen, um ihn zur Rede zu stellen. Es musste also jemand aus der Familie gewesen sein, der ihr diesen Floh ins Ohr gesetzt hatte. Paul ging in Gedanken alle Mitglieder der Kingman-Familie durch und es wurde ihm relativ schnell klar, dass außer Martha Stapleton, der intriganten Schwester von Mark Kingman, niemand anderer infrage kam. Er würde sich vor dieser Frau in Acht nehmen müssen. Und er würde aufpassen müssen, dass der Einfluss von Martha auf Irene nicht überhandnahm.

Paul hatte den höchsten Punkt des Wegs erreicht. Er verlief hier etwas unterhalb des Klippenrandes und folgte dem Verlauf der Insel in östlicher Richtung. Vom Wind zerzauste Bäume und dichtes Buschwerk sowie der weiter ansteigende Hang zu seiner Linken versperrten den Blick auf die Irische See. Paul verließ den Weg und steuerte bergwärts auf einen Felsvorsprung zu. Wie oft war er hier schon hinaufgeklettert. Es war einer der Lieblingsplätze von Irene und ihm. Hier waren sie früher oft gesessen. Bei guter Sicht konnte man den Leuchtturm von Trevose Head sehen. Doch nicht heute. Der Horizont war wolkenverhangen und passte zu Pauls Stimmung.

Er hatte sich insgeheim auf diese Geburtstagsfeier gefreut. Auf das Wiedersehen mit Irene. Hatte insgeheim sogar auf die Chance einer Versöhnung gehofft. Paul war nicht so naiv zu glauben, Irene würde mit fliegenden Fahnen zu ihm zurückkehren. Nein, das bestimmt nicht. Aber dass sie ihm schon bei der Ankunft eine Szene machen würde, das hatte er auch nicht erwartet. Nun schien es fast aussichtslos, während der Feiertage auf eine Normalisierung ihrer Beziehung zu hoffen. Ihre Worte waren deutlich genug gewesen. Ein schneidender Wind, der durch Pauls Strickjacke pfiff, vertrieb ihn schnell von seinem Aussichtspunkt. Er duckte sich am Fuß des Felsen in eine Nische und wie er so vom Wind geschützt dasaß und die salzige Brise in sich aufsog, da stiegen plötzlich Erinnerungen in ihm auf. Erinnerungen an lang vergangene Tage, an glückliche Tage auf Kingman Island. Wie oft hatte er mit Irene im Wettstreit den vor ihm liegenden Abhang erstürmt. Wie oft hatten sie von hier aus papierene Segelflieger auf die Reise ins Tal geschickt, hinunter zum Gärtnerhaus. Und wie sehr hatten sie sich gefreut, wenn ein besonders gut gelungenes Exemplar den Weg bis ganz nach unten gefunden hatte. Nichts schien sich verändert zu haben in den letzten dreißig Jahren. Nur das wie eine Kapelle anmutende Brunnenhaus gab es damals noch nicht. Es markierte die Stelle, wo vor etlichen Jahren erfolgreich nach Wasser gebohrt wurde. Und auch der kleine Bach, der vom Brunnenhaus aus in vielen Windungen munter den Berg hinabplätscherte, war neu.

Schon als kleiner Junge war er oft auf der Insel gewesen. Ann Kingman, Marks Frau, die keine eigenen Kinder bekommen konnte, war ganz vernarrt in ihn. So fühlte er sich wie selbstverständlich auf Droughty Hall zu Hause. Er hatte sogar sein eigenes Zimmer und immer wenn ihn der Vater wieder nach Newquay mitnahm, war das ein kleines Drama. Für ihn ebenso wie für die etwas jüngere Irene, für die er damals der liebste und wichtigste Spielkamerad war. Als dann die Schulzeit begann, beschränkten sich seine Besuche mehr auf die Wochenenden und auf die Ferien. Und doch wuchs schon in dieser Zeit der Keim seiner Liebe zu Irene heran. In seiner Fantasie war Irene für Paul so eine Art Königstochter. Er dagegen der Ritter, der auf dem fernen Festland kämpfte und nach jedem erfolgreichen Kampf nach Hause zurückkehrte. Für die behütete Irene war er vermutlich die wichtigste Verbindung zur weiten Welt, auch wenn seine »weite Welt« nur bis zur Primery School in Newquay reichte. Dann kam das College in Oxford und die Trennung wurde noch intensiver, als Irene in die Schweiz auf ein berühmtes Nobelinternat geschickt wurde. Und doch. Jetzt, wo beide zaghaft ein neues, ihnen noch unvertrautes Interesse am anderen Geschlecht verspürten, sahen sie sich in einem neuen Licht. Irene war mittlerweile zu einer aparten Schönheit erblüht. Und jedes Mal, wenn sie sich auf Kingman Island trafen, war es, als würde ein geheimnisvolles Band sie aneinanderfesseln. Jeder suchte die Nähe des anderen, wollte mit ihm über seine Sorgen reden und über alles, was sie beide bewegte. Und es kam, wie es kommen musste. Es war ein heißer Tag im August. Sie saßen auf einer Decke im spärlichen Sommergras, nicht weit von der Stelle, an der sich Paul jetzt befand. Irene trug ein sehr kurzes rotkariertes Röckchen und darüber nur ein dünnes weißes T-Shirt, unter dem sich ihre Brüste reizvoll abzeichneten. Als ein Windstoß das kurze Röckchen hochwehte, konnte Paul für einen kurzen Moment den weißen Slip darunter sehen. Pauls liebeshungriger Blick schien Irene zu gefallen, denn sie sah ihn mit einem seltsamen Lächeln von der Seite an und schob langsam, Zentimeter für Zentimeter, den Saum ihres Rockes höher, bis er zwischen ihren leicht gespreizten Schenkeln ihr Höschen sehen konnte. Wie auf ein geheimes Kommando fielen sie über einander her und gaben sich alles, was ihre jungen Körper an Liebe und Zärtlichkeit aufbieten konnten. Es war ein Rausch neuer prickelnder Gefühle und Paul dachte im Nachhinein, dass sich an diesem Tag alles entlud, was sich an Zuneigung zwischen ihnen seit jenen Kindertagen aufgestaut hatte. Von diesem Moment an gab es in Pauls Leben keinen Gedanken mehr an eine andere Frau. Und auch Irene signalisierte durch ihre Haltung zu Paul, dass aus dem früheren Spielkameraden und Freund nun die Liebe ihres jungen Lebens geworden war. Die Familie Kingman, aber auch Pauls Vater betrachteten die Beziehung mit Wohlwollen und vor allem Mark Kingman hätte es gerne gesehen, wenn die Freundschaft zu Pauls Vater durch eine Verbindung der Kinder besiegelt worden wäre.

Jedes Mal, wenn Paul sich von seiner Irene trennen musste, verursachte ihm ihre Abwesenheit regelrecht körperlichen Schmerz. Und Briefe und Telefonate sind bekanntlich nur ein schwacher Trost für zwei inniglich Liebende.

Das Band der Liebe zwischen Paul und Irene schien unzerstörbar. Und doch dauerte das Glück nur etwas mehr als zwei Jahre. Er hatte sein Studium fast beendet, sie ging nach Zürich, um ein Kunststudium aufzunehmen. Mit der Zeit wurden ihre Anrufe seltener, die Briefe belangloser. Paul wollte es nicht wahrhaben, schob alles auf die neue Situation in Zürich und redete sich ein, dass Irene eben zu beschäftigt sei. Aber schon bald musste er erkennen, dass sie ihm regelrecht entglitt. Wenn er sie darauf ansprach, erhielt er nur ausweichende Antworten, und wenn er nachhakte, kam es sogar zum Streit. Er solle ihr nicht nachspionieren und nicht wie eine Klette an ihr hängen. Seine Liebe würde sie erdrücken, behauptete sie. Dann, eines Tages, Irene hatte nicht den Mut, es ihm selbst zu sagen, meldete sich ihre beste Freundin, die Paul flüchtig von einer Party her kannte. Sie brachte ihm nicht gerade schonend, aber unmissverständlich bei, dass Irene jetzt einen neuen Freund habe, einen gewissen Georg Winters aus Norddeutschland, und dass Paul doch bitte so nett sein möge, keine Szene zu machen. Es sei eben, wie es sei.

Paul, der nicht verstand, was da passiert war und es auch nicht verstehen wollte, brauchte lange, um mit dieser Entwicklung der Dinge fertigzuwerden. Versuche, sich mit Irene auszusprechen, scheiterten, weil sie sich ihm verweigerte. Wochen später kam die Verlobungsanzeige und kurz darauf die Einladung zur Hochzeit. Diesmal hatte Irene sogar ein paar private

Zeilen an ihn gerichtet, doch Paul ignorierte das alles. Er wollte jetzt nur noch vergessen. Dass er das niemals schaffen konnte, wurde ihm jetzt, wo er im Schutz des Felsens saß und seinen Gedanken nachhing, wieder einmal deutlich. Eigentlich sollte er ins Haus zurückkehren und sich für den Abend vorbereiten, aber die Erinnerungen hielten ihn fest.

Als Paul damals zu begreifen begann, dass Irene wohl für immer aus seinem Leben verschwunden sei, legte er seine ganze Energie in sein Studium der Rechte. Sehr zur Freude seines Vaters, denn jedes Jahr, das ins Land ging, bescherte ihm einen besseren und gewiefteren Mitstreiter in seiner Kanzlei. Vater und Sohn übernahmen mehr und mehr Aufgaben für Kingman. Über Irenes »Verrat« wurde nicht gesprochen. Man hätte nicht sagen können, dass Paul Irene abgeschrieben habe. Oder dass er sie gar hasste, für das, was sie ihm angetan hatte. Nein, so war es nicht. Er liebte sie noch immer. Er wusste zwar, dass es keinen Sinn hatte, auf ein Einlenken von ihr zu hoffen, aber aufgeben hätte er sie niemals können. Am traurigsten von allen war wohl Ann Kingman. Sie litt sehr darunter, dass sich Irene für den Deutschen entschieden hatte. Lebte sie doch jetzt weit weg von Kingman Island, irgendwo in der Nähe von Hamburg. Daran konnten auch die wenigen Tage nichts ändern, die Irene von Zeit zu Zeit auf der Insel verbrachte. Zu dieser Zeit dachte wohl niemand daran, dass Irene schon bald wieder zurückkehren würde. Und doch sollte es so kommen.

Die Nachricht war für alle ein Schock. Zuerst hieß es, Irene sei bei einem Autounfall getötet worden. Dann Stunden später die Nachricht, sie sei wohl am Leben, jedoch lebensgefährlich verletzt. Mark Kingman flog in Begleitung von Paul sofort nach Hamburg und nach Tagen des Bangens und Hoffens war das Schlimmste überstanden. Langsam erfuhr man mehr über den Unfall und wie es dazu kommen konnte. Offenbar hatte sich Irene spät nachts nach einem Ehestreit betrunken an das Steuer ihres Wagens gesetzt und war ziellos durch die Stadt gerast. Dabei hatte sie eine rote Ampel übersehen und ihr Kleinwagen kollidierte mit einem Lastwagen, der die Morgenzeitungen auslieferte. Dank der Kunst der Ärzte überlebte Irene, doch gegen die Trauer über den Verlust ihres Kindes, das Irene damals unter dem Herzen trug, waren die Ärzte machtlos. Mark Kingman, der die ersten Wochen nach dem Unfall in Hamburg blieb, verbrachte die meiste Zeit am Krankenbett seiner Nichte. Pauls Hoffnung, nun würde alles wieder so werden wie früher, erfüllte sich nicht. Irene war ihm gegenüber höflich, aber distanziert und behandelte ihn nicht wie die einstige Jugendliebe, sondern wie einen x-beliebigen Angestellten ihres Onkels. Hinzu kam, dass Paul eines Tages im Hotel Besuch von den Anwälten der Familie Winters bekam, die ihm unmissverständlich klarmachten, dass die Ehe mit Georg Winters geschieden werden müsse. Als Grund wurde ganz unverhohlen damit argumentiert, dass Irene nun vermutlich nicht mehr in der Lage sei, der Familie den begehrten Erben zu liefern. Paul, der mit dem deutschen Familienrecht nicht vertraut war, übergab den Fall einer renommierten Hamburger Kanzlei und die Sache ging ohne großes Aufsehen und in beiderseitigem Einvernehmen über die Bühne.

Aber gerade das machte Irene Paul zum Vorwurf, als sie nach vielen Wochen endlich wieder nach Hause zurückkehrte. Sie war der festen Meinung, Paul hätte sie im wahrsten Sinne verkauft, um sein eigenes Süppchen zu kochen. Natürlich stand Irene mit dieser Meinung ziemlich alleine da. Aber alle Versuche von Mark Kingman und anderen, Irene von diesem völlig absurden Verdacht abzubringen, scheiterten. Irene hatte ihren Sündenbock gefunden. Ihrer Meinung nach war einzig und allein Paul an ihrem Elend und an ihrer gescheiterten Ehe schuld und das ließ sie ihn bei jeder Gelegenheit spüren.

Paul erhob sich und machte sich auf den Weg zurück zum Haus. Er war ein optimistischer Mensch. Und was Irene anging, so würde er die Hoffnung nie aufgeben.

4. Kapitel: Tipps unter »Feinden«

Der Weise gewinnt mehr Vorteile durch seine Feinde als der Dummkopf durch seine Freunde.
Benjamin Franklin

Irene war wütend. Am meisten über sich selbst. Wie konnte sie sich nur in diese missliche Lage bringen. Wieso war sie auf das dumme Geschwätz ihrer Tante hereingefallen. Langsam stieg sie die steile Treppe zum Dachgeschoss hinauf. Der lange Korridor, der sich in dieser Etage durch das ganze Haus zog, lag im Halbdunkel vor ihr. Ein letzter Rest Tageslicht fiel durch zwei Fenster an beiden Enden des Korridors und wies ihr zaghaft den Weg. Links und rechts wurden die weiß gekalkten Wände von mehreren Türen unterbrochen.

Übers Jahr waren die meisten dieser Zimmer unbewohnt oder wurden als Abstellkammern benutzt. Jetzt dienten sie dazu, einen Teil der Geburtstagsgäste zu beherbergen. Am Ende des Korridors hatten Jonathan und die Köchin Marie ihre Räume und auch die Aushilfsmädchen waren hier untergebracht worden. Irene steuerte auf die Tür zu, hinter der Pauls Zimmer lag. Es war das schönste und größte auf dieser Etage und Paul bewohnte es immer dann, wenn er auf Droughty Hall über Nacht blieb. Schon als Kind, wenn er seine Ferien auf der Insel verbringen durfte, war das sein Zimmer. Als Paul schon ein großer Junge und Irene noch ein kleines Mädchen mit Zöpfen war, spielten sie oft hier oben zusammen, wenn das Wetter einen Aufenthalt im Freien nicht zuließ. Miteinander suchten sie dann in den Schränken und Truhen der Mansardenzimmer, wie man sie offiziell nannte, nach geheimen Schätzen. Irene verscheuchte die Erinnerungen an diese Zeit. Das war nicht der Paul, den sie jetzt gleich um Entschuldigung würde bitten müssen. Das war eine andere Welt, ein anderes Leben und ein anderer Paul.

Jetzt stand sie vor Pauls Tür. Sie sah sein Gesicht vor sich, wusste genau, was er sagen würde, wenn sie ihre Entschuldigung vorbrächte. Sie sah sein überlegenes, gütiges und dabei doch so herablassendes Lächeln vor sich, sein aufgesetztes

Alles-verstehen-alles-verzeihen-Gehabe und sie war nahe daran, kehrtzumachen. Doch sie durfte sich unmöglich so einfach über den Wunsch ihres Onkels hinwegsetzen. Zum einen, weil sie ihn liebte und er sehr traurig wäre, würde sie sich weigern, zum anderen, weil sie selbst wusste, dass sie einen Fehler gemacht hatte. Aber sie würde kämpfen und ihr Hass auf Paul würde nicht weniger stark sein, wenn sie es hinter sich gebracht hatte.

Sie blieb einen kurzen Augenblick vor der Tür stehen und schloss die Augen. Jetzt nur nicht nervös werden. Ruhig bleiben. Sie wusste, dass sie stets rote Flecken im Gesicht bekam, wenn sie sich aufregte. Das sollte er keinesfalls sehen. Sie klopfte zwei Mal kurz, richtete sich kerzengerade auf und trat ein, ohne auf eine Antwort zu warten. Watford saß an einem kleinen Tisch in einer Fensternische und blätterte in einigen Papieren. Draußen war es dunkel geworden. Das warme Licht einer Stehlampe verbreitete heimelige Atmosphäre im Raum. In dem kleinen Kamin rechts von der Tür brannte ein bescheidenes Feuer und erfüllte den Raum mit einem angenehm harzigen Duft und einem beruhigenden Knistern. Eine Atmosphäre, wie man sie sich wünscht, wenn man nach einem langen Spaziergang nach Hause kommt und sich wohlig müde in einen Sessel fallen lässt, um eine Tasse Tee zu trinken.

Paul hatte sein Sakko über das Bett gelegt, die Ärmel seines weißen Hemdes waren bis zu den Ellenbogen aufgekrempelt und seine Krawatte baumelte lose um seinen Hals. Mitten in der Bewegung hielt er inne und sah Irene scheinbar überrascht an.

»Hallo Irene, was führt dich denn zu mir?«

Irene war ein paar Schritte weit in das Zimmer hineingegangen und stand jetzt mitten im Raum, hoch aufgerichtet vor ihm.

»Als ob du das nicht wüsstest, Paul«, sagte sie völlig ruhig und fuhr fort: »Onkel Mark möchte, dass ich mich für mein Benehmen von heute Mittag entschuldige. Und das tue ich hiermit. Okay?«

Paul warf die Akte, die er gerade in Händen hielt, lässig auf den Tisch, lehnte sich zurück und schlug die Beine übereinander. Ihre Worte waren eine deutliche Provokation und Paul war drauf und dran zu bemerken, sie könne sich ihre Entschuldigung an den Hut stecken, denn sie käme ja ohnehin nicht von Herzen. Aber er besann sich anders. Er lächelte sie freundlich an. Seine Worte klangen nach der milden Strenge, mit der ein Vater seiner geliebten, aber unerzogenen Tochter Absolution erteilt.

»Du brauchst dich nicht zu entschuldigen, Irene. Wenn du es doch tust, dann freut es mich umso mehr. Wichtig ist mir nur, dass du einsiehst, dass deine Verdächtigungen von heute Nachmittag völlig ohne realen Hintergrund sind. Das ist mir wichtig. Willst du dich nicht setzen?«

»Nein!«, lautete die kurze, barsche Erwiderung Irenes. »Ich wüsste nicht, was es noch zu besprechen gäbe.«

Sie drehte sich um und ging grußlos zur Tür. Als sie die Hand ausstreckte, um nach der Klinke zu greifen, ließ sie eine Bemerkung Pauls innehalten.

»Was weißt du über die anonymen Briefe, Irene?«

Pauls Stimme klang hart und schneidend. Es war keine Frage, sondern es klang eher wie der Vorwurf, dass sie nichts darüber wusste. Irene hielt in der Bewegung inne. Als sie sich umwandte, war ihr Gesicht blass und voller Sorge.

»Wovon sprichst du?«

Paul war aufgestanden und stellte einen weiteren Stuhl an das Tischchen. Mit einer Handbewegung forderte er sie auf, Platz zu nehmen.

»Es wird nicht lange dauern. Aber ich denke, du solltest wissen, was hier vorgeht.«

Zögernd kam Irene zurück und setzte sich.

»Seit ungefähr einem Jahr bekommt dein Onkel anonyme Briefe. Bis jetzt waren es fünf Stück. Der letzte kam vor rund zwei Wochen. Er hat dir nie davon erzählt, weil er nicht wollte, dass du dir Sorgen machst. Aber jetzt ist seine Geduld zu Ende. Weil wir sicher sind, dass die Briefe von jemand aus dem Kreis der Familie stammen, will dein Onkel jetzt handeln. Deshalb die Testamentsänderung.«

Paul, der als Anwalt oft Menschen mit überraschenden Tatsachen konfrontieren musste, wusste genau, was jetzt in Irene vorging. Sie befand sich in einem Zwiespalt. Sie mochte ihn zwar nicht, aber die gemeinsame Sorge um ihren Marky stellte eine Verbindung her, die sie nicht so einfach ihrem Hass opfern durfte. Paul schwieg. Er sah sie nur an und wartete. Er wollte ihr Zeit geben, das Gesagte zu verdauen. Es dauerte ein paar Sekunden, bis sich Irene von ihrem Schock erholt hatte.

»Warum erzählst du mir das?«, fragte Irene unsicher. »Habt ihr denn nicht die Polizei eingeschaltet?«

Paul nickte.

»Doch, aber die ersten vier Briefe waren nicht sehr besorgniserregend. Sie enthielten nur ein paar reichlich verquaste Anspielungen, blödes Zeug eigentlich. Es wurde weder Geld verlangt noch mit irgendwas gedroht. Die Polizei hat das Ganze für einen schlechten Scherz gehalten. Dein Onkel übrigens auch. Doch in seinem letzten Brief geht der Verfasser einen Schritt weiter. Er droht damit, ihn zu töten. Und zwar noch an seinem Geburtstag.«

Irene starrte Paul mit offenem Mund an.

»Aber um alles in der Welt, was will er denn?«

»Das ist ja gerade das Problem. Wir wissen es nicht. Er fordert nichts. Deshalb hat dein Onkel jetzt das Testament so geändert, dass der Täter abgeschreckt werden soll. Ich werde die Einzelheiten heute Abend verkünden.«

»Kann ich den Brief sehen?«, bat Irene.

»Dein Onkel hat ihn. Aber heute Abend wird er ihn euch allen zeigen. Dann kannst du ihn dir in Ruhe ansehen.«

Irene war aufgestanden und zum Fenster gegangen. Schweigend starrte sie in die Dunkelheit hinaus. Leise sagte sie: »Es tut mir leid, was ich heute Mittag gesagt habe.«

Paul ging nicht darauf ein.

»Da ist noch etwas, was ich dir sagen muss, Irene. Ich werde mich kurzfassen«, begann er. »Ich möchte, dass du dir über etwas im Klaren wirst. Und deinem Onkel Mark ist es wichtig, dass du es vor heute Abend, vor allen anderen erfährst. Er wird morgen siebzig Jahre alt. Ein stolzes Alter. Dabei ist er noch sehr fit und niemand wünscht sich mehr als ich, dass das noch lange so bleiben möge. Aber in diesem Alter kann es manchmal sehr schnell gehen. Ein Herzanfall, ein Sturz, eine Infektion, ältere Menschen haben nicht mehr die Widerstandskraft wie du oder ich.«

»Worauf willst du hinaus?«, unterbrach ihn Irene. »Komm bitte zur Sache.«

Doch Paul ließ sich nicht beirren.

»Da bin ich mitten drin. Ist dir eigentlich klar, Irene, dass du eine sehr reiche Frau sein wirst, wenn dein Onkel einmal stirbt?«

Er sah Irene an, dass sie sich dessen offensichtlich nicht bewusst war. Trotzig sagte sie: »Na und?«

»Nun ja, wir brauchen uns nichts vorzumachen, Irene. Deine Gefühle für mich sind derzeit eher von einer gewissen Abneigung geprägt. Da wäre es doch nur logisch, dass du die Zusammenarbeit mit mir so schnell wie möglich beenden möchtest.«

Er hatte den Köder geschickt ausgeworfen. Und sie schluckte ihn. Als sie es tat, fühlte sich Paul schlecht. Es war so einfach, Irene zu überlisten. Sie war so geradlinig, so ehrlich und dabei so impulsiv. Aber er musste es tun. Er war es ihr einfach schuldig.

»Da könntest du ausnahmsweise mal recht haben, mein lieber Paul. Wenn Mark einmal nicht mehr unter uns weilt, werden sich unsere Wege ein für alle Mal trennen. Das ist dir doch klar? Du scheinst dir Sorgen um deine Zukunft zu machen, oder warum erzählst du mir das?«

Paul lachte scheinbar amüsiert auf.

»Oh nein Irene, Sorgen mache ich mir nicht um mich. Ich würde sie mir höchstens um die Angestellten von Watford & Watford machen, die ihren Lebensunterhalt mit der Arbeit für deinen Onkel verdienen. Und um dich. Die Watfords haben in den Jahren, in denen mein Vater und ich für die Kingmans gearbeitet hatten, ganz gut verdient. Ich habe meine Schäfchen längst im Trockenen, auch wenn ich es mit einer Irene Winters, geborene Kingman, an Reichtum niemals werde aufnehmen können.«

»Wie schön für dich«, warf Irene schnippisch ein, »aber an der Schilderung deiner finanziellen Verhältnisse bin ich nicht interessiert.«

»Das dachte ich mir schon«, fuhr Paul fort. »Du hast völlig recht, darum geht es wirklich nicht. Worum es geht, ist Folgendes: Dein Onkel liebt dich über alle Maßen. Zum Rest der Familie hat er keinen besonderen Draht und ich denke, das beruht auf Gegenseitigkeit. Deshalb wird er dir den gesamten Aktienbesitz und Kingman Island vererben. Du wirst quasi die Universalerbin sein. Alle anderen werden nur Legate erhalten. Die sind zwar nicht schlecht, aber im Vergleich zu deinem Anteil sind es Almosen. Soweit die gute Nachricht. Aber in der Welt deines Onkels gibt es noch eine andere Liebe, neben dir.«

»So?«

Irene blickte interessiert auf.

»Und das ist Kingman Enterprises. Er hat dieses Unternehmen von seinem Vater geerbt und der wiederum von seinem Vater. Da steckt eine Menge Tradition drin. Dein Onkel hat das Unternehmen mit viel Fleiß und harter Arbeit zu einem der größten unseres Landes gemacht. Er weiß, dass weder du noch irgendein anderer in der Familie in der Lage ist, Kingman Enterprises zu führen und zu erhalten. Es würde nicht lange dauern und der Konzern wäre am Ende, käme einer von euch ans Ruder. Dagegen hat dein Onkel vorgesorgt. Du wirst reich sein, meine Liebe, unermesslich reich, aber du wirst keine Entscheidungen treffen. Du wirst nicht einmal bestimmen können, welche Farbe das Briefpapier von Kingman Enterprises haben soll.«

Paul legte eine Pause ein und sah ihr in das hübsche Gesicht, das jetzt über und über mit kleinen roten Flecken gezeichnet war.

»Aber es kommt noch schlimmer für dich. Das Stimm- und Handelsrecht über alle Aktien hat Mark Kingman mit Wirkung seines Todes schon vor Monaten auf mich übertragen. Das heißt nicht mehr und nicht weniger, dass, wenn Mark Kingman tot ist, nur noch mein Wort im Unternehmen gilt. Ich denke, das solltest du wissen.«

Irene hatte den Kopf gesenkt. Als sie ihn trotzig hob und mit zitternder Hand eine Haarsträhne aus dem Gesicht strich, war ihr Blick maskenhaft starr. Paul war überrascht, wie gut sie sich unter Kontrolle hatte. Kein hysterisches Gekeife, kein Tränenausbruch, keine Beschimpfungen. Mit einem misstrauischen Unterton in der Stimme sagte sie nur: »Warum erzählst du mir das?«

»Ich möchte ganz einfach fair zu dir sein, auch wenn du mir solche Eigenschaften gern absprichst. Ich denke, jetzt hast du noch die Gelegenheit, mit deinem Onkel über die Dinge zu sprechen und vielleicht gelingt es dir, ihn umzustimmen. So lange er lebt, ist alles offen. Aber vermutlich witterst du hinter meinen Worten wieder irgendeine abgekartete Gemeinheit. Das kann ich nicht ändern. Das ist dein Problem.«

Irene war aufgestanden. Völlig gefasst, ja, als wäre eine große Last von ihr abgefallen, sagte sie mit fester Stimme: »Ich habe nur noch eine Frage. Was geschieht, wenn du stirbst?«

Paul zuckte mit den Schultern.

»Tja, wenn ich vor Mark Kingman dran glauben muss, dann, ich weiß es nicht, dann wird er sich überlegen müssen, wem in der Familie er das Unternehmen am ehesten anvertrauen möchte. Wenn er vor mir stirbt und ich ihm ins kühle Grab folge, gehen die Stimmrechte auf dich über. Dann musst du selbst sehen, wie du klarkommst. Was das bedeutet, brauche ich dir wohl nicht zu erklären.«

Im Hinausgehen drehte sich Irene noch einmal um. Sie schien gut gelaunt zu sein, und meinte nur: »Dann wirst du verdammt gut auf dich aufpassen müssen.«

5. Kapitel: Ein informativer Abend

Nichts ist schimpflicher, als mit dem Krieg zu führen, mit dem man vertraut gelebt hat.
Marcus Tullius Cicero, römischer Staatsmann

Robert Stapleton lag angekleidet auf dem Bett und starrte an die Decke. Er hasste es, nicht zu Hause in seiner gewohnten Umgebung zu sein. Lieber hätte er sich hinter seinem Zeichenbrett verkrochen, um an seinen geliebten landwirtschaftlichen Maschinen zu tüfteln. Seine Frau Martha stand vor dem Kleiderschrank, in dessen mittlere Tür ein Spiegel eingelassen war. Verzweifelt versuchte sie ihren unförmigen Körper in ein giftgrünes Brokatkleid zu zwängen, das vielleicht vor zwanzig

Jahren einmal modern gewesen war, auch wenn es ihm schon damals an wirklichem Schick gemangelt haben dürfte.

»Bob, wie oft habe ich dir gesagt, du sollst dich nicht in deinen guten Sachen aufs Bett legen. Du zerknitterst doch alles. Komm her und hilf mir lieber. Allein werde ich diesen verdammten Reißverschluss nie zukriegen.«

Robert lag eine bösartige Bemerkung auf der Zunge, aber er verkniff sie sich, denn sonst würde es wieder nur Zank und Streit geben. Also erhob er sich, wenn auch betont langsam und schickte sich an, den langen, vom Po bis zu den Schulterblättern reichenden Reißverschluss hochzuziehen. Als dies endlich mit viel Mühe geschafft war, betrachtete er sichtlich angewidert die verschiedenen Speckringe, die sich unter dem Kleid seiner Gattin abzeichneten und setzte sich wortlos auf die Bettkante. Robert Stapleton war Mitte sechzig und sah mit einem Wort unscheinbar aus. Er war mittelgroß und extrem mager. Sein Gesicht, das nicht unsympathisch war, strahlte dennoch keinerlei Herzlichkeit aus. Die große gebogene Nase zwischen den tief liegenden Augen, der starke Bartwuchs, der ihn auch frisch rasiert immer etwas ungepflegt erscheinen ließ und die dicken noch immer pechschwarzen Haare gaben ihm ein südländisches Aussehen. Er sprach selten, und wenn, dann mit leiser Stimme und ohne jegliche Betonung. So hatte man den Eindruck, er gäbe immerfort die gleichen Sätze von sich, automatisch, wie eine große Puppe, mit Batterien im Bauch und Augen, die sich schlossen, wenn man sie auf den Rücken legte. Seine Frau Martha hielt ihn für einen Versager und wenn man ihn so dasitzen sah, in seiner grauen Anzughose, mit den grauen Nylonhosenträgern über dem schlecht gebügelten weißen Baumwollhemd, dann war man versucht, ihr recht zu geben. Doch der Schein trügt manchmal und Stapleton war eigentlich weniger ein Versager als eher ein Pechvogel. Er hatte ein hervorragendes Ingenieurstudium absolviert, hatte von seinem Vater eine kleine Fabrik für Landmaschinen geerbt und mit zahlreichen Patenten den Grundstein für ein aufstrebendes Unternehmen gelegt. Doch Stapleton war alles andere als ein guter Kaufmann. Er hatte keine Ahnung von Kalkulation, von Buchhaltung erst recht nicht und was vielleicht am schwersten wog, auch nicht von Menschenführung. So ging es mit seinem Unternehmen Jahr für Jahr bergab.

Was er für einen besonders guten Schachzug gehalten hatte, die Schwester von Mark Kingman zu ehelichen, erwies sich im Nachhinein als schwerer Fehler. Er hatte sie auf einem Empfang anlässlich einer Landwirtschaftsausstellung kennengelernt. Doch statt des ersehnten Geldsegens in Form einer üppigen Mitgift, hatte er sich einen wahrhaften Hausdrachen geangelt, der ihm außerhalb der Firma das Leben zur Hölle machte. Ein Kind aus dieser Verbindung war schon in jungen Jahren gestorben, doch dieses tragische Ereignis hatte die Eheleute nicht stärker zusammengeschweißt. Im Gegenteil. Ohne es sich einzugestehen, gab insgeheim jeder dem anderen die Schuld am Tod des Kindes. So lebte jeder sein eigenes Leben und kümmerte sich kaum um das, was der andere machte. Inzwischen gingen die Geschäfte so schlecht, dass Robert nach den Osterfeiertagen würde Insolvenz anmelden müssen, wenn nichts Entscheidendes passierte. Er war praktisch pleite, die Firma gehörte längst der Bank. Natürlich hatte er schon mehrmals seinen Schwager um Hilfe angefleht, doch der war im Gegensatz zu ihm durch und durch Geschäftsmann und nicht bereit, auch nur ein müdes Pfund in den maroden Laden zu investieren, vor allem nicht ohne Gegenleistung. Kingman hatte ihm unmissverständlich klargemacht, dass eine Sanierung nur dann infrage käme, wenn sich Robert aus der Geschäftsleitung zurückzöge. Bestenfalls wäre er als Leiter der Konstruktionsabteilung, als Angestellter in seiner eigenen Firma, noch akzeptabel. Doch dazu war Stapleton nicht bereit, noch nicht.

Als der Gong aus der Halle die Gäste zum Dinner rief, war Martha noch lange nicht fertig. Mit wenig Geschick versuchte sie Schminke auf ihrem Gesicht zu verteilen, mit dem Ergebnis, dass sie am Ende nicht gut, sondern nur bunt aussah. Nicht dass sie das nicht im Spiegel bemerkt hätte, aber sie konnte es nicht ändern und das machte sie nur umso unleidlicher. Martha Stapleton war eine Frau, die viel Mühe darauf verwandte, ihre Mitmenschen zu ärgern. Sie konnte von geradezu schonungsloser Offenheit sein und gleichzeitig hinterhältig wie eine Schlange.

Wenn sich jemand verletzt fühlte, fühlte sie sich gut. Vielleicht war das ihre Rache an der Menschheit, dafür, dass sie nicht Mutter sein durfte und von der Natur nicht gerade mit besonderen Gaben bedacht worden war. Schon als junges Mädchen galt sie als langweiliges hässliches Entchen und die heiratsfähigen Männer machten einen weiten Bogen um sie. Daran änderte auch die gute Mitgift, die sie mit in eine Ehe gebracht hätte, nichts. Sie wusste nur zu genau, dass auch Robert Stapleton nicht ihrem Liebreiz erlegen war, sondern dass er ganz einfach die für ihn vielversprechende Verbindung zum Hause Kingman gesucht hatte.

Jetzt warf sie einen letzten prüfenden Blick in den Spiegel. Was sie da sah, konnte sie beim besten Willen nicht zufriedenstellen. Ihr rundes, ausdrucksloses Gesicht mit den verkniffenen Lippen, dem blassen, aufgedunsenen Teint und den kleinen bösartigen, fast wimpernlosen Augen, war bei Gott keine Zier für ihr Geschlecht. Daran konnten auch die schweren Amethyst-Ohrringe mit der dazu passenden Halskette nichts ändern. Sie zupfte etwas hilflos an ihrem Kleid herum, schnappte sich ihre Handtasche und rauschte ohne ein Wort zu sagen aus dem Zimmer. Vor der Tür drehte sie sich noch einmal um.

»Kommst du endlich, Robert? Man hat bereits den Gong geschlagen. Trödle doch nicht immer herum! Ich will nicht schon wieder deinetwegen zu spät kommen.«

Stapleton antwortete nicht. Gehorsam stand er auf, nahm sein Sakko und folgte ihr. Seine Gedanken waren bei seiner Firma, die er bald verlieren würde. Das einzig Tröstliche daran war, dass er dann auch diese Frau los sein würde. Denn eines war ihm klar: Bei der Formel »in guten wie in schlechten Tagen« hatte Martha die schlechten einfach ausgeklammert. Sie hatte dafür gesorgt, dass er an ihr eigenes Vermögen nicht herankam und den Gang zum Konkursrichter würde er wohl alleine antreten müssen.

Auf dem Weg nach unten konnten Martha und Robert schon die Stimmen der Geburtstagsgäste aus der großen Halle hören. Als Robert einen Flügel der schweren Doppeltür für seine Angetraute öffnete, verstummte für einen kurzen Augenblick das Stimmengewirr, um Augenblicke später erneut einzusetzen. Martha ließ ihren Blick in die Runde schweifen und musste verärgert feststellen, dass ihr Auftritt kaum Beachtung gefunden hatte. Ihr Bruder, Charles Kingman, ein völlig vergeistigter Archäologe, war mit einem Glas Sekt und einer dicken Zigarre in der Hand in ein intensives Gespräch mit Dr. Wafer, dem langjährigen Arzt und Freund von Mark Kingman vertieft. Charles Sohn Simon schien seiner Frau Genevieve eine lustige Geschichte zu erzählen, denn sie kriegte sich kaum ein vor Lachen. Simons Tochter Judy, die Jüngste unter den Gästen, hatte den kaum älteren Richard Blumenfeld mit Beschlag belegt und redete sanft auf ihn ein. Ihm gebührte in der Familie die Rolle des schwarzen Schafs, denn er galt allgemein als uneheliches Kind von Mark Kingman, das aus einer kurzfristigen Liaison mit einer seiner Sekretärinnen hervorgegangen sein sollte. Richard Blumenfeld litt sehr unter dieser scheinbaren Zurückweisung und hatte Mark Kingman schon des Öfteren, wenn auch stets vergeblich, darauf angesprochen und gefragt, warum er ihn nicht als seinen Sohn anerkennen würde. Dabei war es nicht so, dass Kingman Blumenfeld nicht großzügig unterstützte. Er bekam einen stattlichen monatlichen Scheck, von dem sich selbst in einer teuren Stadt wie London sehr gut leben ließ. Seine Lebensumstände blieben für alle im Dunkeln, wobei niemand Genaueres wusste, außer Martha Stapleton, die Stein und Bein schwor, dass er im Drogenhandel tätig sei und dass seine Mutter nach der Geburt im Delirium tremens Selbstmord begangen habe. Marthas Mann Robert hatte sich in eine ruhige Ecke zurückgezogen, wo er auf einem Stuhl saß und mit einem Glas Whiskey in der Hand stumm vor sich hinstarrte. Irene Winters sowie der Gastgeber selbst waren noch nicht erschienen und auch Watford, der noch weniger zur Familie gezählt werden durfte als Richard Blumenfeld, fehlte noch. Jonathan stand an einem Tischchen mit vorbereiteten Getränken und achtete darauf, dass jeder bekam, was er wollte. Die festlich geschmückte Tafel in der Mitte des Raums war für zwölf Personen eingedeckt und Martha stellte mit leiser Verbitterung fest, dass sie nicht das Privileg hatte, neben ihrem Bruder zu sitzen. In ihren Augen war es ein Skandal, dass der

Platz rechts von ihrem Bruder Mark für Paul Watford reserviert war. Doch sie war klug genug, sich ihre Enttäuschung nicht anmerken zu lassen. Sie ließ sich von Jonathan einen großen Sherry geben, mit dem sie in Richtung ihres Bruders Charles abdampfte.

Der Speisesaal war der einzige Raum im Haus, der über zwei Stockwerke reichte. Mit seiner dreigliedrigen Apsis und den hohen neugotischen Fenstern erinnerte er eher an einen Kirchenraum, als an einen Speisesaal. Von der schweren Kassettendecke aus dunklem Eichenholz liefen im Abstand von etwa einem Meter senkrechte Holzbalken bis zum Fußboden hinab und teilten die Längswände in gleich große Abschnitte. In Höhe der ersten Etage gab es ein umlaufendes hölzernes Gesims. Darüber waren die weiß getünchten Wandflächen abwechselnd mit großen Porträts, Fahnen oder historischen Waffen geschmückt. Die Schmalseite mit den gotischen Fenstern gegenüber beherrschte ein großer offener Kamin, in dem Mills, der Hausbursche, ein beachtliches Feuer entzündet hatte. Links und rechts neben dem Kamin führten zwei Türen über einen kleinen Verbindungsflur direkt in die Küche.

Gäste betraten den Speisesaal gewöhnlich durch eine Doppeltür von der nebenan liegenden Eingangshalle aus, wo auch das Haupttreppenhaus lag. Auch Martha und Robert Stapleton waren durch diese Tür in die Halle gelangt. Genau auf der gegenüberliegenden Längsseite gab es ebenfalls eine solche Doppeltür, die in den Salon und ins Billardzimmer führte. Je sieben dreiflammige Kandelaber an den Seitenwänden sorgten für ein angenehmes weiches Licht, das die Kerzen der festlichen Tischdekoration angenehm verstärkten. Der Speisesaal wurde das ganze Jahr über seiner Bestimmung gemäß benutzt, dann allerdings stand ein sehr viel kleinerer Tisch mit nur sechs Stühlen in der Mitte des Raums. Mark Kingman achtete sehr auf die Tradition des gemeinsamen Essens und wer immer auf Droughty Hall weilte und nicht zum Personal gehörte, hatte sich zu den Mahlzeiten hier einzufinden. Nur beim Frühstück gab es eine Ausnahme, da konnte jeder Ort und Zeit wählen, wie es seinen Neigungen entsprach. Mittlerweile waren Irene Winters und Victoria Dunbar, die wissenschaftliche Mitarbeiterin, eingetreten und wurden von Jonathan mit Getränken versorgt. Miss Dunbar schien sich im Kreis der Familie etwas deplatziert zu fühlen. In ihrem grauen Kostüm stand die untersetzte Mittvierzigerin mit der dicken Brille vor einem der hohen Fenster und unterhielt sich leise mit Irene. Das heißt, eigentlich hörte Miss Dunbar nur zu, während Irene umso intensiver auf sie einredete. Irene hatte sich zur Feier des Tages für einen Hosenanzug aus schwarzem Samt entschieden, der ihr wie auf den Leib geschneidert war. Wie immer verzichtete sie auf allzu auffälligen Schmuck. Nur eine schlichte Kette aus roten Korallen zierte ihren langen schlanken Hals. Es dauerte noch eine Weile, bis Mark Kingman an der Seite von Paul Watford erschien. Das war für Jonathan das Zeichen, seinen Platz an der improvisierten Bar zu verlassen und sich um das Essen zu kümmern. Kingman, der Watford letzte Anweisungen für den Abend gegeben hatte, grüßte kurz in die Runde und bat seine Gäste, die vorgesehenen Plätze einzunehmen. Natürlich wusste inzwischen jeder, wo sein Kärtchen stand und doch dauerte es geraume Zeit, bis alle saßen. Das ging nicht ohne meist scherzhafte Bemerkungen ab, mit denen man seiner Freude Ausdruck verlieh, nebeneinander zu sitzen. Nur Martha konnte sich eine bissige Bemerkung nicht verkneifen und beschwerte sich lauthals darüber, dass die Sitzordnung wohl nicht der Familienhierarchie entsprach. Nach einem scharfen und doch unmissverständlichen Blick ihres Bruders Mark hielt es niemand für angebracht, auf ihre Bemerkung einzugehen.

Die Geburtstage des Firmenchefs und Familienoberhauptes Mark Kingman verliefen schon seit Jahren immer nach dem gleichen Schema. Das hatte sich so ergeben, weil es für alle angenehm war und weil sich der Mensch in seinem Innersten nach festen, wiederkehrenden Ritualen sehnt. Die Einladung galt immer für das Wochenende, das auf den Geburtstag folgte. Der Zufall wollte es, dass der Ehrentag in diesem Jahr auf den Ostersamstag fiel. Aber das änderte nichts an dem eigentlichen Ablauf. Mitte der Woche erfolgte die Anreise der Gäste. Am Freitag begannen mit dem gemeinsamen abendlichen Dinner die eigentlichen Feierlichkeiten. Im Anschluss daran verbrachte man den Rest des Abends im Kreise der Familie. Der Samstag startete morgens mit einem ausgiebigen Frühstück und der eigentlichen Gratulation mit Küsschen, Gedichten und Geschenken. Danach wanderte man im trauten Familienkreis um die Insel herum, vorausgesetzt, das Wetter ließ dies zu, und fand sich dann mittags zu einer kleinen Stärkung im Speisesaal ein, um anschließend in Gruppen verschiedenen Beschäftigungen nachzugehen. So unterhielten sich die Frauen über den Tratsch des letzten Jahres oder spielten Karten, während die Männer rauchten und Billard spielten oder je nach Temperament über Politik diskutierten. Gegen Abend zogen sich dann alle in ihre Zimmer zurück, um sich für das Galadinner zurechtzumachen. Der Samstagabend stellte das Hauptereignis dar. Mark Kingman pflegte eine ebenso lange wie langweilige Rede zu halten, in der er mit Vorliebe über eines seiner Marinethemen referierte, wovon natürlich niemand eine Ahnung hatte. Aber alle hörten brav zu, schließlich wollte man es sich mit dem Alten ja nicht verderben. Dann wurde gegessen und der Abend ging in ein allgemeines Besäufnis über, nicht selten mit furchterregenden Streitereien zwischen einzelnen Familienmitgliedern. Am Sonntagmorgen durften dann alle ausgiebig ausschlafen und nach einem letzten gemeinsamen Lunch traten die Ersten den Heimweg an. Bis Dienstag waren dann auch die letzten Familienmitglieder und Gäste abgereist und über Kingman Island breitete sich wieder die Ruhe und Beschaulichkeit aus, die wenigstens bis Weihnachten anhalten sollte. Dass es in diesem Jahr etwas anders verlaufen würde, war zu diesem Zeitpunkt noch keinem der Gäste bewusst, und doch hätte man es an kleinen Anzeichen schon bemerken können. Jeder spürte, dass etwas in der Luft lag. Die Gerüchte, die Martha Stapleton geschickt in die Welt gesetzt hatte, trugen dazu ebenso bei, wie die ungewöhnliche Anwesenheit von Paul Watford, der nie vorher zu einer Geburtstagsfeier eingeladen war und der – Gott bewahre – nicht zur Familie zählte. Unabhängig davon hatte Marie, die französische Köchin, ein gewohnt köstliches Mahl zubereitet und der Weinkeller der Insel war so gut gefüllt, dass niemand hungrig oder durstig bleiben musste.

Auch die Sitzordnung entsprach nach dem Wunsch Mark Kingmans einem genau vorgeschriebenen Ritual. Kingman selbst saß am Kopf der Tafel. Der Platz gegenüber, am anderen Ende der Tafel, der seiner verstorbenen Frau Ann gebührt hätte, blieb frei. Zu seiner Rechten saß Paul Watford, weniger aus hierarchischen als aus organisatorischen Gründen, zu seiner Linken seine Nichte Irene. Neben Watford saß der alte, etwas schwerhörige Charles Kingman, Marks Bruder. Ihm gegenüber hatte Martha Stapleton neben ihrem Gatten Platz genommen. Der Rest der Familie schloss sich an, Richard Blumenfeld und sein Gegenüber Victoria Dunbar mussten mit den Plätzen am Ende der Tafel vorliebnehmen, aber das war für beide nicht besonders schlimm, denn sie hatten es nicht anders erwartet.

Als alle Platz genommen hatten und langsam Ruhe einkehrte, alle ihre Servietten aufgenommen hatten und die Aushilfsmädchen damit begannen, Wasser und Wein auszuschenken, schlug Mark Kingman ein paarmal mit dem Messer an sein Glas, um sich Aufmerksamkeit zu verschaffen. Sofort verstummte das allgemeine Raunen und alle wandten sich gespannt dem Familienoberhaupt zu.

Mark Kingman ließ sich einen Moment Zeit. Mit einem entspannten Lächeln sah er in die Runde seiner Gäste und sagte dann mit einer ruhigen Stimme, die gewohnt war, dass man ihr Gehör schenkte:

»Liebe Familie, liebe Freunde. Ich freue mich, dass ihr auch in diesem Jahr wieder die Zeit gefunden habt, meinen Geburtstag mit mir zu feiern. Ich weiß, einige von euch kommen nur, um zu sehen, wie rüstig ich noch bin, aber darüber bin ich euch gar nicht böse. Wahrscheinlich würde ich es an eurer Stelle auch nicht anders machen. Ich weiß auch, dass, seit Ann nicht mehr unter uns ist, die Zeit der glanzvollen Feste, die dieses Haus einst gesehen hat, passé ist. Ja damals, als meine Frau hier noch mit liebevoller Hand das Regiment geführt hat, da war Kingman Island die wohl schönste Insel des ganzen britischen Empire. Jedenfalls für mich. Aber vielleicht zieht dieser Geist wieder einmal hier ein, wenn andere Droughty Hall in Besitz genommen haben.«

Er ließ den Blick in die Runde schweifen und seine Augen blieben wohlwollend auf Irene haften. Protestierendes Gemurmel wurde hie und da laut, doch Kingman hob die Hand.

»Ich möchte euch heute ein neues Gesicht in dieser Runde vorstellen.«

Er deutete an das Ende der Tafel.

»Es ist Victoria Dunbar, meine sehr kritische, aber nichtsdestoweniger hilfreiche Assistentin. Sie kommt aus London und geht mir bei der Recherche und beim Schreiben meiner Memoiren zur Hand. Sie ist Journalistin und Historikerin, also behandelt sie freundlich und zuvorkommend, wenn ihr nicht schlecht in meinem Buch wegkommen wollt.«

Victoria Dunbar lächelte etwas schüchtern in die Runde und war froh, dass Kingman fortfuhr.

»Einige von euch, allen voran meine bekanntermaßen vorwitzige Schwester Martha, fragen sich vielleicht, warum auch Paul Watford heute und die nächsten Tage mein Gast sein wird. Das hat seinen Grund. Aber den erfahrt ihr erst nach dem Essen. Schließlich will ich euch nicht den Appetit auf all die Köstlichkeiten verderben, die Marie in ihrer Küche für uns gezaubert hat. So, und nun heißt es genießen, liebe Freunde.«

Damit war Kingmans kurze Ansprache beendet. Auf ein vereinbartes Zeichen hin eilte Jonathan in die Küche, um mit dem Auftragen des Essens zu beginnen. Rose, Mills und die beiden Aushilfsmädchen trugen nun unter der strengen Aufsicht von Jonathan die Platten mit den verschiedenen Gerichten auf und sorgten dafür, dass alle Teller jederzeit nach Bedarf gefüllt waren. Es wollte kein richtiges Tischgespräch aufkommen. Mark Kingman, der am Kopfende der Tafel saß, war sehr einsilbig und Paul und Irene, zu seiner Rechten und Linken, schwiegen sich beharrlich feindselig an. Die anderen waren mit dem köstlichen Mahl beschäftigt oder taten jedenfalls so. Im Grunde waren alle gespannt darauf, welche Ankündigung ihnen Mark Kingman noch vorenthielt. Lediglich Richard Blumenfeld, Victoria Dunbar und Judy Kingman schienen sich am unteren Ende der Tafel prächtig zu unterhalten.

Doch irgendwann war auch der letzte Teller leer, der letzte Schluck getrunken, der letzte Sonderwunsch erfüllt und die Angestellten begannen damit, das Geschirr abzuräumen. Wie immer war es Martha Stapleton, die die Schar der neugierigen und inzwischen mehr als gesättigten Gäste aufhielt. Sie hatte es sich nicht nehmen lassen, ein zweites Dessert zu verlangen und nun klapperte sie laut mit dem silbernen Löffel in der Schale, um ihr, betont langsam, auch noch den letzten Rest einer köstlichen Crème brûlée zu entlocken. Das war einerseits verständlich, denn Maries Kochkünste waren wirklich sehr verführerisch, andererseits aber wartete der Rest der Gäste sehnsüchtig darauf, dass die Tafel endlich aufgehoben wurde. Sie waren alle mehr als satt und wollten endlich wissen, was das Familienoberhaupt ihnen mitzuteilen hatte. Natürlich hatte es sich herumgesprochen, dass da irgendetwas im Busch war und wie immer, wenn Gerüchte kursieren, entstehen die wildesten Spekulationen. Martha, die jetzt so unschuldig mit ihrem Dessert beschäftigt war, hatte mit ihren Andeutungen und Verdächtigungen wohl am meisten dazu beigetragen, die Gemüter zu erhitzen und doch ließ sich im Moment noch keiner der Gäste träumen, worum es an diesem Abend wirklich gehen würde. Als Rose endlich auch mit dem letzten leeren Schälchen von Martha Stapleton auf dem Weg in die Küche war, stand Mark Kingman auf. Auf der Stelle trat Ruhe ein und sah man mal von Irene und Paul Watford ab, waren acht Augenpaare wie gebannt auf den alten Mann gerichtet. Der bedankte sich nochmals für die Ehre des Besuchs, lobte das Mahl in höchsten Tönen und bezeichnete Marie als die beste Köchin der gesamten Grafschaft. Dann kam er ziemlich unvermittelt zum Hauptpunkt seiner Ausführungen.

»Wie ihr wisst, habe ich einen großen Teil meines Lebens auf See verbracht«, begann er. »Wir Seeleute sind dafür bekannt, dass wir kurze, knappe und vor allem klare Kommandos lieben. Seeleute, und da nehme ich mich nicht aus, sind selten große Redner. Ich werde mich deshalb heute, am Vorabend meines Geburtstags, sehr kurzfassen. So sehr ich mich über euren Besuch freue, ich habe allen Grund anzunehmen, dass es unter euch jemanden gibt, der mir nach dem Leben trachtet.«

Der Ruf: »Das Haus brennt, rette sich wer kann«, hätte nicht für weniger Aufregung sorgen können als dieser Satz. Judy, die Tochter von Simon Kingman, stieß einen spitzen hysterischen Schrei aus und begann zu weinen. Simon selbst war aufgesprungen und starrte mit glasigen Augen Kingman an, der regungslos am Tischende stand und die Reaktionen seiner Gäste einsammelte, wie ein Lehrer die Hausaufgaben seiner dummen Kinder. Blumenfeld, der angebliche Sohn aus einer Liaison zwischen dem Industriellen und seiner Sekretärin, stierte vor sich auf die Tischplatte und schüttelte nur stumm den Kopf. Mark Kingmans Bruder Charles studierte sein Weinglas, indem er es unablässig mit Daumen und Zeigefinger in alle Richtungen drehte und nur Martha Stapleton und ihr Gatte Robert waren ganz ruhig geblieben. Martha war zweifelsohne noch in Gedanken bei der Crème brûlée und Robert würde sich ohne ihre Anweisung niemals öffentlich äußern. Genevieve hatte ihr Puderdöschen aus der Handtasche gefingert und betupfte sich unablässig Wangen und Nase, wobei sie versuchte, mit einem Auge einen Gesamteindruck ihres Gesichts in dem kleinen Spiegel im Dosendeckel zu bekommen. Endlich, in das Raunen der Anwesenden hinein, sagte Martha mit dem Ausdruck höchster Missbilligung: »Wie kannst du nur so etwas behaupten, Mark. Vermutlich eine Alterserscheinung. Du leidest an Verfolgungswahn. Diese ständige Beschäftigung mit alten Seeschlachten muss ja Spuren hinterlassen. Ich habe dir immer schon gesagt, du solltest mal ausspannen.«

Mark Kingman ging auf den wohlgemeinten Rat seiner Schwester nicht ein, sondern entnahm einem großen braunen Kuvert ein Blatt, das er für alle in der Runde sichtbar vor sich hielt.

»Das, meine lieben Freunde ist ein anonymer Brief. Einer von mittlerweile fünfen, die ich erhalten habe, genauer gesagt, der bis jetzt letzte.«

Das Papier war mit den ausgeschnittenen Spalten längerer Zeitungsartikel eng beklebt, eine Unterschrift fehlte logischerweise. Blumenfeld war aufgestanden und hatte seine Brille aufgesetzt. Das Blatt Papier, das Mark Kingman allen entgegenhielt, starr im Blick, näherte er sich mit entsetztem Gesichtsausdruck dem Familienoberhaupt.

»Setz dich ruhig wieder Richard. Ich werde euch mal vorlesen, was da steht. Die Botschaft ergibt sich, wenn man nur die rot unterstrichenen Wörter liest. Also, da heißt es …« Langsam, mit dem Finger den rot unterstrichenen Zeilen folgend, las Kingman vor:

> *… Du hast die Liebe … verspielt. Und … die Menschen verloren. Jetzt wird dich … deine Vergangenheit einholen. Ich habe dir … oft genug … Gelegenheit gegeben, … die richtigen Schritte zu tun. … Aber du willst es ja nicht anders. … Ich bin mit … meiner … Geduld am Ende. Noch bevor … dein Geburtstagsfest … zu Ende geht, … wirst du… tot … sein.*

Mark Kingman schob das Blatt wieder in den braunen Umschlag und gab ihn Watford. Er wollte gerade weitersprechen, als Simon Kingman ihn mit unverhohlenem Ärger unterbrach.

»Jetzt mach aber mal einen Punkt, lieber Mark. Was macht dich eigentlich so sicher, dass dieser Brief von einem von uns stammt? Offensichtlich kennst du doch den Urheber ebenso wenig wie wir. Schließlich bist du eine wichtige Person in der Öffentlichkeit. Hast dir oft genug Feinde gemacht. Da kommen doch Hunderte infrage, denen du – mit Verlaub – irgendwann mal aufs Füßchen getreten bist.«

Beifälliges Gemurmel in der Runde. Doch Kingman schien diesen Einwand erwartet zu haben.

»Lieber Simon, du hältst mich hoffentlich nicht für so einfältig, dass ich die Briefe nicht genau habe prüfen lassen. Watford hat sich mit verschiedenen Experten der Metropolitan Police in Newquay in Verbindung gesetzt. Das Ergebnis ist eindeutig. Diese Briefe kommen aus meiner nächsten Umgebung. Alle Indizien sprechen dafür. Ich habe allerdings dem Ganzen zunächst keine so große Bedeutung beigemessen, weil ich die Briefe für harmlos hielt. Zumindest die ersten vier. Ich hatte sogar einen kleinen Verdacht, auf den ich aber nicht näher eingehen möchte. Aber dieser letzte Brief hier, der vor circa vier Wochen kam, war mir dann doch zu viel. In ihm wird, anders als in den vorangegangenen Schreiben, ganz offen gedroht. Und das, liebe Freunde, werde ich nicht hinnehmen. Deshalb habe ich reagiert. Aber ich habe keine Lust, euch das selbst im Detail auseinanderzusetzen, das wird Watford für mich tun. Und zwar, sagen wir, in einer halben Stunde, in der Bibliothek. Apropos, bevor ich es vergesse. Da wäre noch eine Kleinigkeit, die ihr wissen solltet. Jetzt, da ich siebzig geworden bin, werde ich mich völlig aus den Tagesgeschäften von Kingman Enterprises zurückziehen. Leider gibt es unter euch keinen, der das Zeug dazu hätte, das Unternehmen an meiner Stelle zu führen. Ich muss deshalb meine Hoffnungen auf diesen wahrhaft talentierten und trotzdem loyalen jungen Mann hier setzen. Er wird künftig die Geschicke des Konzerns lenken. Das bedeutet für euch: Alle geschäftlichen Angelegenheiten, vor allem alle Geldangelegenheiten, werdet ihr künftig mit Watford, und zwar ausschließlich mit Watford, zu bereden haben. Mit mir könnt ihr höchstens noch über das Wetter oder über die Royal Navy reden. Das war's, was ich euch zu sagen hatte. Für heute werde ich mich zurückziehen und mich zeitig zur Ruhe begeben, denn morgen wollen wir feiern.«

Kingman, der wohl wusste, dass er seinen Verwandten und Freunden im Grunde eine sehr traurige Botschaft übermittelt hatte, fuhr mit versöhnlicher Stimme fort:

»Ich weiß, es ist nur einer von euch, der mich zum Teufel wünscht. Wenigstens hoffe ich das. Deshalb werdet ihr feststellen, dass Watford und ich einen guten Plan ausgeheckt haben, ihn ins Leere laufen zu lassen. Morgen, an meinem Geburtstag, will ich von dem Ganzen nichts hören, versteht ihr? Morgen wird gefeiert. Wenn jemand ein Geständnis machen will, ich bin noch eine Weile auf der Kommandobrücke. Ich verspreche demjenigen, dass alles unter uns bleibt, ich werde ihn nicht auffressen. Er kann aber jederzeit auch mit Watford reden. So, dann wünsche ich euch noch einen interessanten Abend.«

Mark Kingman gab Watford ein Zeichen und die beiden verließen den Speisesaal in Richtung Eingangshalle. Im Hintergrund konnten sie hören, wie hinter den geschlossenen Doppeltüren eine lebhafte Diskussion über die eben verkündeten Neuigkeiten entbrannte. Vor allem Simons Stimme war deutlich vernehmbar. Er schien sich zum Sprachrohr der Familie aufzuschwingen. Mark Kingman lauschte ein paar Sekunden den Gesprächsfetzen und sagte dann mit schelmischem Lächeln im Gesicht: »Ich glaube, das wird ihnen zu denken geben. Was ich Sie noch fragen wollte, Paul, haben Sie heute Nachmittag mit Irene gesprochen?«

»Ja, Sir, sie kam zu mir und hat sich entschuldigt. Ich denke sie hat eingesehen, dass ihre Anschuldigungen falsch waren.«

Mark legte Paul freundschaftlich die Hand auf die Schulter.

»Es geht mich zwar nichts an, Paul, aber ich glaube, Sie sollten sie etwas härter anfassen. Ich habe Augen im Kopf und ich weiß, dass Sie sie noch immer mögen. Und auch wenn sie in den letzten Jahren viel mitgemacht hat, sie ist immer noch ein sehr hübsches Mädchen. Im Grunde ihres Herzens ist sie eine sehr liebenswerte Person. Also, ich hätte absolut nichts dagegen, wenn Sie und meine Nichte, na Sie wissen schon. Ihr Vater, Paul, und ich, wir haben früher oft davon geträumt, als ihr beide noch Kinder wart. Meinen Segen hätten Sie jedenfalls. Und für das Unternehmen wäre es ohnehin das Beste. So und jetzt gehe ich nach oben. Ich beneide Sie nicht um Ihre Aufgabe heute Abend. Lassen Sie sich von der Meute nur nichts gefallen.«

Paul sah Mark Kingman nach, wie er langsam auf die breite Marmortreppe zu ging, die im hinteren Teil der Halle zu seinen privaten Räumen in der ersten Etage hinaufführte, und er fühlte sich auf einmal sehr glücklich. Zwar hatte Kingman nie ein Hehl daraus gemacht, dass er Paul mochte, aber so deutlich wie in diesem Moment hatte er ihm noch nie gesagt, wie er zu einer Verbindung zwischen ihm und Irene stehen würde. Seufzend drehte sich der junge Anwalt um und verschwand in der Bibliothek.

Die Bezeichnung Bibliothek stammte noch aus der Zeit von Mark Kingmans Vater. Damals gab es hier tatsächlich Hunderte von Büchern und Folianten, die in riesigen bis zur Decke reichenden Regalen aufbewahrt wurden. Jetzt gab es nur noch einen einzigen Bücherschrank mit dem kümmerlichen Rest von damals. Die Werke, die Kingman für seine Arbeit benötigte, waren längst in sein Arbeitszimmer umgezogen. Heute wurde der Raum, der von der Eingangshalle aus betrachtet gegenüber dem Speisesaal im Erdgeschoss des Westflügels lag, nur noch selten benutzt. Jonathan hatte ausreichend Sitzmöbel im mehreren lockeren Reihen im Halbkreis um den wohlige Wärme verströmenden Kamin aufstellen lassen. Etwas seitlich davon hatte sich Watford hinter einem kleinen Tisch niedergelassen und wartete darauf, dass sich die Familie versammeln würde.

Als Erster kam Richard Blumenfeld. Obwohl ihm offiziell niemand seine Zugehörigkeit zur Familie streitig machte, war er doch Zeit seines Lebens ein Außenseiter geblieben. Der junge Mann schlurfte wie üblich mit gesenktem Blick herein und schien Watford nicht zu bemerken. Er suchte sich einen einzelnen Platz im hinteren Teil des Raums und warf Watford einen kurzen undefinierbaren Blick zu.

Wohl, um die besten Plätze zu bekommen, kamen Martha und Robert Stapleton als Nächste. Martha steuerte auf die beiden Sessel ganz vorne zu und hieß ihren Gatten, ihr ein Getränk von einem extra für diesen Anlass aufgestellten Tischchen zu besorgen. Zusammen mit Jonathan kamen Rose, Marie und Arthur Mills als Vertretung des Personals und belegten die vier in der letzten Reihe aufgestellten Stühle. Marie hatte ihre Küchenkluft gegen ein strenges schwarzes Kleid eingetauscht, was sie wie eine viktorianische Gouvernante aussehen ließ. Martha Stapleton drehte ihren fülligen Körper in ihrem Sessel nach hinten und warf einen missbilligenden Blick auf die Gruppe der Angestellten. In Richtung Watford sagte sie mit gedämpfter, aber doch deutlich vernehmbarer Stimme: »Ich kann mir nicht vorstellen, was das Personal hier zu suchen hat. Das ist schließlich eine Familienangelegenheit.«

Mit einem überaus freundlichen Lächeln erklärte ihr Watford, dass es der ausdrückliche Wunsch von Mr Kingman sei, dass diese Personen anwesend seien.

Wieder öffnete sich die Tür, kaum merklich allerdings, nur einen Spalt weit und Dr. Wafer steckte seinen Kopf herein. Als er vorsichtig die Lage geprüft hatte, trat er ein. Er, der neben Watford und Victoria Dunbar der Einzige war, der nicht zur Familie gehörte, verbeugte sich mit einem leichten Kopfnicken. Ein süffisantes Lächeln spielte um seine Mundwinkel. Der kleine drahtige Mann, der am Ende der Tafel neben Richard Blumenfeld gesessen war, galt als guter Freund von Mark Kingman. Sein blasses Gesicht mit der riesigen, stark gebogenen Nase wurde von einem stattlichen Oberlippenbart beherrscht, der über die blassen dünnen Lippen links und rechts weit hinausragte. Sein spärliches Haupthaar trug er fein säuberlich nach hinten gekämmt und der dünne faltige Hals ragte aus einem viel zu weiten Hemdkragen. Wafer war etwas über sechzig und Kingman kannte ihn von seiner aktiven Zeit bei der Marine. Er war Schiffsarzt und man sagt, er hätte Kingman bei einem Einsatz durch eine Notoperation das Leben gerettet. Er hatte den Sessel ausgewählt, der am nächsten an der Tür stand und wartete gespannt, wie die anderen auch, auf das, was Watford zu sagen hatte.

Laute Stimmen vor der Tür kündigten die nächsten Familienmitglieder an, die in die Bibliothek bestellt waren. Allen voraus Simon Kingman, der die Tür weit aufriss und an der Spitze einer größeren Gruppe in den Raum stürmte.

»So Kinder, dann setzt euch mal alle schön. Judy, mein liebes Töchterlein, du kommst an meine Seite«, polterte er los. »Dann wollen wir doch mal hören, was uns dieser Mr Watford zu sagen hat. Vermutlich wird er uns gleich mitteilen, dass wir alle enterbt sind.«

Simon lachte schallend über seinen, wie er meinte gelungenen Witz, verstummte aber bald, als er merkte, dass niemand in sein Lachen einstimmte.

Es dauerte einige Zeit, bis alle ihre Plätze eingenommen hatten und Ruhe einkehrte. Doch auch als dies der Fall war, machte Watford keine Anstalten, zur Sache zu kommen. Er blätterte vielmehr in seinen Unterlagen und machte sich auf einigen Blättern handschriftliche Notizen.

»Wäre es möglich, dass Sie mit Ihren Ausführungen endlich beginnen, Mr Watford? Wir sind alle schon sehr gespannt«, begehrte Simon Kingman auf.

»Das würde ich gerne, Mr Kingman, aber wir sollten so lange warten, bis auch Mrs Winters anwesend ist. Dafür haben Sie doch bestimmt Verständnis«, konterte Watford.

Simon bekam einen roten Kopf und sah sich um, sagte aber nichts mehr. Jonathan war aufgesprungen und wollte zur Tür, um Irene Bescheid zu sagen, dass man sie erwartete, doch in diesem Moment trat die sehnsüchtig Erwartete ein.

»Ich bin doch wohl nicht die Letzte?«, flötete sie mit Unschuldsmiene. »Onkel Mark wollte noch kurz mit mir etwas besprechen. Aber jetzt bin ich ja da.«

Sie bat Mills, den einzigen noch freien Sessel an eine andere Stelle zu tragen, und es dauerte geraume Zeit, bis alle soweit zur Ruhe kamen und aufnahmefähig für das waren, was Paul ihnen mitzuteilen hatte.

Endlich stand Paul auf, ging ein paar Schritte in Richtung des großen Kamins, sodass alle ihn sehen konnten. Dann schaute er noch einmal in die Runde und begann:

»Meine Damen und Herren, ich brauch mich Ihnen wohl kaum noch vorzustellen. Die meisten von Ihnen kennen mich noch, als ich als kleiner Junge zum ersten Mal mit meinem Vater auf die Insel kam. Wie Sie vielleicht wissen, habe ich Jura und Betriebswissenschaft studiert und war bis zum Tode meines Vaters Sozius in seiner Kanzlei.«

Er suchte den Blick von Irene, doch diese schaute betont gelangweilt an ihm vorbei in die Glut im Kamin.

»Was allerdings für Sie alle neu sein dürfte, ist meine derzeitige Position im Unternehmen Kingman Enterprises. Mr Mark Kingman hat es ja beim Dinner bereits angedeutet, dass er sich aus dem aktuellen Tagesgeschäft zurückgezogen hat. Die Kanzlei Watford & Watford hat zu diesem Zweck eine geschäftsführende Holdinggesellschaft gegründet, deren Hauptaufgabe die Leitung und Verwaltung der einzelnen Konzernbereiche ist. Ich will Sie nicht mit konzernrechtlichen Details langweilen, aber der langen Rede kurzer Sinn ist der, dass alle Verantwortung für das Gesamtunternehmen künftig bei der Führung dieser Holdinggesellschaft liegt. Mark Kingman hat mich zum einzigen Geschäftsführer dieser Holdinggesellschaft bestimmt.

Selbstverständlich bleibt er oberster Chef und Eigentümer des Unternehmens und sollte er mit meiner Geschäftsführung nicht zufrieden sein, so kann er jederzeit in das operative Geschäft eingreifen. Doch dazu wird es nicht kommen, da ich gedenke, jede wichtige Entscheidung mit Mark abzustimmen, so wie wir das de facto in den letzten Jahren bereits getan haben. Aber dies nur nebenbei. Es ist nicht der eigentliche Grund, warum Mark und ich Sie heute hier zu diesem Termin gebeten haben. Es ist diese andere, sehr bedauerliche Geschichte mit den anonymen Briefen.

Ich werde hier nicht näher auf die Briefe selbst eingehen. Wir haben sie allesamt, bis auf den ersten, den Mr Kingman bedauerlicherweise weggeworfen hat, sehr sorgfältig von Spezialisten analysieren lassen. Alle Indizien deuten darauf hin, dass die Briefe aus dem unmittelbaren Umfeld von Mr Kingman stammen. Es spielt dabei keine Rolle, ob Sie persönlich diese Auffassung teilen oder nicht. Jedweder Verdacht wäre ohnehin rein spekulativ und durch nichts zu beweisen. Es hätte nach unserer Meinung auch nicht einer Reaktion bedurft, was die ersten vier Briefe angeht. Sie enthalten, wenn Sie so wollen, lediglich eine etwas verquaste moralische Forderung, der nachzukommen Mr Kingman jedoch verwehrt blieb, da wir sie nicht verstanden haben. Es ist der fünfte Brief, der uns zum Handeln zwingt, weil er eine Bedrohung enthält, die, egal ob ernst gemeint oder nur Einschüchterung, über das erträgliche Maß hinausgeht. Wer einen anderen mit dem Tode bedroht, der muss damit rechnen, dass sich der Bedrohte zur Wehr setzt.

Doch was können wir tun? Mr Kingman ist der Ansicht, dass es dem Schreiber um Geld geht. Da eine direkte Forderung aber nicht gestellt wird, kann es der Betreffende nur auf das Geld abgesehen haben, das ihm im Fall des Ablebens von Mark Kingman zufließen würde. Als Anwalt und Testamentsvollstrecker von Mark Kingman kann ich Ihnen versichern, dass dies alle Personen betrifft, die sich in diesem Raum befinden, mit einer Ausnahme natürlich, nämlich meiner Person. Ich kann Ihnen weiter versichern, dass es niemanden betrifft, der hier nicht anwesend ist. Verzeihung, das ist nicht ganz korrekt, denn auch unser Gärtner Crisbin, der partout nicht zu bewegen war, hierher zu kommen, gehört zu den Begünstigten. Sie alle, wie Sie hier versammelt sind, sind – in unterschiedlichem Maße natürlich – Erben von Mark Kingman.

Wie Sie wohl alle wissen, wäre jemand, der Mr Kingman ermordet, per Gesetz von der Erbfolge ausgeschlossen. Er hätte also nichts davon und es wäre auch sinnlos, ihn von der Erbfolge auszuschließen, da er ja ohnehin nicht erbberechtigt ist. Anders sieht es jedoch aus, wenn der Täter besonders intelligent vorgeht und deshalb unentdeckt bleibt oder die Polizei den Fall als ungelöst zu den Akten legt. Um hier einem möglichen Täter von vorneherein den Wind aus den Segeln zu nehmen, regelt eine neu in das Testament aufgenommene Klausel Folgendes: Falls Mark Kingman eines unnatürlichen Todes sterben sollte, werden alle Erbteile erst einmal in einer Stiftung auf Eis gelegt. Das heißt im Klartext, ganz einfach, niemand von Ihnen kommt an das Erbe ran. Und zwar so lange nicht, bis der Todesfall lückenlos aufgeklärt, der Schuldige überführt ist und seine gerechte Strafe erhalten hat. Sollte es im Zusammenhang mit einem möglichen Verbrechen nicht zu einer Aufklärung desselben kommen, fallen alle Legate dem mit der Stiftung verbundenen wohltätigen Zweck zu. Damit haben wir eines sichergestellt: Wer auch immer und aus welchen Gründen auch immer Mark Kingman nach dem Leben trachtet, es wird sich für ihn in keinem Fall auszahlen. Entweder er wird überführt, dann ist er per Gesetz nicht erbfähig, oder er entgeht seiner Strafe, dann wird er ebenfalls kein Erbe antreten können. So, das war es, was ich Ihnen im Namen von Mark Kingman mitzuteilen hatte. Doch halt, beinahe hätte ich es vergessen. Es gibt wie immer im Leben Ausnahmen von dieser Klausel. Nicht betroffen sind die Legate für das Personal sowie der Erbteil von Mrs Irene Winters. Sollten Fragen zu dem entstanden sein, was ich Ihnen gerade erklärt habe, dann bitte ich Sie, sie jetzt zu stellen. Ich bitte Sie auch sehr herzlich, Mark Kingmans Wunsch zu respektieren und ihn in den nächsten Tagen nicht mit dieser Angelegenheit zu bedrängen.«

Watford ging zu seinem Tisch und goss sich ein Glas Wasser ein. Er nahm einen großen Schluck und bedeutete Jonathan mit einem Wink, dass er und die Angestellten nicht länger benötigt wurden.

Als Erster meldete sich Simon. Seine Verärgerung war ihm deutlich anzumerken.

»Ich finde es, gelinde gesagt, skandalös. Wir kommen hierher, um Marks Geburtstag zu feiern und werden stattdessen mit Verdächtigungen und Maßnahmen konfrontiert, als wären wir allesamt Spitzbuben.«

Beifall heischend sah er sich im Raum um und erntete zustimmendes Gemurmel.

»Mr Kingman, ich beantworte gerne Ihre Fragen. Aber auf Ihre Kritik und Ihre Mutmaßungen kann ich leider nicht antworten. Ich denke, niemand wird hier verdächtigt. Ich bin ehrlich gesagt etwas verwundert, wie wenig Solidarität ich von Ihnen gegenüber Ihrem Herrn Onkel verspüre.«

Doch Simon ließ sich nicht so schnell einschüchtern. Er war etwa so alt wie Watford und arbeitete in leitender Position in einer Werbeagentur in Birmingham. Watford, der über jeden in der Familie bestens informiert war, wusste jedoch, dass er nur selten an seinem Arbeitsplatz weilte, sondern sich meist auf der Rennbahn oder beim Golf aufhielt. Simon Kingman sah gut aus, das wusste er, er hatte ein gutes Auftreten, war eloquent und ein hervorragender Demagoge. Von seinem Beruf verstand er herzlich wenig, was dazu führte, dass man in der Agentur ganz froh war, dass er nur selten die Macher bei der Arbeit störte. Normalerweise hätte man Simon längst auf die Straße gesetzt, aber das ging nicht, da er einen größeren Geldbetrag, den Mark Kingman ihm vor langer Zeit übereignet hatte, in das Unternehmen investierte, sodass er der größte Anteilseigner war. Watford mochte Simon Kingman nicht besonders, er hielt ihn für ein Windei und obendrein für einen Frauenheld. Simons Frau Genevieve, eine üppige Blondine, war vor Jahren seinem Charme erlegen und hatte bestimmt schon oft genug bereut, diesen Mann geheiratet zu haben. Aber Simon ließ ihr viel Freiheit, da er wusste, dass das das beste Rezept war, selbst Freiheit zu genießen. So lebten die beiden wohl nur noch auf dem Papier in einer Ehe und richteten sich ihr Leben so gut wie möglich ein. Von allen Familienmitgliedern waren Simon und seine Frau wohl die Begütertsten. Man musste Simon zubilligen, dass er es verstand, aus der Agentur so viel Geld wie möglich herauszuholen. Er konnte es sich sogar leisten, seiner Tochter in London ein Schauspielstudium und ein ansehnliches kleines Appartement zu finanzieren. Von Judy wurde ihm das wenig gedankt. Es war allgemein bekannt, dass sie ihren Vater hasste und ihre Stiefmutter verachtete, weil sie sich nicht von diesem Idioten, wie sie ihn zu nennen pflegte, trennen wollte.

Simon, die Zustimmung der meisten Familienmitglieder fühlend, fuhr fort: »Ich denke, ich spreche hier für die meisten, wenn ich sage, dass es undenkbar ist, dass jemand von uns diese Briefe verfasst hat. Wir alle lieben Mark, keiner von uns hat es auf sein Geld abgesehen. Und wir alle wünschen uns nichts sehnlicher, als dass er hundert Jahre alt werden möge. Deshalb, Mr Watford, ist Ihre Maßnahme und ich nehme an, Sie haben meinen Onkel dahingehend beraten, ebenso sinnlos wie demütigend für uns.«

»Gut gesprochen, Simon, das musste gesagt werden.«

Es war Martha Stapleton, wer sonst, die Simon Schützenhilfe gab. Charles Kingman mischte sich ein und ersparte Watford so die Antwort.

»Es bringt doch nichts Simon, wenn wir hier jetzt rumlamentieren. Ich gebe dir recht, ich finde es auch entsetzlich, dass wir quasi alle in Sippenhaft genommen werden, aber ich kann natürlich verstehen, dass Mark etwas unternehmen musste. Aber eine Frage hätte ich da doch, Mr Watford. Wenn ich den Inhalt des Briefes, den Mark heute Abend beim Dinner verlesen hat, richtig verstehe, dann lautet die Drohung doch, dass er seinen 70. Geburtstag nicht überleben werde. Das bedeutet doch, dass Mark in allerhöchster Gefahr schwebt, denn sein Geburtstag ist doch morgen, beginnt also in wenigen Stunden. Mein Gott, was haben Sie denn unternommen, um Mark zu schützen?«

Watford war froh über diese Frage und beeilte sich, sie zu beantworten.

»Sie haben ganz recht, Mr Kingman. Die Drohung lautet so. Aber Mark sieht im Augenblick keine akute Gefahr. Es befinden sich derzeit genau 19 Menschen auf Kingman Island. Es ist nicht zu erwarten, dass jemand bei diesem Sturm die Überfahrt von Newquay wagt. Ich habe Mark natürlich den Vorschlag gemacht, einen Sicherheitsdienst zu engagieren. Aber er wollte das nicht. ›Sie sehen Gespenster, Watford‹, sagte er. Und es ist ja auch wahr. Die Drohung ist möglicherweise nur als Einschüchterung gemeint. Ich bin ziemlich sicher, dass Mark Kingman morgen seinen Geburtstag gesund und munter mit uns allen feiern wird.«

»Hallo, Mr Watford!«

Es war Judy, die sich mit dünnem Stimmchen meldete. Dabei schnippte sie mit dem Finger, als wäre sie noch auf der Schule. Judy war vierundzwanzig Lenze jung und ihre ganze Liebe galt der Schauspielerei. Doch die Natur hatte, wie Watford vermutete, vergessen, ihr neben dem Berufswunsch auch das nötige Talent mitzugeben. In ihrem langen seidenen Wickelkleid, das sie wie eine indische Tempeltänzerin aussehen ließ, wirkte sie noch dünner, als sie ohnehin schon war. Die freien Schultern mit den mageren Ärmchen erweckten fast Mitleid. Dabei hatte sie ein ansprechendes Gesicht mit großen dunklen Augen und einem kleinen, ein wenig nach oben gebogenen Näschen. Ihr langes pechschwarzes Haar war in der Mitte geteilt und fiel völlig gerade über ihre Schultern bis fast zum Po. Sie sah sympathisch aus, was Watford auch darauf zurückführte, dass sie bis auf einen roten Hennapunkt über der Nasenwurzel gänzlich ungeschminkt war.

»Bitte, Miss Judy, haben Sie eine Frage?«

Watford versuchte, besonders liebenswürdig zu klingen.

»Allerdings, Mr Watford. Ich kann nicht verstehen, warum die Angestellten und Irene weniger verdächtig sein sollen als wir. Ich meine, warum sollte ich meinem Großonkel solche Briefe schicken und wie könnte ich ihn umbringen? Ich wusste bis heute nicht einmal, dass er mich in seinem Testament bedenken will. Also wenn wir doch trotzdem alle verdächtig sind, dann wäre es doch genauso denkbar, dass alle anderen auch infrage kommen. Schließlich profitieren sie doch auch von einem möglichen Erbe.«

»Eine sehr gute und berechtigte Frage«, warf Dr. Wafer ein.

»Nun, Miss Judy. Wenn wir einmal davon absehen, dass die Angestellten, mit Ausnahme der beiden für das Wochenende engagierten Aushilfsmädchen, alle seit Jahren hier mit Mark Kingman im gleichen Haus wohnen, dann kann ich mir beim besten Willen nicht vorstellen, dass jemand von ihnen ein Interesse hätte, Mark Kingman solche Briefe zu schreiben. Zudem können wir ausschließen, dass jemand von den Angestellten zu den fraglichen Terminen in London, in Birmingham, in Southampton oder in Swansea war. Das sind nämlich die Orte, in denen die Briefe aufgegeben wurden. Also genau die Orte, an denen jeweils einige von Ihnen wohnen. Nein, ich denke da so wie Mark, die Angestellten haben mit den Briefen bestimmt nichts zu tun. Es gibt da noch andere Indizien, die diesen Schluss nahelegen, aber darüber bin ich nicht befugt, mit Ihnen zu sprechen. Soweit es Mrs Winters angeht, ich weiß nicht, willst du selbst etwas dazu sagen?«

Watford sah zu Irene hinüber, doch die schüttelte den Kopf.

»Ich kann Ihnen nur so viel sagen, dass ihr Onkel sie ausdrücklich von der Maßnahme ausgeklammert sehen wollte.«

Richard Blumenfeld war aufgestanden und nach vorne an den Tisch von Watford herangetreten.

»Darf ich den Brief mal sehen?«

Watford gab ihm den braunen Umschlag und Blumenfeld sah sich den Inhalt lange und genau an. Dabei schüttelte er immer wieder den Kopf und murmelte nur: »Wer um alles in der Welt macht so was?«

Watford war klar, dass ein Verlust der Erbschaft für die meisten Anwesenden ein schwerer Schlag sein würde. Mark Kingmans Bruder Charles, obwohl nicht mehr der Jüngste, träumte noch immer davon, sich durch seine archäologischen Ausgrabungen einen Namen für die Ewigkeit zu schaffen. Sein Bruder hatte für sein Hobby wenig Verständnis und bezeichnete ihn immer wieder scherzhaft als Grabschänder. Dennoch liebte er ihn herzlich und überließ ihm ab und an kleinere Summen für seine Projekte, die er mit seinem geringen Einkommen als Museumskurator nicht finanzieren konnte. Stapleton hatte sich aus der Diskussion rausgehalten, weil er im Moment andere Sorgen hatte. Doch auch ihm waren irgendwie die Felle davon geschwommen, denn auch wenn er niemandem den Tod wünschte, eine Erbschaft käme ihm natürlich ziemlich gelegen, um seine Firma in letzter Sekunde doch noch vor dem Ruin zu retten.

Watford hatte den Eindruck, dass alle jetzt gerne die Versammlung aufgehoben hätten und sich für den Rest des Abends noch nach etwas Geselligkeit sehnten. Da keine weiteren Fragen zu beantworten waren, wünschte Watford allen noch einen schönen Abend und löste die Zusammenkunft auf. Erleichtert und mit gestillter Neugier verließen die Gäste von Droughty Hall die Bibliothek, um im Billardzimmer oder im Salon weitere Einzelheiten ohne Beisein von Watford zu besprechen. Watford hielt Stapleton zurück und bat ihn, noch kurz zu bleiben, um mit ihm unter vier Augen zu sprechen. Stapleton ergab sich widerstrebend seinem Schicksal. Watford lud ihn ein, es sich in einem der Sessel am Kamin bequem zu machen, und setzte sich ihm gegenüber.

»Mr Stapleton. Ich möchte mit Ihnen kurz über Ihr Unternehmen Stapleton-Landmaschinen sprechen.«

»Aber ich nicht mit Ihnen«, antwortete Stapelton und machte Anstalten aufzustehen. »Darüber rede ich nur mit meinem Schwager.«

Watford drückte ihn sanft in den Sessel zurück.

»Dann hören Sie mir wenigstens zwei Minuten zu. Nächste Woche werden Sie Löhne und Gehälter anweisen müssen. Aber es ist kein Geld da. Ist Ihnen klar, dass Sie dann zum Konkursrichter gehen müssen?«

»Woher wollen Sie das wissen? Die Bank wird mir schon das Geld geben.«

»Die Bank, Mr Stapleton, wird Ihnen keinen Cent mehr geben. Ihre Verbindlichkeiten belaufen sich auf das Dreifache dessen, was Ihr Unternehmen wert ist. Kingman Enterprises hat der Bank alle Ihre Verbindlichkeiten abgelöst. Ihr Unternehmen, Stapleton, gehört Ihnen bereits nicht mehr und auch nicht mehr Ihrer Hausbank. Ihr Unternehmen gehört seit Wochen zum Kingman-Imperium.«

Stapleton war kreideweiß im Gesicht geworden. Auch wenn er ein schlechter Kaufmann war, ihm war klar, was das bedeutete.

»Was wollen Sie?«

»Wir wollen Ihnen helfen, Stapleton. Helfen!«

Stapleton lachte verbittert auf.

»Jahrelang habe ich meinen Schwager angefleht mir zu helfen und er hat mich immer nur ausgelacht und jetzt wollen Sie mir helfen? Was steckt da dahinter?«

»Sie irren sich Stapleton. Sie haben Ihren Schwager nicht angefleht, Sie haben gefordert. Hätten Sie ihn gebeten, hätte er Ihnen geholfen. Zu seinen Bedingungen allerdings. Er hat immer wieder gesagt: Ein Mann, der es so lange mit meiner Schwester aushält, kann nicht ganz schlecht sein. Aber ich bin nicht Mark. Ich habe keine familiären Beziehungen zu Ihnen. Mir geht es nur um das Unternehmen und um die Vermeidung von negativen Schlagzeilen. Ihr Bankrott würde von der Presse mit dem Namen Kingman in Verbindung gebracht werden. Das möchte ich gerne vermeiden. Nur deswegen werden wir Sie retten. Also, Sie haben die Wahl.«

Watford hielt plötzlich eine Akte mit dem Firmenlogo von Stapleton-Landmaschinen in den Händen und entnahm ihr einen vorbereiteten Vertrag.

»Was ist das?«

»Ihre Rücktrittserklärung! Sie haben bis Montag Zeit, sie zu unterschreiben. Andernfalls wird es einen Skandal geben und Sie werden Ihres Postens enthoben. Was das für Ihre Zukunft bedeutet, muss Ihnen klar sein. Ihre Frau Martha würde sich sofort von Ihnen trennen, da gehe ich jede Wette ein. Sie wären mittellos. Wenn Sie jedoch unterschreiben, werden wir das Unternehmen in eine Aktiengesellschaft umwandeln und unter das Dach des Konzerns eingliedern. Da Sie zwar ein unbegabter Kaufmann, aber ein ziemlich begabter Ingenieur sind, würden Sie in den nächsten Jahren bis zu Ihrer Pensionierung den Posten des Entwicklungschefs im Range eines Vorstandsmitglieds innehaben. Das ist mein Angebot. Sie können gerne noch einmal darüber schlafen. Wenn ich Ihnen persönlich einen guten Rat geben darf: Besprechen Sie die Sache nicht mit Ihrer

Frau. Wenn Sie eine Entscheidung getroffen haben, Sie wissen, wo Sie mich finden. Damit wünsche ich Ihnen noch einen schönen Abend.«

Watford war aufgestanden, hatte seine Sachen zusammengepackt und den verdutzten Stapleton in der Bibliothek zurückgelassen. Watford war sich sicher: Er wusste, wie sich Stapleton entscheiden würde.

6. Kapitel: Ein Mord wird entdeckt

Hinter jedem großen Vermögen
steht ein Verbrechen.
Honoré de Balzac

In dieser Nacht fand Paul Watford keinen Schlaf. Der Regen hatte aufgehört und der Sturm riss große Löcher in die Wolkendecke. Der Vollmond sandte sein Licht durch die Scheiben von Pauls Mansardenfenster und malte kleine helle Rauten auf den Zimmerboden. Windböen rüttelten an den Dachschindeln und Pauls Gedanken kreisten um seine Auseinandersetzung mit Irene. Eigentlich hätte sie es verdient, dass er wütend auf sie war. Was bildete sie sich eigentlich ein. Was hatte er ihr getan? Dieses verwöhnte kleine Balg, dem der reiche Onkel immer alle Steine aus dem Weg geräumt hatte. Aber im Grunde konnte er ihr doch nicht so recht böse sein. Er fragte sich, ob er wirklich so unschuldig war, wie er sich fühlte. Hatte er sich je darüber Gedanken gemacht, was wirklich in Irene vorging? Woher kam diese grenzenlose Wut auf ihn? Alle seine Versuche, mit ihr ins Reine zu kommen, waren doch nichts anderes als Rechtfertigungen. Sicher, er brauchte sich nichts vorzuwerfen. Er war nicht verantwortlich für ihr Leid. Aber wie war er damit umgegangen? Hatte er sich wirklich bemüht, das Richtige zu tun, oder hatte er sich gar in seinem Innersten darüber gefreut, dass ihre Ehe gescheitert war, nachdem sie ihn so kaltschnäuzig abserviert hatte? Er hatte sich diese Fragen schon so oft gestellt und war nie zu einem Ergebnis gekommen. Um sich abzulenken, griff er nach dem Buch, das er sich als Bettlektüre aus der Bibliothek mitgenommen hatte, aber er konnte sich nicht auf den Inhalt konzentrieren. So wälzte er sich in seinem Bett hin und her. Zwei Mal stand er auf, um sich die Arme unter kaltem Wasser abzukühlen. Seine Mutter hatte ihm immer gesagt, dies sei gut gegen Schlaflosigkeit, aber auch das half nichts. Er schüttelte die Kissen auf und fand trotz allem keine Ruhe. Gegen Morgen fielen ihm dann vor Erschöpfung die Augen zu. Wilde Träume begleiteten ihn. Einmal befand er sich inmitten einer ungeheuer großen Sandwüste. Düne an Düne reihte sich aneinander bis zum Horizont. Immer wieder stapfte er die Flanken der Sandhügel hoch, um auf der anderen Seite wieder hinunter zu stolpern. Dann entdeckt er hinter einer der Dünen ein Haus, das so aussah wie Droughty Hall. Es war schon halb vom Sand zugeweht, nur der Westflügel und der Eingang mit der breiten Steintreppe waren noch zu sehen. Als er die Treppe erreichte, stand Irene vor ihm. Sie trug ein dünnes durchscheinendes Hemd und trotz der sengenden Sonne schien sie zu frieren. Ihr Haar flatterte wirr um ihren Kopf und stumm hielt sie ihm ihr totes Kind entgegen. Aber es war kein Kind, es war nur eine leblose Puppe. Als Irene es bemerkte, fing sie an zu weinen und riss der Puppe den Kopf ab. »Sieh nur, was du angerichtet hast!«, schrie sie ihm durch den tosenden Sandsturm entgegen. Wütend schlug sie den Puppenkörper wieder und wieder gegen die steinerne Balustrade. Tock, tock, tock.

Langsam begriff Paul, dass es nicht das Geräusch der berstenden Puppe aus seinem Traum war, das er hörte, sondern ein ungeduldiges Pochen an seiner Zimmertür. Ein Blick auf die Uhr sagte ihm, dass es kurz vor sieben Uhr war. Der Sturm hatte sich gelegt. Durch das Fenster drang das erste fahle Licht des Tages. Aus tief hängenden Wolken nieselte es leicht. Es würde wohl den ganzen Tag nicht aufhören. Wieder klopfte es an der Tür, eindringlicher und lauter als vorher. Paul sprang aus dem Bett und schlüpfte in seine Hose. Auf dem Weg zur Tür hörte er die verhaltene Stimme des Butlers.

»Mr Watford, Sir, bitte öffnen Sie. Es ist dringend!«

Watford öffnete die Tür und sein Blick fiel auf einen total aus der Fassung geratenen Jonathan. Solange er den Mann kannte, verkörperte er für ihn immer den steifen, distinguierten englischen Butler, dessen würdevolles Aussehen das Rückgrat des Kingman'schen Anwesens, ja mehr noch, des gesamten britischen Empires bildete. Paul hätte geschworen, dass Jonathan selbst angesichts des Weltuntergangs sein etwas blasiertes Gehabe nicht ablegen würde, nach dem Motto »Sir, die Arche steht bereit«. Dieser Jonathan jedenfalls war eine gänzlich neue Erfahrung für Paul. Der Butler sah aus, als hätte er die Nacht durchgezecht, so blass war sein Gesicht. Das sonst so exakt gescheitelte, glatt gebürstete Haar hing zerzaust in die Stirn. Die obligatorische Fliege war verrutscht und klammerte sich seitlich an den Kragen, von wo sie jeden Moment abzustürzen drohte. Mit der rechten Hand hielt sich Jonathan am Türrahmen fest. Keuchend stieß er hervor: »Sir, bitte kommen Sie schnell, etwas Schreckliches ist geschehen. Mr Kingman … ein Messer … tot.«

Watford, der befürchtete, der Mann würde gleich die Besinnung verlieren, packte ihn an der Schulter und zog ihn ins Zimmer.

»Kommen Sie, Jonathan, nehmen Sie erst einmal Platz. Sie sehen ja fürchterlich aus. Warten Sie, ich hole Ihnen ein Glas Brandy.«

Jonathan protestierte nicht, als Paul zur Anrichte ging und ein halbes Glas Brandy für ihn einfüllte. Der Butler trank es in einem Zug aus und atmete danach einige Male tief durch. Er sah zu Paul auf, der vor ihm stand, und sagte mit seltsam gebrochener Stimme: »Danke Sir, es geht schon wieder. Verzeihen Sie mir, wenn ich mich für einen Moment nicht in der Gewalt hatte. Bitte folgen Sie mir. Mr Mark Kingman wurde heute Nacht ermordet.«

Jonathan hatte sich wieder gefangen und war schon fast wieder der Alte. Er strich sich das Haar glatt und ordnete im Gehen seine Kleidung. Paul folgte ihm. Er war überrascht, dass ihn die Nachricht nicht so sehr bewegte, wie sie es eigentlich sollte. Es war fast, als hätte er damit gerechnet. Vielleicht wollte er es aber auch einfach nicht wahrhaben. Doch mit jedem Schritt, mit dem sich die beiden Männer dem Schlafzimmer von Mark Kingman näherten, wurde ihm deutlicher, welch weitreichende Konsequenzen das haben würde. Endlich erreichten sie die halb offen stehende Schlafzimmertür. Jonathan blieb stehen und ließ Paul den Vortritt. Vorsichtig betrat dieser das Zimmer und mit einem Blick war ihm klar, dass Jonathan sich nicht geirrt hatte. Das lange Messer in der Brust des Toten ließ keinen Zweifel aufkommen; Mark Kingman weilte nicht mehr unter den Lebenden. Watford kannte das Mordinstrument. Es handelte sich um einen schweren malaiischen Dolch, der für gewöhnlich im Zimmer des jungen Blumenfelds an der Wand hing. Paul drehte sich zu Jonathan um, der ihm ins Zimmer gefolgt war.

»Haben Sie irgendetwas angefasst?«

Der Butler schüttelte den Kopf.

»Nur die Türklinke, Sir, aber da wusste ich ja noch nicht, was mich erwarten würde. Ich habe sofort gesehen, was los war, Sir. Ich bin zwar noch etwas näher getreten, aber ich wusste, da kommt jede Hilfe zu spät. Mein erster Weg hat mich zu Ihnen geführt.«

»Dann weiß bis jetzt noch niemand von dem Verbrechen außer uns beiden?«

»Niemand Sir, außer dem Täter, wenn Sie mir die Bemerkung gestatten.«

Paul ließ den Blick durch das Zimmer schweifen.

»Kommen Sie, wir können hier nichts mehr tun.«

Er legte dem Butler die Hand auf die Schulter und bugsierte ihn vorsichtig aus dem Zimmer. Mit spitzen Fingern zog er die Tür hinter sich zu und sperrte ab. Den Schlüssel steckte er in seine Tasche. Mit einem Mal wurde Paul das ganze Ausmaß der Katastrophe bewusst. In die Gedanken über das, was jetzt zu tun sei, mischte sich Trauer über den Tod seines Arbeitgebers, den Paul menschlich sehr geschätzt und dem er so viel zu verdanken hatte.

»Jonathan, ich werde jetzt die Polizei verständigen und anschließend mit Mrs Winters sprechen. Bitte bewahren Sie zunächst Stillschweigen über das, was passiert ist, auch wenn es Ihnen schwerfällt. Ich werde die Familie später informieren.

Und bitten Sie Mills, er möge sich hierher bewegen und sich vor dieser Tür postieren. Hier darf niemand hinein.«

Jonathan nickte.

»Sehr wohl, Sir. Es wird wohl das Beste sein, ich lasse wie gewohnt das Frühstück bereiten. Das Leben muss ja weitergehen.«

Die beiden Männer trennten sich. Paul ging nachdenklich die Treppe hinunter ins Erdgeschoss, wo er sein eigenes kleines Büro hatte. Er wählte die Nummer der Kriminalpolizei in Newquay: »Hier spricht Paul Watford von Kingman Island, ich habe einen Mord zu melden …«

*

Der diensthabende Polizeibeamte in Newquay hatte Watford versprochen, umgehend Scotland Yard zu verständigen. Watford wurde kurze Zeit später vom Yard angerufen und es wurde ihm mitgeteilt, dass gegen Mittag mit dem Eintreffen der Beamten zu rechnen sei. Watford hatte geduscht, war frisch rasiert und hatte einer inneren Regung folgend zu Ehren des Verstorbenen den dunklen Anzug angezogen, den er für das festliche Dinner heute Abend vorgesehen hatte.

Jetzt stand er vor Irenes Zimmer und wartete, dass sie auf sein Klopfen reagierte. Es war noch nicht Irenes Zeit und er musste lange warten, bis er ihre verschlafene Stimme hörte. Er klopfte noch einmal und endlich öffnete Irene die Tür einen Spalt weit. Sie blinzelte ihn mit verschlafenen Augen an. Als sie sah, dass es Paul war, der sie aus dem Schlaf gerissen hatte, bildete sich eine Ärger signalisierende Falte zwischen ihren Augenbrauen.

»Ich hoffe, du hast einen guten Grund, mich so früh am Morgen zu stören. Was gibt es?«

Paul, der sich nicht auf lange Diskussionen zwischen Tür und Angel einlassen wollte, drückte die Tür auf und zwängte sich an ihr vorbei ins Zimmer.

»He, was soll das, du kannst doch hier nicht einfach so hereinplatzen. Was bildest du dir eigentlich ein …«

Pauls verzweifelte Miene brachte sie jedoch zum Schweigen. Unsicher starrte sie ihn an.

»Bitte setz dich, Irene. Ich muss dir etwas sehr Trauriges mitteilen.«

Erst jetzt fiel Paul auf, dass Irene halb nackt, nur mit einem dünnen seidenen Morgenmantel bekleidet, vor ihm stand. Sie war mit einem Mal hellwach. Der Ärger war aus ihren Zügen gewichen. Angst breitete sich auf ihrem hübschen Gesicht aus.

»Was ist geschehen? Sag, dass es nicht wahr ist.«

»Doch, Irene. Es ist wahr. Dein Onkel ist heute Nacht getötet worden. Jonathan hat ihn am Morgen mit einem Messer in der Brust tot aufgefunden. Es tut mir aufrichtig leid.«

In Irenes Gesicht zuckte es. Tränen liefen über ihr Gesicht, ein tiefes Schluchzen entrang sich ihrer Brust. Mit einer hilflosen Geste hob sie die Arme. Dann warf sie sich, von Weinkrämpfen geschüttelt, auf das Bett und vergrub ihren Kopf im Kissen. Paul stand unschlüssig mitten im Zimmer, und wusste nicht was er tun sollte. Er wagte es nicht, sie zu trösten oder gar zu berühren, nach all dem, was zwischen ihnen vorgefallen war. Es blieb ihm nichts anderes übrig, als zu warten. Endlich beruhigte sich Irene, setzte sich auf und sah ihn an. Sie strich sich die Haare aus dem Gesicht und fuhr mit dem Handrücken schniefend über die Nase wie ein kleines Mädchen, das seine Puppe verloren hatte.

»Wo ist Onkel Mark? Ich will zu ihm.«

»Er liegt in seinem Zimmer. Es ist kein schöner Anblick. Vielleicht wäre es besser …«

»Ich will zu ihm!«

Sie stand auf, raffte den Morgenmantel enger zusammen und hastete an Paul vorbei aus dem Zimmer. Irenes Schlafzimmer lag in der gleichen Etage wie das ihres Onkels im Westflügel. Sie brauchten lediglich um einen Mauervorsprung herumzugehen und standen vor der verschlossenen Tür. Paul war ihr gefolgt und schloss wortlos auf. Bevor er sie eintreten ließ, sagte er: »Dein Onkel wurde ermordet. Das ist ein Tatort. Du solltest nichts anfassen.«

Dann ließ er Irene ein und blieb selbst an der Tür stehen. Vorsichtig, als wollte sie die Totenruhe nicht stören, näherte sich Irene langsam dem Bett. Stumm blickte sie auf den toten Greis hinab, der da mit einem Messer in der Brust vor ihr lag. Für einen Moment glaubte Watford, sie würde sich über ihn werfen und ihn in ihre Arme nehmen, doch dann drehte sie sich langsam um und kam zurück. Als sie an ihm vorbeiging, sah sie ihn mit einem hasserfüllten Blick an. Völlig ruhig sagte sie: »Ich kann nicht verstehen, warum ihr ihn nicht besser habt bewachen lassen. Ist es nicht seltsam, dass du immer dabei bist, wenn mir das Liebste genommen wird? Erst Jumping Jack, dann mein Kind, mein Ehemann und jetzt mein geliebter Onkel. Zerstören ist wohl alles, was du zustande bringst.«

Damit ließ sie ihn stehen und ging in ihre Räume zurück. Paul stand da wie ein begossener Pudel. Das war selbst für sein ausgleichendes Wesen zu viel. Was bildete sich diese Frau überhaupt ein? Hatte sie noch alle Tassen im Schrank? Paul ballte die Fäuste. Am liebsten wäre er ihr nachgelaufen und hätte ihr ins Gesicht geschrien, dass sie ein verwöhntes egozentrisches Biest sei, unfähig zu jeder Selbstkritik. Doch sein Zorn verrauchte, so schnell wie er gekommen war. Er zwang sich zur Ruhe und hielt ihr zugute, dass sie gerade den liebsten Menschen und eigentlich sogar den einzig wirklich wichtigen Menschen in ihrem Leben verloren hatte. Da sagt man so manches, ohne es vielleicht im Innersten wirklich zu meinen. Nur eines wurde Paul ebenfalls in diesem Moment bewusst: Das war nicht mehr die Irene, die er einmal geliebt hatte.

Als Watford den Speisesaal betrat, fand er dort Charles Kingman vor. Er bediente sich gerade an dem in einer Ecke des Raumes aufgebauten Büfett und wartete darauf, dass das metallene Transportband der Toastmaschine die eingelegten Weißbrotscheiben ausspuckte.

»Guten Morgen, Mr Watford. So früh schon auf den Beinen? Wenn Sie noch nicht gefrühstückt haben, gesellen Sie sich doch zu mir«, forderte er den Anwalt jovial auf.

Watford trat auf Charles zu, der mittlerweile mit einem vollen Teller zu einem der Tische ging. Jonathan hatte die Tafel vom gestrigen Abend in einzelne Tische getrennt, sodass der Eindruck eines gemütlichen Frühstücksraums in einem Hotel entstanden war. Offensichtlich sah Charles Kingman Watford an, dass dieser nicht zu einem unverbindlichen Frühstücksplausch gekommen war.

»Was ist los, Watford? Sie machen ja ein Gesicht wie sieben Tage Regenwetter«, polterte Charles los und machte sich daran, die dunkel gebräunten Toastscheiben zu belegen.

Watford zögerte mit der Antwort. Aber was sollte er tun, Charles und die anderen mussten es erfahren.

»Es ist etwas Unfassbares geschehen, Mr Kingman. Ihr Bruder wurde heute Nacht ermordet. Mein herzliches Beileid.«

Charles Kingman legte sein Besteck auf dem Teller ab und schaute Watford ungläubig an.

»Der Herr sei seiner armen Seele gnädig.«

Charles nahm die Serviette, tupfte sich den Mund ab und schüttelte dabei unablässig den Kopf. Er war zwar zwei Jahre jünger als Mark, sah aber deutlich älter aus. Sein schlohweißes Haar war an den Schläfen dünn geworden. Sein Gesicht und seine Hände waren vom vielen Aufenthalt unter südlicher Sonne wettergegerbt und über und über voller tiefer Runzeln. Sein ohnehin schon gebeugter Rücken schien jetzt, nachdem man ihm die Nachricht vom Tod seines Bruders überbracht hatte, noch runder geworden.

In diesem Augenblick betrat Richard Blumenfeld den Raum. Watford legte als Zeichen seines Mitgefühls Charles Kingman die Hand auf den Arm. Dann stand er auf und ging zu Blumenfeld, der unsicher an der Tür stehen geblieben war und offensichtlich nicht wusste, wie er sich verhalten sollte. Watford nahm ihn am Arm und bat ihn, ihm für einen Moment in sein Büro zu folgen.

Dort angekommen, bot er ihm den Besucherstuhl vor seinem Schreibtisch an. Er selbst ging zum Tresor und entnahm ihm einen kleinen braunen Umschlag, mit dem er an seinen Schreibtisch zurückkehrte. Blumenfeld schien nervös. Feiner glänzender Schweiß stand ihm auf der Stirn und sein Blick war starr auf die Papiere auf Watfords Schreibtischplatte gerichtet. Watford setzte sich ihm gegenüber und reichte ihm den Umschlag.

»Mr Blumenfeld, es gibt keinen Grund mehr, Ihnen diesen Umschlag weiter vorzuenthalten. Es hat heute Nacht eine schreckliche Katastrophe gegeben. Mr Mark Kingman wurde ermordet. Ich wollte Ihnen diese Nachricht, zu der ich Ihnen gleichzeitig mein herzlichstes Beileid ausdrücke, nicht übermitteln, ohne Ihnen dieses persönliche Schreiben von Mark Kingman zu übergeben.«

Blumenfeld nahm mit zitternden Fingern das braune Kuvert. Er hob den Blick und sah Watford für einen Moment direkt an. Seine Augen füllten sich mit Tränen, seine Mundwinkel zuckten.

»Dann hat der Verfasser des anonymen Briefs also doch Ernst gemacht. Ich habe es befürchtet.«

Er riss den Umschlag auf und entnahm ihm einen gefalteten Bogen Papier. Es war ein nur kurzer handschriftlicher Brief von Mark Kingman an Richard. Watford kannte den Inhalt des Schreibens. Blumenfeld reichte ihm das Papier mit der Bemerkung: »Mr Watford, ich habe meine Brille nicht bei mir. Ich nehme an, Sie wissen ohnehin, was drinsteht. Wären Sie bitte so freundlich, mir den Brief vorzulesen?«

Watford kam dieser Bitte gern nach.

Mein lieber Richard,
deine Mutter Sophie und ich waren sehr gute Freunde. Man könnte fast sagen, sie war meine große Liebe. Aber ich hatte damals mit Ann schon eine andere Frau gefunden, die ich noch mehr liebte und mit der ich verheiratet war. Deine Mutter wusste, dass die Ehe für mich ein sehr hohes Gut darstellt und dass uns deshalb nur die Freundschaft blieb. Aber diese war sehr schön und tief.

Manche Menschen, Richard, sind von Natur aus böse. Sie können sich nicht vorstellen, dass zwei Menschen, Mann und Frau, die sich beruflich tagaus tagein nahe sind, doch nichts weiter verbindet als Respekt und Freundschaft. Man dichtete uns ein Verhältnis an.

Eines Tages erklärte mir Sophie, dass sie schwanger sei. Sie hatte sich einige Wochen vorher bei einem Betriebsfest heftig mit mir gestritten. Wir hatten wohl beide etwas zu viel getrunken und Sophie machte mir eine Szene. Sie wollte nicht länger die zweite Geige spielen und nannte mich einen Versager. Schließlich

hätten auch andere Männer eine Geliebte. Ich war entsetzt über ihre Worte und beleidigte sie. Dann bin ich gegangen, ohne mich weiter um deine Mutter zu kümmern. Sie blieb. Ein Kollege, der die Situation ausnutzte und sie tröstete, verbrachte wohl auch die Nacht mit ihr. Und es passierte eben.
Sie hat mir nie gesagt, wer der Kollege war und sie wollte auch nicht, dass er es erfährt. Aber sie wollte das Kind. Dich!
Ich habe ihr versprochen, ich würde mich um sie kümmern und für das Kind sorgen. Als es offensichtlich war, dass Sophie schwanger war, dachten wohl alle, ich sei der Vater. Mir war das egal, denn ich hatte ja ohnehin vor, mich um dich zu kümmern. Wichtig war mir nur, dass meine Ann wusste, dass ich ihr nicht untreu geworden war.
Als du dann geboren wurdest, verließ deine Mutter die Firma. Sie konnte es nicht mehr ertragen, als die Geliebte des Chefs abgestempelt zu werden, zumal das ja gar nicht den Tatsachen entsprach. Das hat leider dazu geführt, dass unser Kontakt immer seltener wurde. Ich konnte zwar finanziell für dich und deine Mutter sorgen, aber das menschliche, die vertraute Nähe, die früher zwischen uns bestand, die konnte ich ihr nicht mehr geben. Sie wurde sehr krank. Ich besorgte ihr die besten Ärzte, aber es half nichts. Eines Tages war sie tot. Man hat nie herausgefunden, ob es ein Suizid war, oder die Folge ihres Leidens.
Ich weiß, du hast immer geglaubt, ich sei dein Vater. Und du hast immer gewollt und gehofft, ich würde dich eines Tages anerkennen. Glaub mir, ich hätte es getan, wenn ich wirklich dein Vater gewesen wäre. Aber ich wollte dir auch nicht die Wahrheit sagen, denn dann hättest du gar keinen Vater mehr gehabt. Vielleicht hättest du mir auch nicht geglaubt. Wenn du diese Zeilen liest, werde ich nicht mehr unter den Lebenden weilen. Schon deshalb gibt es keinen Grund mehr für mich, dich zu belügen. Ich habe dich immer geliebt. Auf meine Art. Ich habe in dir ein Stück deiner wundervollen Mutter gesehen. Sie war eine liebevolle, sehr empfindsame Frau. Ich wollte, dass auch uns beide eine Freundschaft verbinden würde, wie ich sie zu deiner Mutter hatte. Aber es ist mir nie gelungen, dein Vertrauen zu gewinnen. Du wolltest in mir immer den Vater sehen,

nie den Freund. Wie dem auch sei. In meinem Testament habe ich dafür gesorgt, dass wenigstens deine finanzielle Zukunft gesichert ist. Mein Versprechen, das ich deiner Mutter gegeben habe, ich werde es über den Tod hinaus erfüllen.
In Liebe, dein Mark

Watford faltete den Brief und steckte ihn zurück in den Umschlag. Was er Richard verschwieg, war, dass Mark Kingman vor Jahren schon Untersuchungen hatte anstellen lassen. Sie ergaben eindeutig, dass Mark Kingman nicht Richards Vater war. Und sie ergaben noch etwas anderes, nämlich die Identität seines wahren Vaters. Der Beweis dafür lagerte im Tresor, doch Watford hielt es nicht für opportun, den ohnehin schwer gebeutelten jungen Mann jetzt auch noch damit zu konfrontieren. Draußen im Flur waren plötzlich aufgeregte Stimmen zu hören. Die Tür flog auf und Simon Kingman stürmte mit hochrotem Kopf in Watfords Büro, im Schlepptau Martha Stapleton, seine Frau und Dr. Wafer.

»Also, hier sind Sie, Watford«, begann Simon in aggressivem lautem Tonfall.

»Was halten Sie davon, wenn Sie erst mal die Familie informieren, statt dem jungen Blumenfeld eine Privataudienz zu gewähren? Außerdem sitzt dieser Mills vor dem Schlafzimmer meines Onkels und lässt niemand vorbei. Wo sind wir denn hier.«

Seine drei Begleiter murmelten Zustimmendes, blieben aber respektvoll an der Tür zurück. Watford stand – äußerlich gelassen – auf und stellte sich Simon in den Weg. Seinem Gesicht war der Ärger über die Störung deutlich anzusehen. Insgeheim beglückwünschte er sich zu seiner Maßnahme, Mills als Aufpasser vor die Tür gesetzt zu haben. Dennoch sagte er in ruhigem aber bestimmten Ton: »Mr Kingman, zuallererst einmal befinden Sie sich hier als Gast in einem Trauerhaus. Ich nehme doch an, dass Sie wissen, wie Sie sich in einem solchen Fall zu benehmen haben. Wenn Sie und Ihre Freunde sich im Speisesaal noch kurz gedulden, werde ich in wenigen Minuten bei Ihnen sein. Ich befürchte allerdings, dass ich Ihnen nur wenig Neues werde sagen können. Und jetzt verlassen Sie bitte unverzüglich mein Büro. Sie alle.«

Damit schob er den merklich ruhiger gewordenen Simon samt seiner Gefolgschaft aus dem Zimmer und schloss die Tür.

Richard Blumenfeld, der die Szene von seinem Stuhl aus betrachtet hatte, schüttelte missbilligend den Kopf und sagte wie zu sich selbst: »Oh, wie ich diesen Typen hasse.«

Watford überhörte die Bemerkung. Blumenfeld, der wohl erkannte, dass das Gespräch beendet sei, erhob sich und bedankte sich beim Hinausgehen noch einmal bei Watford für dessen Ehrlichkeit.

»Obwohl ich sehr traurig bin, dass Mark tot ist, jetzt ist mir doch ein wenig leichter ums Herz. Jetzt kenne ich den Grund dafür, warum Mark so zurückhaltend war. Ich werde in ihm trotzdem immer so etwas wie einen Vater sehen. Guten Morgen, Mr Watford.«

Watford informierte telefonisch seinen Kanzleivorsteher in Newquay und erteilte ihm einige Aufträge, schärfte ihm aber ein, die Sache noch so lange geheim zu halten, bis er mit seinem Pressechef die Einzelheiten eines formellen Statements abgesprochen habe. Dann begab er sich in den Speisesaal. Dort hatten sich mittlerweile alle Geburtstagsgäste versammelt. Nur Irene fehlte, die mit ihrem Schmerz offensichtlich lieber für sich blieb. Es hatten sich einige Grüppchen gebildet, die erregt diskutierend herumstanden, dazwischen saßen einige Gäste beim Frühstück. Als Watford eintrat, verstummten die Gespräche und alle Augen richteten sich auf ihn. Watford, der bis dahin noch nicht zum Frühstücken gekommen war, holte sich vom Büfett eine Tasse Kaffee und spürte dankbar, wie ihm der Duft des heißen bitteren Getränks in die Nase zog. Er nahm einen kräftigen Schluck und stellte dann die Tasse weg.

»Meine Damen und Herren, inzwischen werden Sie wohl alle erfahren haben, was sich heute Nacht in diesem Haus ereignet hat. Dazu möchte ich Ihnen allen meine herzlichste Anteilnahme aussprechen. Ich erwarte jeden Moment das Eintreffen der Beamten von Scotland Yard. Zu den Ereignissen heute Nacht selbst kann ich Ihnen leider nichts sagen. Jonathan hat

Mr Kingman heute Morgen tot aufgefunden. In seiner Brust steckte ein Dolch. Wir müssen also davon ausgehen, dass ein Verbrechen verübt wurde und ich bitte Sie sehr herzlich, den Beamten der Polizei in jeder Beziehung bei der Aufklärung behilflich zu sein.«

In die Stille hinein, die Watfords Worten folgte, rief Judy mit weinerlicher Stimme: »Ich möchte nach Hause.«

Es schien, als hätte Simon Kingman, dieser ewige Schwätzer, nur darauf gewartet, dass ihm seine Tochter dieses Stichwort liefern würde. Er schaltete sich sofort ein.

»Eine gute Idee, wir sollten diesen schrecklichen Ort so schnell wie möglich verlassen, bevor dieser Irre, der hier auf der Insel sein Unwesen treibt, noch einmal zuschlägt.«

Noch bevor Watford antworten konnte, mischte sich Martha Stapelton ein. »Du glaubst doch wohl nicht im Ernst, Simon, dass ein Fremder Mark auf dem Gewissen hat. Das war einer von uns.«

Und zu Watford gewandt fügte sie hinzu: »Aber ich denke genauso wie Simon, ich möchte nicht einen Tag länger mit einem Mörder unter einem Dach leben. Vielleicht wären Sie so freundlich, Mr Watford, diesen Coogan oder wie immer der Mann heißen mag, zu bitten, uns im Laufe des Tages abzuholen.«

»Jonathan wird das gerne für Sie erledigen, Mrs Stapleton«, antwortete Watford. »Ich denke jedoch, jedem von Ihnen, der die Insel verlassen möchte, sollte klar sein, dass er unter Umständen ein wichtiger Zeuge in einem Mordfall ist. Die Polizei wird sicher nicht sehr erfreut sein, wenn Sie den Schauplatz des Verbrechens verlassen, bevor sie mit jedem Einzelnen von Ihnen sprechen konnte. Außerdem gibt es noch etwas, was ich zu bedenken gebe. Als Vollstrecker des letzten Willens von Mark Kingman sehe ich keinen Grund, das Testament nicht morgen oder übermorgen hier zu eröffnen. Die Gelegenheit ist günstig, denn jetzt sind alle Erbberechtigten nun schon mal zusammen an einem Ort. Aber wie gesagt, aus juristischer Sicht steht es jedem von Ihnen frei, diesen Ort zu verlassen. Auch die Polizei wird Sie nicht ohne triftigen Grund hierbehalten können. Es könnte aber durchaus sein, dass einige von Ihnen bei der gerichtlichen

Voruntersuchung als Zeugen geladen werden, dann müssen Sie ohnehin wieder nach Newquay anreisen. Ich würde Ihnen also dringend empfehlen, wenigstens noch das Wochenende hierzubleiben. Wenn es keine weiteren Fragen mehr gibt, bitte ich Sie, mich jetzt zu entschuldigen. Ich habe zu tun.«

Watford verließ den Speisesaal durch die Tür, die über einen kleinen Flur zur Küche führte. Dort traf er Jonathan.

»Ich wollte Sie bitten, Jonathan, bei unserem braven Mills vorbeizuschauen und ihm ein kleines Frühstück vorbeizubringen. Der Ärmste sitzt jetzt schon gut drei Stunden als Bewacher vor der Tür von Mark Kingman.«

»Das habe ich bereits erledigt«, antworte Jonathan mit etwas gekränkter Miene. Wie konnte Watford nur annehmen, dass er nicht selbst daran gedacht hatte? Watford, der noch seine papierene Frühstücksserviette in der Hand hielt, suchte einen Mülleimer, um sie zu entsorgen. Als er einen in der Küche fand und den Deckel aufhob, stutzte er für einen Moment. In dem halbvollen Behälter entdeckte er ein kleines braunes Fläschchen, wie es üblicherweise für medizinische Tabletten oder Tropfen benutzt wurde.

»Ist jemand von den Bediensteten krank?«, fragte er Rose, die im Hintergrund das schmutzige Geschirr in die Spülmaschine räumte. Doch die schaute ihn nur verwundert an.

»Nicht dass ich wüsste, Sir, weshalb fragen Sie?«

»Ach nichts«, antwortete Watford und hob das Fläschchen auf. Es war leer und trug kein Etikett. Am Boden war der Rest einer farblosen Flüssigkeit zu sehen. Watford dachte sich nichts weiter dabei und legte es zurück in den Eimer.

7. Kapitel: Gibbs kommt

Wenn du eine weise Antwort verlangst,
musst du vernünftig fragen.
Johann Wolfgang von Goethe

Es war kurz vor halb zwölf, als Watford den Anruf erhielt, die Beamten von Scotland Yard sowie die Mitarbeiter der Spurensicherung seien soeben an Bord eines Schiffes der Küstenwache gegangen und würden in etwa einer halben Stunde eintreffen. Watford sagte zu, dass man die Herren vom Pier abholen würde. Da Mills als Wachposten vor der Tür des Mordopfers fungierte, bat er Victoria Dunbar, mit dem Hillman zur Anlegestelle zu fahren.

Es waren mehrere Fahrten nötig, bis sich die gesamte Mannschaft des Yard mit ihren Koffern, Stativen und Taschen in der Halle von Droughty Hall eingefunden hatte. Watford begrüßte das Team und erkundigte sich nach dem leitenden Beamten. Er wurde an eine junge Dame verwiesen, die so gar nicht zu seinem Bild einer Kriminalpolizistin passen wollte. Sie war klein und es wäre uncharmant, aber ehrlich gewesen, sie als pummelig zu bezeichnen. Ihren durchnässten Mantel hatte sie abgelegt. In ihrem blauen Uniformrock, mit dazugehöriger weißer Bluse, bemühte sie sich, sehr dienstlich auszusehen. Die Schulterschlaufen mit dem silbernen Stern auf jeder Seite wiesen sie als Detective Sergeant aus. Ihre stämmigen Beine steckten in schwarzen matt glänzenden Stiefeln mit flachen Absätzen. Ihr Gesicht war sympathisch, aber nicht eigentlich hübsch. Dafür war es zu flächig und die großen dunklen Augen standen zu weit auseinander. Sie stellte sich als DS Melanie Poulsen vor und ließ Watford mit einem hinreißenden Lächeln wissen, dass man noch auf das Eintreffen von Chief Inspector Gibbs warten müsse, der den Weg vom Pier zum Tatort gerne zu Fuß zurücklegen wollte.

Gibbs war in der Öffentlichkeit kein Unbekannter. Die Presse hatte mehrfach über ihn berichtet. Er hatte einige sehr spektakuläre Fälle gelöst und es hieß, er hätte eine längst fällige

Beförderung zum Superintendent ausgeschlagen, weil er lieber auf Verbrecherjagd gehen wollte, als hinter einem Schreibtisch zu versauern.

Im Augenblick standen alle ein wenig hilflos und unsicher in der Eingangshalle herum, machten Scherze über das schlechte Wetter. Watford war neugierig, wie dieser berühmte Chief Inspector wohl aussehen möge. Er musste nicht lange warten, bis Gibbs erschien. Ein kleiner untersetzter Mann von geschätzten fünfundvierzig Jahren, mit einem offenen Gesicht und unheimlich wachen Augen. Als er seinen Hut abnahm, der zum Schutz vor dem Regen mit einer überstülpbaren Kunststoffhaube versehen war, kam dünnes, schütteres dunkelblondes Haar mit einem tief sitzenden, seitlichen Scheitel zum Vorschein. Mit einem Lächeln spazierte er in die Halle, wünschte, etwas außer Atem, jedoch mit lauter Stimme, allen einen guten Tag und machte sich daran, seinen nassen Regenmantel auszuziehen. Danach wandte er sich Watford zu, dem er sich als »Hippolyt Gibbs vom Yard« vorstellte. Er rieb sich intensiv die kalten Hände, winkte einem älteren, finster dreinblickenden Mann sowie seiner Assistentin und bat Watford ohne lange Vorrede, sie zum Tatort zu führen. Auf dem Weg nach oben fragte er Watford beiläufig, welche Funktion er im Hause Kingman habe und kommentierte die Antwort mit einem »Das dachte ich mir schon«.

Oben vor dem Zimmer Kingmans saß noch immer Mills auf seinem Stuhl und sicherte den Eingang zum Schlafzimmer des Verblichenen. Watford entließ ihn aus seinem Wächteramt, bedankte sich bei ihm und bat ihn, Jonathan heraufzuschicken. Dann händigte er Gibbs den Schlüssel mit der Bemerkung aus, er habe innen gesteckt und die Tür sei heute Morgen – wie immer – nicht abgesperrt gewesen, als Jonathan Mr Kingman wecken wollte und ihn tot im Bett vorfand.

Als Erster betrat Gibbs den Raum und sah sich eine Weile schweigend um. Es war, als würde er den Ort mit all seinen Sinnen aufnehmen. Er hob den Kopf und sog tief die Luft ein, als wolle er die Witterung des Täters aufnehmen. Watford, der an der Tür stand, hatte Zeit, Gibbs genauer zu betrachten. Seinen ersten Eindruck, er sei etwas dicklich, musste Watford revidieren. Es war lediglich das runde, kindliche Gesicht, das ihn dicker aussehen ließ, als er war. Tatsächlich hatte er eine durchtrainierte Figur, was Watford an dem federnden, fast tänzelnden Gang zu erkennen glaubte. Gibbs hätte seiner Meinung nach allerdings dringend einen Modeberater benötigt. Der an manchen Stellen schon leicht speckige Anzug aus hellbraunem Cordsamt hatte schon bessere Tage gesehen, ganz zu schweigen von den ausgetretenen Schuhen. Am auffälligsten dürften jedoch wohl die rot-weiß gestreiften Socken gewesen sein. Was Watford nicht wusste: Das war das Markenzeichen des berühmten Chief Inspector Gibbs. In der Zentrale hatte es ihm den wenig ruhmvollen Namen »Ringelsocke« eingetragen. Was Watford ebenfalls auffiel, waren die großen sehnigen Hände. Sein Vater hatte ebenfalls solche Hände gehabt und Watford wusste aus Erfahrung, dass solche Hände zupacken konnten. Ohne etwas zu berühren, ging Gibbs auf das Bett zu und schaute sich sehr genau den Toten an und die Mordwaffe, die noch in der Brust steckte. Der Täter hatte die Klinge durch die dünne Bettdecke hindurch in die Brust des Opfers gerammt. Als Nächstes widmete er seine ganze Aufmerksamkeit dem Tischchen neben dem Bett. Noch immer standen dort ein halbvolles Glas Wasser, ein leeres, ovales Porzellanschälchen und ein Glasfläschchen mit vielen weißen Kügelchen. Auch ein halb gelesenes Buch lag da. Es trug den bezeichnenden Titel »Nelsons letzte Tage«.

Als Gibbs genug gesehen hatte, dreht er sich um und ging zum Fenster, das an der Wand gegenüber dem Bett lag. Jetzt, wo Gibbs mit den Händen in den Sakkotaschen die Fensternische inspizierte, fiel Watford auf, dass der Vorhang nur halb zugezogen war. Ein starkes Tau war um den Heizkörper geschlungen, dessen anderes Ende durch das offene Fenster ins Freie führte. Gibbs fragte Jonathan, der sich mittlerweile zu der Gruppe gesellt hatte, ob er dabei gewesen wäre, als Mr Kingman gestern Abend sein Schlafzimmer aufgesucht hatte. Als der nickte, wollte Gibbs wissen, ob der Vorhang schon gestern in dieser Stellung war und ob ihm dabei dieses Tau aufgefallen sei. Jonathan erklärte, dass er Mr Kingman wie jeden Abend in sein

Zimmer begleitet habe und dass Mr Kingman großen Wert darauf legte, dass der Vorhang stets korrekt zugezogen sei und dass das dahinterliegende Fenster sommers wie winters zur Hälfte hochgeschoben sein müsse. Und fast beleidigt fügte er hinzu: »Und ich kann Ihnen versichern, Mr Gibbs, dass gestern Abend kein Strick dort angebracht war.«

»Um welche Uhrzeit haben Sie Kingman denn in sein Bettchen gebracht?«, wollte Gibbs noch wissen.

Die Empörung über die despektierliche Ausdrucksweise des Mannes von Scotland Yard stand Jonathan ins Gesicht geschrieben.

»Es war genau eine halbe Stunde vor Mitternacht. Als ich die Treppe heraufkam, weil Mr Kingman geläutet hatte, schlug die Uhr in der Halle die halbe Stunde«, antwortete Jonathan, nicht ohne das Wort »Mister« besonders zu betonen. Gibbs gab dem älteren Mann, der sich als Polizeiarzt erwies, ein Zeichen. »Er gehört Ihnen, Doc.«

Und zu seiner Assistentin sagte er: »Holen Sie jetzt die Burschen von der Spurensicherung. Sie sollen sich vor allem um das Fenster kümmern und um das Tischchen neben dem Bett. Den Inhalt in dem Glas dort nicht vergessen. Vielleicht wäre es auch nicht schlecht, mal vor dem Fenster nachzuschauen, wo das Tau hinführt und ob dort irgendwelche Spuren zu finden sind.«

Und zu Watford gewandt fuhr er fort: »Ich werde mich inzwischen schon mal mit Ihnen unterhalten, Mr Watford. Gibt es einen Raum, wo wir ungestört reden können? Und dann wäre ich Ihnen noch dankbar, wenn Sie für die Mannschaft etwas Tee zubereiten ließen. Einige von den Jungs sind noch ganz grün im Gesicht von der Überfahrt.«

Jonathan beeilte sich zu versichern, dass er das ohnehin vorgehabt hätte, und verschwand in Richtung Küche.

»Halt! Sie da!«, rief ihn Gibbs zurück. Der Butler, der schon den obersten Treppenabsatz erreicht hatte, hielt etwas indigniert inne. »Darf ich nach Ihrem Namen fragen?«

»Jonathan, Sir, ich bin hier der Butler.«

»Danke, Mr Jonathan. Vielleicht können Sie noch dafür sorgen, dass der Familienclan und alles was hier so rumkreucht und fleucht, auch das Personal, sich in fünfzehn Minuten irgendwo, wo's passt, versammelt. Ich würde gern ein paar warme Worte an alle richten. Wäre nett. Danke!«

Watford schlug vor, in sein Büro zu gehen und Gibbs grummelte etwas, was offensichtlich sein Einverständnis signalisieren sollte. Nun saß Gibbs auf dem Besucherstuhl, tief hineingerutscht und die Beine weit von sich gestreckt. Seine wuchtigen Pranken umklammerten die Enden der Armlehnen, als wollte er sie abbrechen. Paul Watford hatte sich an seinen angestammten Platz gesetzt und sah Gibbs erwartungsvoll mit einem leisen Lächeln an.

»Krieg, Mr Watford, es herrscht Krieg. Und Sie und ich, wir sind gerade mittendrin, in der Schlacht. Es ist der Krieg der Guten gegen die Bösen. Glauben Sie mir, ich habe für vieles Verständnis, für Schwule und Lesben, für den britischen Hochadel und sogar für die Labour Party. Für Mord habe ich absolut kein Verständnis. Ganz egal von wem, an wem und aus welchem Grund. Deshalb bin ich auch für die Todesstrafe.«

Gibbs, dem nach diesem Statement offensichtlich wieder einfiel, dass er hier war, um einen Mord aufzuklären, hielt einen Moment inne, richtete sich in seinem Stuhl auf und fuhr dann fort: »Bevor ich Sie bitte, mir genau zu erzählen, was gestern und heute Morgen geschehen ist, eine organisatorische Frage. Die Leute von der Spurensicherung und der Gerichtsarzt werden nach getaner Arbeit, so in ein bis zwei Stunden, nach Newquay zurückkehren. Sie werden die Leiche mitnehmen. Meine Assistentin und ich werden gegen Einbruch der Dunkelheit von einem Helikopter abgeholt. Es würde unsere Arbeit sehr erleichtern, wenn Sie uns für die nächsten Tage einen Raum für die notwendigen Befragungen zur Verfügung stellen könnten. Am besten einen, den wir absperren können. Wir werden dann morgen am späten Vormittag wiederkommen und die Vernehmungen fortsetzen.«

Watford hatte sich ein paar Notizen gemacht.

»Das geht in Ordnung, ich werde Ihnen dieses Büro hier herrichten lassen. Selbstverständlich können Sie auch über Nacht hierbleiben, falls Ihnen das lieber ist.«

Gibbs winkte ab.

»Dafür gibt es im Moment keinen Anlass. Also, Mr Watford, berichten Sie mir nun bitte, was vorgefallen ist.«

Watford begann damit, Gibbs zu erklären, welche Funktion er genau innehatte und warum die komplette Familie auf der Insel weilte. Er sprach von den Drohbriefen, von der Testamentsänderung und vom gestrigen Abend. Zum Schluss berichtete er, wie ihn Jonathan am Morgen geweckt habe und wie er Kingman gefunden hatte. Watford war durch und durch Anwalt und so vermied er es peinlich genau, seinem Bericht jede Art von Kommentar oder persönlichem Gefühl hinzuzufügen. Als er geendet hatte, überreichte er Gibbs eine Liste mit allen Namen und Adressen der Leute, die sich im Augenblick auf der Insel befanden.

»Gute Arbeit!«, lobte Gibbs. »Das macht vieles einfacher.«

Er ging wortlos die Liste durch und seine Miene wurde immer vergnügter.

»Ich denke, es dürfte sich hier um keinen allzu komplizierten Fall handeln. Wir werden bald wissen, wer Kingman auf dem Gewissen hat.«

Zu diesem Zeitpunkt jedenfalls dachte Gibbs noch so. Man hatte ihm ausrichten lassen, dass alle Gäste im Speisesaal versammelt waren, wie er dies gewünscht hatte. Doch Gibbs wollte zuvor noch einmal zum Tatort. Dort ließ er sich von DS Poulsen Bericht erstatten. Man hatte an dem Dolch in der Brust Kingmans keinen einzigen Fingerabdruck gefunden, aber im Zimmer selbst jede Menge, die natürlich noch nicht zugeordnet werden konnten. Zwischen Bett und Nachttisch fand sich ein auffälliger Knopf, vermutlich von einem Hemdsärmel mit dem Rest eines frisch abgerissenen Fadens. Konnte sein, dass der Knopf vom Hemd des Mörders stammte. Unten vor dem Fenster hatte man sehr deutliche Schuhabdrücke entdeckt, die mehrfach mit einer neuartigen Spezialkamera fotografiert wurden. Sie konnte dreidimensionale Bilder liefern. Die Zeiten, wo man solche Spuren mit Gips ausgießen musste, waren Gott sei Dank vorbei. Woher das Seil stammte, das am Heizkörper befestigt war, wusste man noch nicht.

Gerade eben war der Gerichtsarzt fertig geworden und packte seine Tasche, während im Hintergrund die Leute von der Spurensicherung den Toten in einem mitgebrachten Spezialsack verstauten. Gibbs kam auf ihn zu und sah ihn fragend an. Ohne aufzusehen, gab der Mediziner die gewünschte Auskunft.

»Es wird Ihnen vielleicht selbst schon aufgefallen sein, Chief, aber der Dolch ist nicht die Mordwaffe. Im Augenblick bin ich gar nicht sicher, ob wir es überhaupt mit einem Mord zu tun haben. Der Mann war bereits tot, als man ihm den Dolch zwischen die Rippen rammte. Könnte also gut und gerne an einem ganz natürlichen Herzversagen verblichen sein, der Gute. Den Medikamenten nach zu urteilen, schien er herzkrank zu sein. Aber das kann ich alles erst bei der Obduktion klären. Der Dolchstoß wäre übrigens auf alle Fälle tödlich gewesen. Sehr gut gesetzt. War jemand, der sich mit solchen Dingen auskennt. Das sieht man an der leichten Schrägstellung der Klinge. Ging zwischen den Rippen durch wie Butter. Mitten ins Herz. Bis morgen früh weiß ich mehr.«

Er gab Gibbs seine Karte und bat darum, ihn gegen zehn Uhr im pathologischen Institut in Newquay aufzusuchen.

»Nur noch eine Frage, Doc. Was können Sie über die Todeszeit sagen?«

Der Arzt zuckte die Schultern und nahm seine Tasche.

»Schwer zu sagen. Vermutlich irgendwann zwischen zwei und vier Uhr morgens. Wann allerdings der Dolch gesetzt wurde, lässt sich nicht feststellen. Jedenfalls irgendwann danach. Ich werde bis zur Rückfahrt unten in der Küche noch eine Tasse Tee trinken und eines von den leckeren Sandwiches nehmen. Kann ich nur empfehlen. Falls Sie mich noch brauchen, Sie finden mich dort. Ansonsten, bis Morgen. Guten Tag.«

Auf dem Weg in den Speisesaal schärfte Gibbs Melanie Poulsen ein, ja nichts und niemandem davon zu erzählen, dass der Dolch nicht die Mordwaffe sei, und bat sie darum, die »Sache im Speisesaal«, wie er sich ausdrückte, zu übernehmen. Melanie sollte das Ermittler-Team vorstellen und den Hinterbliebenen kurz erklären, was jetzt auf sie zukäme. Gibbs, der der Auffassung war, ein Fall wäre am einfachsten zu klären, wenn man den Beteiligten die richtigen Fragen stellte, legte großen Wert auf eine gute Beziehung zwischen Zeugen und Polizei. Leider musste er immer wieder feststellen, dass sie bei ihren Befragungen auf unverhohlenes Misstrauen stießen. Der Begriff Verhör spukte in den Köpfen vieler Menschen herum, so als würde die Polizei stets nichts anderes wollen, als unschuldigen Bürgern mit starken Tischlampen ins Gesicht zu leuchten und sie in Widersprüche zu verwickeln.

Im Speisesaal wartete man schon gespannt auf die beiden Beamten vom Yard. Mittlerweile hatten sich kleine Gruppen gebildet, die über das Ableben ihres Familienoberhauptes diskutierten. Insgesamt war die Stimmung im Raum etwas gedämpft, aber sie war weniger von stiller Trauer als von gespannter Erwartung bestimmt. Es hatte sich herumgesprochen, dass man einen berühmten Chief Inspector vom Yard mit dem Fall betraut hatte. Einige beobachteten gerade durch die Erkerfenster den Trupp der Spurensicherung, der mit dem Leichensack abzog und man spekulierte, was mit dem verblichenen Familienoberhaupt geschehen würde. Von den Familienmitgliedern und dem Personal hatten sich fast alle im Speisesaal eingefunden. Neben Irene Winters fehlten die beiden Aushilfsmädchen und Crisbin, der Gärtner, der um nichts in der Welt zu bewegen war, dorthin zu gehen, wo Polizei rumlief.

Melanie Poulsen machte trotz ihres blauen Uniformrocks und der strengen weißen Bluse einen sympathischen Eindruck. Ihr schulterlanges braunes Haar und der offene herzliche Blick, mit dem sie den Menschen um sich herum begegnete, ließen sie eher wie die harmlose Fähnleinführerin einer Abteilung Pfadfinder erscheinen, denn als Polizistin. Melanie wusste um ihre Wirkung und sie und Gibbs setzten sie oft genug für ihre Zwecke ein. Völlig unbefangen suchte sie sich einen Platz in der Mitte des Raums und begann mit ihren Ausführungen. Das Raunen im Saal verstummte augenblicklich, Melanie sprach allen das Beileid aus und erklärte den Anwesenden, wie es jetzt weitergehen würde. Der jungen Polizistin bereitete ihr Auftritt sichtlich Spaß. Sie schaffte es, die gespannte Atmosphäre im Raum aufzulösen. Sogar Martha Stapleton, die sonst immer an allem etwas auszusetzen hatte, schien für den Moment besänftigt, was man an dem zufriedenen, allerdings etwas dümmlichen Grinsen sehen konnte, das auf ihrem Gesicht lag.

»Ja, und dann noch etwas«, fuhr Melanie fort. »Die Reihenfolge, in der wir Sie befragen, richtet sich nach den Erfordernissen der Ermittlungen. Bitte haben Sie Verständnis, wenn es in Ihren Augen vielleicht etwas willkürlich erscheint.«

Sie war am Ende ihres kleinen Vortrags angelangt und schaute zu Gibbs hinüber. Der nickte und machte ein Zeichen, was bedeuten sollte, dass er auch noch etwas sagen wollte.

»Ich bedanke mich für Ihre Aufmerksamkeit und ich sehe gerade, der Chief Inspector möchte ebenfalls noch ein paar Worte an Sie richten.«

Gibbs stützte einen Arm in die Seite, stellte ein Bein leicht vor und wartete mit gesenktem Haupt, dass sich die Aufmerksamkeit der Anwesenden auf ihn richtete.

»Meine Damen und Herren, dies ist kein gewöhnlicher Mordfall, auch wenn Mord nie etwas Gewöhnliches ist. Normalerweise müssen wir uns nach einem Mord die Zeugen erst mühsam zusammensuchen. Hier liegen die Dinge anders, alle Beteiligten, Zeugen und sogar der Täter selbst, sind auf engstem Raum zusammen. Das kann man vermutlich sogar wörtlich nehmen.«

Gibbs legte eine kleine Pause ein und genoss den Blick in die betroffenen Gesichter der Umstehenden.

»Das ist für die Klärung der Sache ein großer Vorteil. Deshalb bin ich sicher, dass wir die Wahrheit sehr schnell herausfinden werden. Trotzdem möchte ich noch einmal etwas klarstellen. Gegen niemand von Ihnen liegt im Moment ein Verdacht vor. Sie können sich also jederzeit frei bewegen. Nicht nur auf der Insel, sondern auch überall sonst. Sie können auch die Heimreise antreten, wenn Sie unbedingt wollen. Ich habe im Augenblick gegen niemanden etwas in der Hand, das mich berechtigen würde, ihn hier festzuhalten. Trotzdem werden Sie verstehen, wenn ich Ihnen sage, dass es mir lieber wäre, Sie alle blieben noch eine Weile hier. Da ich von Mr Watford über einige Details des Testaments und seiner Änderung im Hinblick auf den Tod von Mark Kingman erfahren habe, bin ich der Meinung, Sie alle, mit Ausnahme des Täters oder der Täterin natürlich, werden ein großes Interesse daran haben, dass wir zügig vorankommen. Deshalb bitte ich Sie sehr herzlich, vorläufig hierzubleiben und die Gastfreundschaft dieses Hauses weiter zu genießen. Ich spreche hier durchaus auch im Sinne des derzeitigen Hausherrn, Mr Watford. Ich rechne damit, dass die öffentliche Leichenschau am Mittwoch oder Donnerstag erfolgen wird, und es ist anzunehmen, dass einige von Ihnen dazu vorgeladen werden. Bis dahin wird vermutlich auch der Leichnam des Verstorbenen freigegeben werden, sodass, wer immer mit der Beisetzung befasst sein wird, er ab diesem Zeitpunkt planen kann. Auch deshalb meine Bitte an Sie, hierzubleiben. Wer trotzdem die Insel verlassen möchte, möge dies bitte mir oder meiner Mitarbeiterin mitteilen. Und noch etwas. Sie würden uns unsere Arbeit sehr erleichtern, wenn Sie uns – völlig freiwillig natürlich – Ihre Fingerabdrücke zur Verfügung stellen würden. Aber wie gesagt, das ist nur eine Bitte. Ich werde gleich noch einen Mitarbeiter der Spurensicherung hierher beordern und wer uns helfen möchte, herzlichen Dank dafür. Ich brauche wohl nicht zu betonen, dass diese Fingerabdrücke nur zum Abgleich der in diesem Haus gefundenen dienen. Sie werden solange nicht gespeichert, solange gegen den Besitzer der Abdrücke nichts vorliegt. Das war alles, was ich Ihnen sagen wollte. Wünsche Ihnen allen noch einen schönen Tag.«

Damit machte Gibbs auf dem Absatz kehrt und verließ mit DS Poulsen den Speisesaal. Wie versprochen, hatte Watford sein Büro für Scotland Yard herrichten lassen. Jonathan, der sie bereits in der Eingangshalle erwartete, überreichte Gibbs den dazugehörigen Schlüssel.

»Poulsen, schicken Sie denen da drin einen unserer Fingerabdruckspezialisten und kommen Sie dann in den Garten. Wir sollten uns mal die Fußabdrücke vor dem Fenster anschauen«, meinte Gibbs. Er schnappte sich einen Regenschirm aus dem dafür vorgesehen Behälter an der Eingangstür und verließ das Haus. Draußen nieselte es. Feine Nebelschwaden zogen durch die Baumkronen im Park. Um unter das Schlafzimmerfenster von Mark Kingman zu gelangen, musste Gibbs um den Westflügel herumgehen. Die Spurensicherung hatte hier Absperrband gezogen und der Chief Inspector näherte sich sorgsam dem Bereich unter dem Fenster. Es war das mittlere von sieben Fenstern im Obergeschoss dieser Wand. Das dazugehörige Fenster im Erdgeschoss fehlte. Stattdessen bedeckte die Wand unterhalb des Fensters ein hölzernes Spalier, an dem sich Kletterrosen und Efeu emporrankten. Deutlich konnte man in der zertrampelten Umgebung zwei klare tiefe Schuhabdrücke in der schwarzen Erde des Blumenbeets erkennen, das unterhalb des Fensters entlang des gesamten Mauersockels angelegt worden war. Die im Beet gepflanzten Kletterrosen waren jahreszeitlich bedingt noch ohne Blüten und stark beschnitten. Das Seil war nach oben gezogen worden und lag jetzt vermutlich zusammengerollt auf der Fensterbank. Gibbs sah sich den Boden und die Wand unterhalb des Fensters sehr genau an. Dabei schüttelte er immer wieder den Kopf. Es dauerte nicht lange, bis seine Assistentin wieder zu ihm stieß. Gemeinsam inspizierten sie den Erdboden und die Wand unter dem Fenster.

Es war die Assistentin, die schließlich das Wort ergriff: »Sir, ich verstehe nicht, wieso jemand sich die Mühe macht, durch ein Fenster in einen Raum einzusteigen, in dem er doch schon einmal gewesen sein muss, um das Seil zu befestigen. Oder glauben Sie, er hatte einen Helfer, der das Seil für ihn angebracht hat?«

»Eine gute Frage Poulsen. Aber schauen Sie sich mal genau das Spalier und die Rosen an.«

DS Poulsen tat wie ihr geheißen.

»Und, was fällt Ihnen auf?«

»Sie sind frisch beschnitten worden, aber das meinen Sie wohl nicht, Chef?«

»Nein, das meine ich nicht. Ich meine, dass es hier eine Menge ekelhafter Dornen gibt. Und trotzdem ist an keiner auch nur eine Spur von Kleidung oder Haut zu erkennen. Und nicht ein einziger Trieb ist abgerissen oder geknickt. Und was fällt Ihnen auf, wenn Sie sich die Fußabdrücke betrachten?«

»Es könnten Herrenschuhe sein, von der Größe her, aber eher etwas elegantere, wegen der schmalen Silhouette. Eigentlich keine Schuhe, mit denen man an Hauswänden herumklettert.«

»Sehr gut, Poulsen, sehr gut. Aber das ist nicht das Entscheidende. Achten Sie auf die Stellung der Fußspitzen. Sie zeigen von der Wand weg. Was können wir daraus schließen?«

Melanie sah ihren Chef fragend an.

»Sind Sie schon jemals eine Wand an einem Seil hinauf- oder hinuntergeklettert?«

»Nein Sir!«

»Dachte ich mir. Wer immer das hier inszeniert hat, hatte diese Erfahrung auch nicht, sonst hätte er gewusst, dass es nur mit dem Gesicht zur Wand funktioniert. Sonst hängt man am Seil wie ein nasser Sack. Die Fußspuren zeigen in die falsche Richtung. Ich sage Ihnen eines. Hier ist niemand hinauf- oder hinuntergeklettert. Ich glaube, hier möchte uns jemand ziemlich verarschen. Kommen Sie, ich habe genug gesehen.«

Auf dem Weg zurück ins Haus gab Gibbs seiner Assistentin den Auftrag, herauszufinden, woher das Seil stammte. Vielleicht wurde es ja irgendwo vermisst. Er selbst wollte mit Irene Winters sprechen. Deshalb bat er Jonathan, den er im Dienstbotenzimmer neben der Küche antraf, ihn bei Mrs Winters anzumelden. Nach wenigen Minuten kehrte Jonathan zurück und bat Gibbs, ihm in das Arbeitszimmer von Mark Kingman zu folgen, Mrs Winters würde gerne dort mit ihm sprechen.

Irene Winters sah man den Verlust, den sie erlitten hatte, mehr als deutlich an. Ihre Augen waren vom vielen Weinen gerötet, ihr Haar wirkte strähnig, ja, fast ein wenig ungepflegt. Sie hatte in der Eile eine schwarze Bluse und eine einfache schwarze Jeans angezogen und sich ein dünnes Jäckchen um die Schultern gelegt. Sie wirkte so zart und hilflos, wie sie da in dem wuchtigen Sessel ihres Onkels saß, dass man fast Mitleid mit ihr haben musste. Gibbs war zu lange Polizist, als dass er sich davon allzu sehr beeindrucken ließ.

Sie sah wortlos auf, als Gibbs das Zimmer betrat. Er zog sich einen Stuhl heran, setzte sich bequem zurecht und schlug die Beine übereinander. Ohne ein Wort zu sagen, sah er Irene

Winters an. Er bemerkte, wie sein Schweigen sie nervös machte. Sie verzog das Gesicht zu einem gequälten Lächeln.

»Sie wollten mich sprechen, Chief Inspector. Was wollen Sie wissen? Bitte fragen Sie, damit wir es hinter uns bringen.«

Gibbs antwortete nicht gleich, aber sein Blick wurde milder, als er die erste Frage stellte.

»Ich glaube, Sie haben Ihren Onkel sehr geliebt.«

Ein kurzes Aufblitzen in ihren Augen war für Gibbs das Zeichen, dass Irene Winters von dieser Frage ziemlich überrascht war. Doch Gibbs ließ ihr nicht die Zeit zu antworten.

»Ist das der Grund, warum Sie als Einzige der Familie hier bei Ihrem Onkel auf Droughty Hall wohnen?«

»Ich verstehe nicht, Mr Gibbs, was das mit dem Mord an meinem Onkel zu tun hat?«

Gibbs hob beschwichtigend die Hand.

»Oh, glauben Sie mir, Mrs Winters, ich stelle keine Fragen aus reiner Neugier. Einige Fragen mögen Ihnen vielleicht seltsam erscheinen, aber Sie dürfen sicher sein, sie werden nicht grundlos gestellt. Natürlich brauchen Sie nicht zu antworten. Das hier ist kein Verhör, sondern lediglich eine kleine harmlose Unterhaltung. Dennoch will ich Ihnen sagen, warum ich diese Frage stelle, es ist nämlich kein Geheimnis. Wir haben es hier mit einer Familientragödie zu tun. Irgendjemand aus seinem nächsten Umfeld hasste Ihren Onkel so sehr, dass er zum Mörder wurde. Für die Aufklärung des Falls ist es deshalb ebenso wichtig für mich zu wissen, wer in dieser Familie für wen welche Gefühle hegt, wie wer zu welcher Zeit an welchem Ort war. Ich hoffe, Sie verstehen das.«

Irene Winters strich sich die Haare aus der Stirn und wandte den Blick zum Fenster. Erst gestern war sie in diesem Raum gewesen und Mark hatte ihr Vorhaltungen gemacht. Jetzt war er tot. Sie nickte.

»Für mich ist die Sache klar. Finden Sie den Schreiber der anonymen Briefe und Sie haben Ihren Mörder.«

Gibbs lachte kurz auf.

»So einfach ist die Angelegenheit leider nicht. Selbst wenn es uns gelänge, den Verfasser der Briefe zu ermitteln, so wäre das noch lange kein Beweis dafür, dass er auch den Mord begangen hat. Seit wann wissen Sie von der Existenz der Briefe?«

»Seit gestern Nachmittag. Dieser Watford, Marks Anwalt, hat es mir gesagt. Mein Onkel wollte, dass ich vorher informiert werde, bevor er am Abend die Testamentsänderung bekannt gab.«

»Haben Sie einen Verdacht, wer die Briefe geschrieben haben könnte?«

»Nein, natürlich nicht. Ich kenne ja nicht einmal ihren Inhalt. Abgesehen vom letzten Brief. Aber den könnte jeder geschrieben haben. Sogar jemand, der mit der Familie gar nichts zu tun hat.«

»Haben Sie sich Sorgen um Ihren Onkel gemacht, wegen der Drohung in dem Brief?«

»Aber natürlich. Ich fand das so typisch männlich und dumm, sich keine Sorgen zu machen und zu glauben, die Testamentsänderung würde meinen Onkel schützen. Ich habe ihm noch geraten, wenigstens die Schlafzimmertüre abzuschließen, aber Mark wollte davon nichts hören.«

Gibbs war hellhörig geworden.

»Um welche Zeit war das?«

»Kurz nach Mitternacht. Wieso?«

Nach kurzem Suchen in den Innentaschen seines Jacketts beförderte Gibbs ein kleines abgegriffenes Büchlein aus braunem Schweinsleder zutage und begann sich Notizen zu machen.

»Das ist sehr interessant. Jonathan sagt aus, dass er Ihren Onkel um Punkt halb zwölf Uhr in sein Schlafzimmer begleitet hat. Dann war also Jonathan gar nicht der Letzte, der Ihren Onkel lebend gesehen hat.«

»Nein, natürlich nicht. Aber das ist nichts Besonderes. Das ist immer so, vorausgesetzt Mark und ich sind zusammen auf Droughty Hall. Es ist eine Art Familienritual, wissen Sie. Jonathan bringt Mark zu Bett, schaut, ob das Fenster hochgestellt ist und die Vorhänge zugezogen sind. Er kümmerte sich um die Kleidung und nimmt – oder besser gesagt nahm – letzte Anweisungen für den folgenden Tag entgegen. Dann ging mein Onkel zu Bett. Er wollte immer noch ein wenig lesen. Wenn er damit fertig war, klopfte er mit der Faust gegen die Wand. Mein Wohnzimmer liegt genau dahinter. Das war für mich das Zeichen zu erscheinen. Meine Aufgabe war es, ihm seine Tabletten zu geben. Das hätte er natürlich auch selbst gekonnt, aber wie gesagt, es war einfach so eine liebevolle Gewohnheit. Außerdem ist es auch sehr verantwortungsvoll. Die Pillen, die er nimmt, sind sehr wichtig für sein Herz. Aber die Dosis muss genau stimmen. Es sind sieben Kügelchen, die er bekommt. Eins für je zehn Kilo Körpergewicht. Ich passe immer sehr genau auf, dass die Menge stimmt. Zu viel davon könnte für ihn den Tod bedeuten. Aber gegen ein Messer helfen natürlich auch keine Pillen.«

Irene Winter kämpfte kurz mit den Tränen, ehe sie fortfuhr: »Wir haben dann immer noch über einige Dinge gesprochen, Dinge die uns den Tag über bewegten, nicht lange, vielleicht zehn Minuten. Dann habe ich ihm einen Gute-Nacht-Kuss gegeben und bin gegangen. Dabei habe ich dann auch noch das Licht gelöscht.«

»Vermutlich haben Sie gestern Abend noch über die anonymen Briefe gesprochen und Sie haben ihm den Rat gegeben, er solle die Tür zusperren.«

»Genau so war's. Aber er lachte mich nur aus und sagte, ich sähe Gespenster.«

»Als Sie mit Ihrem Onkel über die Briefe gesprochen haben, hat er da einen Verdacht geäußert, wer seiner Meinung nach dahinterstecken könnte?«

Irene Winters zögerte mit der Antwort. Zu lange, als dass es Gibbs entgangen wäre.

»Nein, ich glaube, er hatte keine Ahnung, wer hinter den Briefen stecken könnte.«

Gibbs trommelte mit seinem Bleistift auf die Schreibtischkante.

»Bitte, Mrs Winters. Das ist jetzt sehr wichtig. Können Sie sich noch an den genauen Wortlaut dessen erinnern, was Ihr Onkel gesagt hat?«

Irene Winters dachte nach. Ein kurzes Zeichen des Erinnerns huschte über ihr Gesicht.

»Ja, ich habe ihn danach gefragt. Er sagte: ›Zuerst dachte ich, ich wüsste, wer mir diese ‚Liebesbriefe' schreibt, aber ich muss mich getäuscht haben.‹ Ja, das waren genau seine Worte.«

»Sie sind sicher, dass er Liebesbriefe gesagt hat?«

»Ja, daran erinnere ich mich genau. Ich fand es eine seltsame Bezeichnung für anonyme Briefe.«

Gibbs machte eine sehr zufriedene Miene und klappte sein Büchlein zu.

»Sie haben mir sehr geholfen, Mrs Winters. Sehr sogar.«

»Dann sind wir also fertig? Aber ich habe noch gar nicht Ihre Frage vom Anfang beantwortet.«

Gibbs lächelte und warf ihr einen freundlichen Blick zu.

»Gern, dann lassen Sie mal hören.«

»Mein Vater war der jüngere Bruder von Mark. Meine Eltern kamen bei einem Flugzeugabsturz ums Leben, als ich noch sehr klein war. Ich habe kaum noch Erinnerungen an sie. Als ich zur Waise geworden war, haben Onkel Mark und Tante Ann mich wie eine Tochter aufgenommen. Meine Gefühle für Mark waren eher die für einen Vater als für einen Onkel. Als dann seine Frau so krank wurde und starb, da hat er mir so schrecklich leidgetan. Die Zeit damals hat uns sehr zusammengeschweißt. Damals habe ich ihm Kraft geben können. Nach meinem schweren Unfall und der nachfolgenden Scheidung war er es, der mir geholfen hat, ins Leben zurückzufinden. Deshalb wohne ich gerne hier. Man muss allerdings wissen, dass ich sehr oft in London bin. Ich besitze da ein sehr schönes Appartement an der Themse und eine kleine Galerie für englische Malerei des 19. Jahrhunderts. Ich habe Kunst und Kunstgeschichte studiert. Eigentlich wollte ich Malerin werden, aber dafür hat wohl das Talent nicht ganz gereicht. Beantwortet das Ihre Frage?«

»Fürs Erste sicherlich. Da wäre nur noch eine Kleinigkeit. Nur eine Formulierung, vielleicht nichts von Bedeutung. Sie haben vorhin, als Sie mir erzählten, woher Sie von den Drohbriefen wussten, gesagt: ›Dieser Watford, Marks Anwalt …‹ Das klingt nicht gerade sehr freundlich, so als stünde es mit Ihrem Verhältnis zu Mr Watford nicht zum Besten. Ist er jetzt, da Ihr Onkel tot ist, nicht auch Ihr Anwalt?«

Auf dem Gesicht von Irene erschienen plötzlich viele kleine rote Flecken und sie ballte die Finger ihrer Hände, die ganz ruhig auf der Tischplatte gelegen hatten, zu Fäusten, bis die Knöchel weiß aus dem Fleisch hervortraten.

»Dazu möchte ich nichts weiter sagen, Chief Inspector. Dazu nicht.«

Nach seinem Gespräch mit Irene Winters machte sich Gibbs auf die Suche nach Melanie. Er fand sie zusammen mit Mills vor dem Gärtnerhaus unter dem Vordach eines Geräteschuppens. Das Gärtnerhaus, so jedenfalls wurde es von den Inselbewohnern genannt, lag an der Rückseite des Herrenhauses und war von diesem nur durch eine dünne Baumreihe getrennt. Es war weniger imposant als das Hauptgebäude, besaß mit allen Anbauten und Remisen aber doch recht beachtliche Ausmaße. Früher diente es in erster Linie als Wohnung für die zahlreichen Bediensteten von Droughty Hall, von denen es einst viel mehr gab als heute. Im Augenblick lebten hier nur Crisbin und Mills, der sich über der Garage ein paar Räume nach seinem Geschmack ausgebaut hatte.

Mills hielt das Tau in der Hand und war gerade dabei, Melanie Poulsen etwas zu erklären. Als Gibbs näher kam, hörte er ihn gerade noch sagen, dass es sich hierbei um eine Leine handeln würde, die noch aus der Zeit des aktiven Dienstes von Mark Kingman stamme und dass es unten in der Scheune am Pier noch mehrere solcher Enden gab. Mills erkannte den Tampen als einen, der seit Längerem nicht mehr an seinem angestammten Platz hing.

Gibbs mischte sich ein: »Wie lange vermissen Sie das Tau schon?«, wollte er wissen.

»Genau kann ich es nicht sagen, aber an Weihnachten war es noch da. Ich habe damit oben am Klippenweg eine Stelle abgesichert, die ziemlich vereist war. Und über die Feiertage waren ein paar von der Familie hier. Wenn da einer die Felsen hinuntergestürzt wäre, hätte es bloß Ärger gegeben. Dafür habe ich das Tau gebraucht. Nach den Feiertagen, als alle wieder nach Hause gefahren sind, setzte Tauwetter ein und ich habe es wieder an seinen Platz zurückgebracht. Aber ein paar Wochen später fiel mir auf, dass es fehlte. Hab mir aber keine Gedanken gemacht, dachte Crisbin hätte es für irgendwas gebraucht.«

»Und Sie sind sicher, dass es genau dieses Seil war?«

»Ja natürlich, Sir. Sehen Sie, ich bin früher selbst zur See gefahren. Hier, achten Sie auf das Ende der Leine. Da ist ein Auge eingespleißt. Das ist meine Arbeit. Das würde ich unter hundert anderen herauskennen. Kann ich es denn jetzt wiederhaben?«

Melanie nahm ihm das Tau wieder ab und lachte dabei.

»Jetzt noch nicht, Mr Mills. Wir brauchen es noch als Beweismittel. Aber Sie bekommen es bestimmt bald zurück. Sagen Sie mir noch eins. Dort, wo das Seil früher aufbewahrt wurde, konnte da jeder hingehen und es einfach so nehmen?«

»Ja, sicher doch, Missis, bei uns wird nirgends zugesperrt. Wer soll hier auf der Insel schon was klauen? Wenn man anfängt, alles abzusperren, ist man doch bloß ständig auf der Suche nach den Schlüsseln.«

Die beiden Kriminalbeamten bedankten sich bei Mills für seine Hilfe und gingen zurück in ihr Büro im Herrenhaus. Mittlerweile war es Nachmittag geworden. Unterwegs kam ihnen Jonathan entgegen und bot ihnen an, ein paar Sandwiches und Tee zu bringen. Melanie und Gibbs, die am Morgen ziemlich überraschend ihren Einsatzbefehl bekommen hatten, nahmen das Angebot dankbar an. Wenig später saßen sie genüsslich vor ihren Schinken-Käse-Toasts und wärmten sich an dem dampfend heißen Tee.

Sie hatten gerade ihr bescheidenes Mahl beendet, als es an der Tür klopfte. Auf ein freundliches »Herein«von Chief Inspector Gibbs trat Simon Kingman ins Zimmer. In der Hand hielt er ein Paar elegante, aber schmutzig aussehende Herrenschuhe.

»Entschuldigen Sie, wenn ich störe«, begann Simon etwas schüchtern: »Ich weiß nicht, ob das etwas zu bedeuten hat, aber ich dachte, es kann nicht schaden, wenn ich Ihnen das mal zeige.«

Er hielt den Beamten die Schuhe hin.

»Sehen Sie sich das an. Das sind meine besten Abendschuhe. Ich habe sie für das Galadinner heute Abend mitgebracht. Jemand muss mit ihnen durch matschigen Boden gelaufen sein. Sehen Sie, alles voller Erde und Dreck.«

Melanie nahm ihm die Schuhe ab und stellte sie vorsichtig auf den Schreibtisch. Gibbs war aufgestanden, um die Schuhe aus der Nähe zu betrachten.

»Diese Schuhe sind vermutlich ein wichtiges Beweismittel, Mister …?«

»Kingman, Simon Kingman, ich bin der Neffe von Mark Kingman«, stellte sich Simon vor.

»Mr Kingman. Würden Sie uns freundlicherweise zeigen, wo Sie die Schuhe gefunden haben?«

»Aber gern doch. Wenn Sie mir bitte folgen wollen.«

Simon war nicht entgangen, dass er offensichtlich den Beamten ein wichtiges Detail für die Aufklärung des Mordes geliefert hatte. Er strahlte über das ganze Gesicht, denn er war durch und durch Opportunist und seiner Meinung nach war es immer von Vorteil, sich mit der Obrigkeit gut zu stellen. Er führte die Beamten in eines der Mansardenzimmer im zweiten Stockwerk. Es war nicht sehr groß und ziemlich dunkel. Die Tür des Kleiderschranks stand offen. Simon deutete auf eine Stelle im Schrank, die noch von einigen Erdkrumen bedeckt war.

»Sehen Sie, hier haben sie gestanden. Ich habe sie selbst dort abgestellt, aber natürlich in sauberem Zustand. Ich wollte sie heute Abend anziehen und bemerkte zufällig, dass sie über und über schmutzig sind. Selbstverständlich waren sie das nicht, als ich sie ausgepackt habe.«

Gibbs hatte sich hingekniet und inspizierte den Kleiderschrank, ohne etwas zu berühren. Melanie, die sich inzwischen etwas im Zimmer umgesehen hatte, fiel ein bereits getragenes Hemd auf, das auf einem Stuhl neben dem Bett lag.

»Ist das Ihr Hemd, Sir?«, fragte Melanie.

Simon, der überrascht war, dass sich Scotland Yard plötzlich für seine gebrauchten Hemden interessierte, nickte.

»Haben Sie es gestern Abend getragen, Mr Kingman?«

»Nein, gestern Abend trug ich ein anderes Hemd. Das da hatte ich vorgestern an. Als ich es heute noch einmal anziehen wollte, da bemerkte ich, dass an der rechten Seite ein Knopf an der Manschette abgerissen ist.«

Melanie hatte die Stelle mit dem abgerissenen Knopf gefunden und verglich den Knopf, den sie in Mark Kingmans Zimmer gefunden hatte, mit den anderen Knöpfen am Hemd. Zu Gibbs gewandt sagte sie: »Sir, der Knopf stammt von diesem Hemd.«

Gibbs, der noch immer vor der offenen Schranktür kniete, stand langsam auf.

»Da scheint Sie jemand nicht recht zu mögen, Mr Kingman. Dieser Knopf, der an Ihrem Hemd fehlt, den haben wir heute Morgen im Zimmer des Toten gefunden. Und ich gehe jede Wette ein, dass die Abdrücke, die wir unter dem Schlafzimmerfenster des Mark Kingman gefunden haben, zu diesen Schuhen gehören.«

Simon Kingman war blass geworden.

»Wollen Sie damit andeuten, ich hätte etwas mit dem Mord zu tun?«

Gibbs schüttelte den Kopf.

»Ich habe nichts dergleichen angedeutet, Mr Kingman. Wir sammeln nur Fakten. Aber ich kann Sie beruhigen. Es sieht mehr danach aus, als würde Sie da jemand belasten wollen. Ich frage mich allerdings, warum er dies auf so stümperhafte Weise tut. Wie dem auch sei, Mr Kingman, dieses Zimmer wird die Spurensicherung morgen untersuchen müssen. Sie können nicht hierbleiben. Ich hoffe, dass der Butler eine andere Bleibe für Sie hat. Leider können Sie auch nichts mitnehmen. Ich muss den Raum leider versiegeln.«

Kingman war fassungslos. Damit hatte er nicht gerechnet. Er wollte gerade zu einer Beschwerde ansetzen, doch Gibbs winkte ab.

»Nehmen Sie es gelassen, Mr Kingman. Schließlich ist es auch in Ihrem Interesse. Ich bin mir ziemlich sicher, dass wir morgen schlauer sind, wenn die Spurensicherung ihre Arbeit getan hat.«

Gibbs winkte seiner Assistentin, zog den Schlüssel, der innen an der Tür steckte, aus dem Schloss und sperrte ab, nicht ohne Tür und Türrahmen noch mit einem dienstlichen Siegel zu verschließen.

Als Gibbs den immer noch etwas hilflos vor seinem Zimmer herumstehenden Simon Kingman betrachtete, hatte er einen Einfall. Er sah sich in dem Flur etwas um und entdeckte an der Stirnseite ein Fenster, unter dem ein Heizkörper angebracht war.

»Mr Kingman, Sie könnten mir noch einen kleinen Gefallen tun. Wenn Sie mir bitte folgen wollen.«

Simon und eine etwas verdutzt dreinblickende Melanie folgten Gibbs zu dem Fenster. Gibbs postierte sich davor und schob den unteren Teil hoch.

»Mr Kingman. Stellen Sie sich vor, um diesen Heizkörper wäre ein starkes Tau geschlungen, das durch das geöffnete Fenster nach unten führt. Stellen Sie sich auch vor, es wäre lang genug, um sich daran bis zum Boden hinunterzulassen. Und stellen Sie sich weiter vor, es würde hier brennen und Ihr einziger Fluchtweg wäre dieses Seil. Wie würden Sie daran hinunterklettern?«

Kingman sah den Chief Inspector verwundert an.

»Sie stellen aber seltsame Fragen. Also, ich weiß nicht genau. Vermutlich würde ich mich auf die Fensterbank knien, das Seil in beide Hände nehmen, nein, besser noch, es um mein Handgelenk schlingen und mich dann vorsichtig hinunterlassen.«

Erwartungsvoll sah er Gibbs an.

»Ja, so könnte es gehen. Wenn Sie auf der Fensterbank knien, schauen Sie dann mit dem Gesicht nach draußen oder in den Raum hinein?«, wollte Gibbs noch wissen.

»Natürlich klettere ich mit dem Gesicht zur Wand runter. Alles andere wäre ja Selbstmord.«

»Bravo, Mr Kingman. Genau so würde ich es auch machen. Sie haben mir sehr geholfen.«

Gibbs schloss das Fenster wieder und gab Simon noch einen freundlichen Klaps auf die Schulter.

»Vielleicht wäre es gut«, meinte Gibbs noch, »wenn Sie niemandem von den anderen erzählen würden, dass ich Sie das gefragt habe. Dann wünsche ich Ihnen noch einen schönen Abend.«

Damit überließ Gibbs Simon Kingman sich selbst und kehrte mit Melanie in ihr Büro zurück. Simon sann noch lange darüber nach, warum ihn der Kriminalbeamte nach seinen Kletterkünsten gefragt hatte. Melanie konnte es gar nicht erwarten, endlich mit ihrem Chef unter vier Augen sprechen zu können.

»Ich wundere mich, Chef, dass Sie Simon Kingman so einfach davonkommen lassen wollen. Immerhin sind das doch seine Sachen, die wir am Tatort gefunden haben.«

Gibbs sah seine Assistentin etwas belustigt an.

»Und Sie glauben wirklich, dass ein Mensch, der einem anderen das Messer in die Brust rammt, wobei er sorgsam darauf achtet, dass ja keine Fingerabdrücke auf dem Dolch zu finden sind, einen derart inszenierten Tatort hinterlässt? Warum sollte er das tun?«

»Vielleicht, um uns damit glauben zu machen, dass, was auch immer wir im Schlafzimmer von ihm finden, von jemand anderem hingelegt wurde.«

»Wir haben aber nichts anderes gefunden. Und glauben Sie mir, der Messerstecher ist nicht zum Fenster hinausgeklettert. Warum sollte er das tun? Er hat den gleichen Weg genommen, auf dem er auch kam. Durch die Tür. Was ich mich die ganze Zeit frage, ist, wer und warum hat jemand diesen Tatort so drapiert. So dilettantisch und theatralisch, dass es uns unbedingt auffallen musste. Ehrlich gesagt, dafür habe ich im Moment keine Erklärung. Aber lassen Sie uns die verbleibende Zeit nutzen. Bald schon holt uns der Helikopter ab. Vielleicht können wir uns bis dahin nochmals die anonymen Briefe ansehen.«

Watford hatte Gibbs die vier noch vorhandenen Briefe gleich bei ihrem ersten Gespräch übergeben. Melanie zog die einzelnen Blätter vorsichtig aus ihren Umschlägen und legte sie in der richtigen Reihenfolge nebeneinander auf den Schreibtisch. Der Text war schwer zu lesen. Die einzelnen Blätter waren eng mit scheinbar willkürlich ausgewählten, klein gedruckten Ausschnitten aus Zeitungen beklebt. Der relativ kurze Text ergab sich, wenn man die mit einem Rotstift unterstrichenen Stellen im Zusammenhang las. Gibbs schrieb die entscheidenden Passagen in sein Notizbuch:

Brief 1: In … deinem … Herzen … wohnt … keine Liebe. Dein Leben … ist …wie ein Garten … ohne Sonne, …aus dem … die Blumen … verschwunden sind. Du musst … dich … ändern!
Brief 2: Gott hat … dir … schon drei Mal … das Liebste … genommen. … Lerne … endlich mit … den Menschen umzugehen, … die dich lieben. … Sonst … wirst du sie … auch noch … verlieren.
Brief 3: Die Liebe … zu verlieren … ist der einzige Verlust, … den du mit … deinem ganzen … Reichtum und … mit deiner … ganzen Macht … nicht ersetzen … kannst. … Fürchte dich … vor diesem Verlust, … er könnte schneller kommen … als … dir … lieb ist.
Brief 4: Du hast die Liebe … verspielt. Und … die Menschen verloren. Jetzt wird dich … deine Vergangenheit einholen. Ich habe dir … oft genug … Gelegenheit gegeben, … die richtigen Schritte zu tun. … Aber du willst es ja nicht anders. … Ich bin mit … meiner … Geduld am Ende. Noch bevor … dein Geburtstagsfest … zu Ende geht, … wirst du … tot … sein.

»Irene Winters könnte wohl recht haben«, seufzte Gibbs. »Mord und Briefe passen sehr gut zusammen. Nur ein Spinner kann solch einen Quatsch zusammenschreiben. Und der Mord ist ebenfalls von einem Spinner verübt worden.«

Melanie, die sich die Texte sehr genau angeschaut hatte, meinte: »Finden Sie nicht, dass die Briefe so eine biblische Note haben? Für mich klingt das nach einem religiösen Fanatiker. Vielleicht hat irgendjemandem der Lebenswandel von Mark Kingman nicht gefallen.«

»Sie glauben also, der Mord war so eine Art Bestrafung? Aber wofür? Kingman hat, soweit ich weiß, ganz zurückgezogen gelebt. Da gab es keine Exzesse, Drogen und Partys oder so was. Jedenfalls wäre uns doch so etwas bekannt, bei einem Menschen, dem wie Kingman eines der größten Unternehmen unseres Landes gehört. Aber die Presse war nie an Kingman interessiert. Er war ihr einfach zu langweilig. Nein, es scheint sich um etwas zu handeln, was nur der Briefeschreiber über Kingman weiß. Eine Art dunkler Fleck auf der Weste von Mark

Kingman. Und es scheint keine Sache zu sein, die abgeschlossen ist, denn die Briefe fordern ihn ja ständig auf, sich zu ändern. Packen Sie die Briefe wieder ein, Melanie, ich werde sie heute mit ins Hotel nehmen und in Ruhe anschauen. Vielleicht kommt mir ja eine Idee.«

Als Melanie Poulsen und Hippolyt Gibbs eine halbe Stunde später an die Anlegestelle kamen, sahen sie vom Festland her den Hubschrauber anfliegen. Der Regen hatte aufgehört und der morgige Ostersonntag versprach besseres Frühlingswetter. Von den dunklen Wolken, die sich über Droughty Hall zusammenbrauten, ahnten weder Gibbs noch Poulsen in diesem Augenblick etwas.

8. Kapitel: Tödliche Neuigkeiten

Einem Fehler beim ersten Mord
folgt meist ein zweiter Mord.
Der Autor

Gibbs saß an einem der großen Fenster im Frühstücksraum eines Mittelklassehotels mitten in Newquay. Vor ihm stand seine dritte Tasse Kaffee. Den leergegessenen Teller mit den Resten seines reichhaltigen Frühstücks hatte man bereits abgeräumt. Er blätterte eine am Sonntag erscheinende Boulevardzeitung der übelsten Sorte durch und war froh, nichts über den Mord zu entdecken. Einige dünne Sonnenstrahlen fielen zwischen wässrigen Wolkenschleiern hindurch auf das Tischtuch und ein paar Krümel warfen lange Schatten. Als er sich gerade über das Kreuzworträtsel hermachen wollte, erschien eine etwas verschlafen wirkende Melanie und setzte sich zu ihm an den Tisch.

»Guten Morgen, DS. Na, haben wir gut geschlafen?«, begrüßte Gibbs grinsend seine Assistentin. Er machte sich gern über Melanies Schwierigkeiten lustig, morgens in die Gänge zu kommen.

Melanie nickte und hauchte ein kaum vernehmbares »Guten Morgen, Sir«. Mit zwei klammen Händen, als säße sie im Wartehäuschen eines verspäteten Vorortzuges und nicht im gemütlich warmen Frühstücksraum eines Hotels, hielt sie sich an der heißen Tasse Kaffee fest, die ihr eine gütige Dame vom Service kredenzt hatte.

»Und Sie, Sir, haben Sie gestern noch etwas herausgefunden in Bezug auf die Briefe?«, wollte Melanie wissen.

Gibbs hatte den Eindruck, die Frage war mehr eine Geste der Höflichkeit, als der aufrichtige Versuch in die berufliche Realität zurückzufinden.

»Und ob!«, strahlte Gibbs. »Als Sie noch in tiefem Schlummer lagen, war ich bereits unterwegs zur hiesigen Metropolitan Police. Habe dort einen sehr liebenswürdigen Superintendent getroffen, der froh ist, dass wir ihm die Arbeit auf Kingman Island abnehmen. Er versprach mir, ein paar Untersuchungen für uns durchzuführen.«

»Heute, am Ostersonntag?«

»Oh, ich habe ihm klargemacht, dass er vom Erfolg dieser Ermittlungen ebenfalls profitieren wird, und ich habe ihm eine gehörige Portion Ruhm und Ansehen für die Aufklärung des Falles in Aussicht gestellt. Natürlich nur, falls ich recht behalte mit meinem Verdacht.«

»Und womit könnten Sie recht behalten?«

Melanies Augen waren auf einmal hellwach.

»Darüber möchte ich zum jetzigen Zeitpunkt lieber noch nicht sprechen. Könnte ja sein, dass ich falsch liege und mich dann bis auf die Knochen blamiere.«

»Ach, Sie alter Geheimniskrämer.«

»Das ›alter‹ nehmen Sie aber bitte zurück.«

Ein Angestellter des Hauses trat an ihren Tisch und teilte Gibbs mit, dass ein uniformierter Polizist im Foyer warte, der den Chief Inspector dringend sprechen wollte. Gibbs legte seine Serviette beiseite und folgte dem Hotelangestellten nach draußen. Im Foyer stand ein sichtlich nervöser junger Constable, der noch nervöser wurde, als er den berühmten Chief Inspector erblickte. Doch der ging freundlich auf ihn zu und fragte, was denn los sei. Der junge Mann nahm Haltung an und berichtete Gibbs, dass ein gewisser Paul Watford von Kingman Island im Revier angerufen habe und einen neuerlichen Mord gemeldet habe. Man habe ihm zugesagt, dass man die Nachricht sofort weiterleite. Gibbs bedankte sich bei dem jungen Mann und fragte ihn, ob er mit dem Wagen da sei. Doch der arme Kerl benutzte ein Fahrrad.

»Okay, Constable. Ich habe da einen sehr verantwortungsvollen Auftrag für Sie. Fahren Sie unverzüglich in Ihre Dienststelle und alarmieren Sie in meinem Auftrag das Team der Spurensicherung. Wenn es nicht anders geht, lassen Sie das den diensthabenden Beamten tun. Die Leute sollen so schnell wie möglich auf die Insel kommen. Hat dieser Mr Watford gesagt, um wen es sich bei dem Opfer handelt?«

Der junge Polizist schüttelte den Kopf.

»Ich war selbst nicht am Telefon, Sir, aber ich konnte einen Blick auf die Notizen meines Kollegen werfen. Es scheint sich um einen gewissen Blumenfeld zu handeln. Mehr weiß ich allerdings auch nicht.«

Gibbs pfiff leise durch die Zähne.

»Constable, an die Arbeit. Tun Sie, was ich Ihnen gesagt habe. Ich begebe mich schon mal zum Hafen und werde dort auf das Team der Spurensicherung warten.«

Der Constable, stolz, dass ihm ein so berühmter Kollege einen wichtigen Auftrag gegeben hatte, legte zackig die Hand an den Uniformhelm und verließ das Hotel im Laufschritt. Gibbs sah ihm nach und lächelte. So hatte er vor vielen Jahren auch angefangen.

Als er zu Melanie zurückkam, sah er, dass sie schnell ihr Frühstück beendet hatte und schon abmarschbereit war. Sie schaute Gibbs fragend an und hoffte, dass er ihre dunkle Vorahnung entkräften würde. Doch Gibbs tat ihr den Gefallen nicht.

»Wer ist es diesmal?«

»Ein gewisser Blumenfeld. Wir werden unsere Pläne etwas ändern müssen.«

Er gab ihr die Karte des Pathologen.

»Das übernehmen Sie. Nehmen Sie sich ein Taxi. Am besten bringen Sie ihn gleich mit zum Hafen. Ich habe die Spurensicherung ebenfalls dorthin beordert. Wir treffen uns dann bei der Anlegestelle der Hafenpolizei. Und bringen Sie Ihr Gepäck mit. Wir checken hier aus. Die nächsten Tage werden wir uns auf der Insel einnisten.«

*

Der Tross Polizisten, bestehend aus den Spezialisten der Spurensicherung, von denen einige bereits am Vortag mit von der Partie waren, dem Polizeiarzt, DS Poulsen und Chief Inspector Gibbs, traf am späten Vormittag auf Droughty Hall ein. Fast zur selben Stunde wie tags zuvor. Nur regnete es diesmal nicht. Schon auf der Überfahrt hatte sich Gibbs mit dem Pathologen unterhalten, der ihm das Ergebnis der Obduktion an Mark Kingman mitteilte. Er war, wie sie bereits wussten, schon tot, als man ihm den Dolch in die Brust rammte, doch der Tod war nicht auf natürlichem Weg eingetreten. Mark Kingman war an einer Überdosis seines Herzmittels gestorben, was Gibbs zu der Bemerkung veranlasste: »Dann haben wir es also mit einem echten und einem versuchten Mord zu tun. Dachte ich mir schon. Und jetzt kommt vielleicht noch ein zweiter Mord hinzu.«

Aber nicht nur das Wetter, auch die Stimmung unter den Gästen war diesmal anders. Während sich gestern niemand blicken ließ, als Scotland Yard einmarschierte, waren heute fast alle in der Eingangshalle versammelt oder warteten auf der Veranda in der Nähe des Portals. Angst und Panik waren mit Händen greifbar und den Polizisten schlug eine fast feindselige Stimmung entgegen. So, als wären sie daran schuld, dass es einen zweiten Todesfall im Hause Kingman gegeben hatte. Lediglich Watford war wie immer die Ruhe selbst und kam schnurstracks auf Gibbs und seine Assistentin zu und fragte, ob er sie gleich zum Tatort bringen sollte. Gibbs nickte, schnappte sich den Doktor und schickte sich an, Watford zu folgen.

Eine gutaussehende Blondine, die offensichtlich gerade dabei war, ihre besten Jahre hinter sich zu bringen, stellte sich ihm in den Weg. An ihrer Seite eine leise vor sich hin weinende junge Dame, um die sie schützend ihren Arm gelegt hatte.

»Inspector, Sie müssen unbedingt als Allererstes mit meiner Stieftochter Judy sprechen, sie hat den Toten gefunden.«

Gibbs war stehen geblieben. Wenn Gibbs etwas nicht leiden konnte, dann waren es Menschen, die ihm vorschreiben wollten, wie er seine Ermittlungen zu führen hatte. Und wenn diese Menschen auch noch weiblichen Geschlechts waren, dann sah Gibbs schon fast rot. Denn Gibbs war, auch wenn er es mit Sicherheit abgestritten hätte, durch und durch Macho.

»So, muss ich das? Zuallererst, Madam, werde ich mir ein Bild vom Tatort machen, wenn Sie gestatten.«

Die Blondine richtete sich zu ihrer ganzen Größe auf. Sie überragte Gibbs um einiges. Mit hochgerecktem Kinn und böse funkelnden Augen herrschte sie ihn an: »Ich bestehe darauf, dass Sie sich zuerst die Aussage von Judy anhören. Das arme Kind wartet seit Stunden.«

»Darf ich fragen, wer Sie sind, dass Sie mir vorschreiben wollen, wie ich meine Arbeit zu tun habe?«

»Ich bin Genevieve Foucault-Kingman. Ich bin die Frau von Simon Kingman und das ist seine Tochter.«

»Gut, Miss Kingman.« Gibbs schaute dabei freundlich die sichtlich verstörte junge Dame an, ohne der Mutter auch nur einen Blick zu gönnen. »Ich verspreche Ihnen, ich bin in wenigen Minuten zurück. Dann höre ich mir an, was Sie zu sagen haben. Einverstanden?«

Judy Kingman nickte nur und zog, etwas peinlich berührt vom Auftritt ihrer Stiefmutter, Genevieve mit sich fort. Gibbs folgte den anderen, die langsam in den ersten Stock vorausgegangen waren. Sie mussten das hintere Treppenhaus benutzen, denn das Zimmer von Richard Blumenfeld lag zwar im selben Stockwerk wie die Räume von Mark Kingman und Irene Winters, doch gab es im ersten Stock keine Verbindung zum Ostflügel. Das heißt, es gab wohl eine solche Tür, wie Watford im Hinaufgehen erklärte, doch die war verschlossen und befand sich ausgerechnet in dem von Blumenfeld benutzten Zimmer.

Vor der Tür zum Zimmer von Richard Blumenfeld blieben Watford und der Doktor stehen. Als dem Leiter der Ermittlungen stand Gibbs das Recht zu, als Erster den Tatort zu inspizieren. Blumenfelds Zimmer war nicht sonderlich groß. Es hatte einen nahezu quadratischen Grundriss mit einem nach Norden gehenden, jetzt geschlossenen Fenster ohne Vorhänge. Die Einrichtung war spartanisch und ohne jede persönliche Note. Ein typisches Gästezimmer mit allem, was jemand benötigt, der nicht ständig in einem Haus wohnt: ein Bett, ein Tisch mit Stuhl, eine kleine Kommode und ein Kleiderschrank. Auf der Tapete über dem Bett war deutlich die Stelle zu erkennen, wo bis vor Kurzem noch der Kris, der malaiische Dolch hing, den man in Mark Kingmans Brust gefunden hatte. In der Wand gegenüber der Eingangstür gab es zwei Türen. Die eine führte in ein fensterloses Badezimmer, die andere war, wie sich Gibbs von Watford bestätigen ließ, jene ominöse Tür, die in den Westflügel führte. Sie war erst vor Kurzem gestrichen worden und im Zimmer hing noch immer der leichte Geruch von frischer Farbe. Zwischen Badezimmer- und Verbindungstür stand eine Kommode. Darüber hing ein sehr schönes Aquarell, das Droughty Hall zeigte, mitten im Sommer unter einem azurblauen Himmel. Gibbs konnte die Signatur erkennen. Es war ein Bild von Irene Winters.

Blumenfeld lag angekleidet auf seinem Bett. Das Jackett hing auf einem Bügel an einem Haken hinter der Tür. Der rechte Hemdsärmel war hochgekrempelt und das Hemd an der Brust halb aufgerissen, als habe er im Todeskampf um Atem gerungen. Er war unverkennbar tot, auch wenn man keine äußerlichen Verletzungen an ihm feststellen konnte. Auf dem Nachttisch lagen ein altmodischer Zimmerschlüssel und daneben eine moderne automatische Insulinspritze neben einer ganz normalen Spritze, wie sie Ärzte benötigen, um Medikamente intravenös zu verabreichen. Eine leere Glasampulle entdeckte Gibbs auf dem Tisch unter dem Fenster. Gibbs, der bei der Tatortbesichtigung immer saubere Einmalhandschuhe trug, hob die Ampulle hoch und roch an ihrem abgebrochenen Ende. Der markante Geruch von Insulin stieg ihm in die Nase. Auf dem

Tisch fand sich auch ein mit Schreibmaschine beschriebener Bogen Papier mit der Unterschrift Blumenfelds. Offensichtlich ein Abschiedsbrief mit einem Geständnis. Gibbs überflog kurz den Inhalt und schüttelte nachdenklich den Kopf. Er sah sich im Zimmer um. Besondere Aufmerksamkeit schenkte er der erst kürzlich gestrichenen Tür zum Westflügel. Der Anstreicher, der sich wohl bewusst gewesen war, dass die Tür nicht geöffnet werden sollte, hatte sich beim Streichen nicht die Mühe gemacht, Tür und Türstock getrennt zu bearbeiten, sondern einfach beides in einem Zug behandelt. So war an manchen Stellen Farbe in die Fuge zwischen Tür und Türrahmen gelaufen. Doch Gibbs stellte fest, dass jemand nach dem Trocknen der Farbe die Tür geöffnet haben musste. Dort, wo die Farbe kleine Brücken zwischen Tür und Türrahmen gebildet hatte, waren beim Öffnen größere Farbteile entweder an der Tür oder am Rahmen hängen geblieben, sodass eine deutlich sichtbare gezackte Bruchlinie zu erkennen war. Auf dem Boden konnte Gibbs kleine Farbpartikel entdecken, die beim gewaltsamen Öffnen der Tür heruntergefallen sein mussten. Das konnte nur bedeuten, dass zwischen dem Öffnen der Tür und dem heutigen Tag das Zimmer nicht gereinigt worden war. Ein Schlüssel steckte nicht im Schloss. Aber sie war verschlossen.

Gibbs holte den Schlüssel, der ihm beim Betreten des Zimmers auf dem Nachttischchen aufgefallen war. Er nahm ihn vorsichtig auf und steckte ihn in die Tür, durch die sie das Zimmer betreten hatten. Er passte nicht. Auch zur Badezimmertür konnte er nicht gehören, denn diese besaß nur eine Verriegelung. Also probierte Gibbs den Schlüssel an der Verbindungstür zum Westflügel und siehe da, der Schlüssel drehte sich im Schloss und die Tür ließ sich öffnen. Gibbs trat in den Raum hinter Blumenfelds Zimmer und befand sich in einer Art Putzkammer. Da es kein Fenster gab, suchte Gibbs nach dem Lichtschalter. Eine einzige schwache Birne erhellte mühsam den Raum. An einer Seitenwand befanden sich Regale mit Putzmitteln aller Art. Auf dem Boden standen Eimer und Schrubber und es gab sogar einen Staubsauger. Gibbs schloss die Tür hinter sich und besah sie sich genauer. Auch auf dieser Seite war die Tür frisch lackiert worden. Und auch hier war Farbe in die Fuge zwischen Tür und Türstock gelaufen. Allerdings hatte auf dieser Seite jemand die Fuge mit einem Messer fein säuberlich aufgeschnitten, bevor er die Tür geöffnet hatte. Deshalb gab es auf dieser Seite nicht die typischen Bruchkanten, wie auf der anderen. Zum Schluss probierte Gibbs noch die zweite Tür in der Kammer. Sie war unverschlossen und ließ sich leicht öffnen. Er warf einen Blick hinaus. Zu seiner Rechten sah er das Treppenhaus des Westflügels und vor sich die Schlafzimmertür von Mark Kingman. Befriedigt ging Gibbs zurück in Blumenfelds Zimmer, verschloss die Verbindungstür und legte den Schlüssel zurück auf das Nachttischchen. Er bat Melanie, darauf zu achten, dass der Schlüssel auf einem der Polizeifotos zu sehen sein sollte. Aber da war noch etwas, das Gibbs auffiel. Es war nirgends eine Schreibmaschine zu entdecken. Gibbs zuckte die Schultern und verließ das Zimmer.

»Ich bitte die Mitarbeiter der Spurensicherung einen kleinen Moment um ihre Aufmerksamkeit, da nicht alle im heutigen Team auch gestern hier waren. Bitte achten Sie ganz besonders auf das Insulinbesteck und auf den Abschiedsbrief. Den Brief hätte ich gerne, wenn Sie damit fertig sind. Ach und den Schlüssel, der auf dem Nachttisch liegt, bitte nicht vergessen. Bin gespannt, wessen Abdrücke wir dort entdecken. Dann bitte ich Sie, auch in der Putzkammer hinter diesem Zimmer nach Fingerabdrücken zu suchen. Sie finden die Tür verschlossen, der Schlüssel liegt auf dem Nachttisch. Wenn Sie hier fertig sind, sollten Sie sich bitte auch noch das Zimmer von Mr Simon Kingman im zweiten Obergeschoss vornehmen. Der DS hat den Schlüssel. Es wurde dort gestern das Kleidungsstück entdeckt, zu dem der Knopf passt, den wir bei Mark Kingman im Zimmer gefunden haben, und auch Halbschuhe wurden dort gefunden, die mit schwarzer Gartenerde behaftet sind. Ich gehe stark davon aus, dass sie zu den Abdrücken unter Mark Kingmans Fenster passen. Meine Assistentin, DS Poulsen wird Ihnen gerne den Knopf und die Schuhe zeigen, sie liegen als Beweismittel in unserem Büro.«

Damit gab Gibbs den Weg frei und der Doktor und die Leute der Spurensicherung nahmen das Zimmer in Beschlag. Gibbs nahm Watford am Arm und führte ihn den Weg zurück, den sie gekommen waren.

»Mr Watford, ich nehme an, dass es Judy Kingman war, die den jungen Mann gefunden hat.«

»Genau so ist es, Mr Gibbs. Sie kam heute Morgen völlig aufgelöst in den Frühstücksraum und rief: ›Er ist tot. Richard Blumenfeld ist tot.‹ Ich war zufällig dabei. Als ihre Stiefmutter wissen wollte, woher sie das wisse, sagte sie laut, sodass jeder im Raum es hören konnte, sie hätte sich mit ihm zum Frühstück verabredet, weil er ihr angeboten hatte, ihren morgendlichen Blutzuckerspiegel zu messen. Und als er nicht kam und die Kleine langsam hungrig wurde, hat sie nach ihm geschaut und ihn gefunden. Ich habe Sie dann umgehend informiert.«

»Danke, Mr Watford, es war sehr gut, dass Sie so schnell reagiert haben. Bitte versuchen Sie sich genau an den Wortlaut zu erinnern. Sagte Judy ›Richard Blumenfeld ist tot‹ oder sagte sie ›Richard Blumenfeld hat sich umgebracht‹?«

»Oh nein, Mr Gibbs. Sie rief deutlich ›Richard Blumenfeld ist tot‹. Das weiß ich genau, denn ich dachte sofort: Jetzt hat der Mörder ein zweites Mal zugeschlagen. Das hätte ich nicht gedacht, wenn sie gesagt hätte ›Richard Blumenfeld hat sich umgebracht‹.«

Gibbs nickte.

»Wer wusste eigentlich in der Familie, dass Blumenfeld Diabetiker war?«

»Ach, das wussten alle. Darum bekam er ja immer das Zimmer im ersten Stock, weil es ein eigenes Bad hat. Sehr zum Leidwesen von Dr. Wafer, der das Zimmer sonst bewohnt, wenn er auf der Insel ist. Nur an Weihnachten und am Geburtstag Mr Kingmans muss er umziehen. Das passt ihm gar nicht. Verletzte Eitelkeit, Sie wissen schon.«

Watford lächelte und Gibbs stieß nur ein verständnisvolles »Aha« aus.

»Ich habe da noch eine Frage an Sie, Mr Watford. Wissen Sie, wo sich der Schlüssel zu dieser Verbindungstür in Blumenfelds Zimmer befindet?«

»Ehrlich gesagt, das weiß ich nicht, aber wir können Jonathan fragen«, antwortete Watford.

»Da ist noch etwas, was mir seltsam vorkommt. Warum gibt es im zweiten Stock und im Erdgeschoss einen Korridor, der Ost- und Westflügel miteinander verbindet, aber nicht im ersten Stock?«

Watford erklärte es ihm.

»Früher gab es in jedem Stockwerk einen solchen Korridor. Doch der damals noch lebenden Mrs Kingman war es ein Gräuel, dass die privaten Räume der Familie praktisch für jedermann im Hause zugänglich waren. Die Besucher der beiden Gästezimmer im ersten Stock brauchten nur über den Flur zu gehen und schon standen sie vor dem Schlafzimmer der Kingmans. Um das zu ändern, löste man den Flur im ersten Stock auf und gestaltete ihn mit einigen dort liegenden Kammern zu einem weiteren vollwertigen Zimmer um. Dieses Zimmer sollte dem Freund des Hauses, Dr. Wafer, zur Verfügung stehen, der häufiger noch als heute auf Droughty Hall weilte. Die Verbindungstür war nur für die Angestellten gedacht, die beim Saubermachen so leichter von dem einen in den anderen Teil des Hauses gelangen konnten, ohne den Umweg über die Treppenhäuser nehmen zu müssen. Sie wird heute so gut wie gar nicht mehr benutzt, weil die Zimmer in der ersten Etage des Ostflügels kaum noch benutzt werden.«

Gibbs nickte. Melanie, die inzwischen wieder bei ihrem Chef eingetroffen war, ließ ihn flüsternd wissen, dass sie dringend mit ihm sprechen müsse. Doch Gibbs winkte ab und bedankte sich bei Watford. Er sagte, dass er selbst mit Jonathan wegen des Schlüssels reden wolle. Watford verstand offenbar den Wink, dass er nun nicht mehr gebraucht wurde und zog sich zurück. Als er außer Hörweite war, sprudelte Melanie los.

»Die Schreibmaschine steht in einem Schrank in der Bibliothek. Soweit ich sehen konnte, wurde sie erst vor Kurzem benutzt. Ich habe der Spurensicherung gesagt, dass sie sich darum kümmern sollen.«

Gibbs erzählte Melanie von den Spuren, die er an der Verbindungstür gefunden hatte, und erklärte ihr, dass der Mörder von Richard Blumenfeld vermutlich durch diese Tür gekommen sein musste.

»Seltsam ist nur, dass der Schlüssel für diese Tür auf dem Nachttisch liegt«, sinnierte Gibbs und erntete dafür von Melanie einen unverständlichen Blick.

»DS Poulsen, wir müssen jetzt mit dem Mädchen reden. Ich möchte, dass Sie mit dabei sind. Und später habe ich noch einige Spezialaufträge für Sie. Wichtig ist, dass wir die Mutter loswerden. Ich habe den Verdacht, sie möchte gern wissen, was uns ihr Stieftöchterchen zu sagen hat.«

In der Eingangshalle saßen Mutter und Tochter Kingman einträchtig nebeneinander und warteten auf Gibbs' Rückkehr. Als er endlich erschien, sprang Genevieve Kingman auf und sagte zu ihrer Tochter: »Komm Judy, der Inspector hat jetzt Zeit für uns.«

Gibbs hob abwehrend die Hand.

»Ich glaube, gnädige Frau, da liegt ein Missverständnis vor. Es geht um die Befragung von Miss Judy Kingman. Sie können dabei keinesfalls anwesend sein.«

Doch die streitbare Genevieve Kingman ließ sich nicht so einfach abwimmeln.

»Natürlich werde ich dabei sein, wenn Sie meine Tochter verhören. Sie ist noch jung und unerfahren und braucht meinen Schutz.«

Melanie Poulsen mischte sich ein.

»Mrs Kingman, dies ist eine offizielle Morduntersuchung. Ihre Stieftochter wird nicht verhört, sondern nur als wichtige Zeugin befragt. Sie haben kein Recht, bei dieser Befragung anwesend zu sein, es sei denn, Ihre Tochter wäre noch minderjährig oder Sie würden aus einem anderen Grund das Sorgerecht für Ihre Tochter ausüben. Beides dürfte hier nicht zutreffen. Also bitte, machen Sie keine Schwierigkeiten und lassen Sie uns unsere Arbeit tun.«

Melanie hatte in ruhigem, aber sehr dienstlichem Ton gesprochen, der seine Wirkung nicht verfehlte. Zwar sah man Genevieve ihren Ärger mehr als deutlich an, aber außer der Bemerkung »In welchem Staat leben wir eigentlich«, auf die niemand einging, blieb sie ruhig und gab sich geschlagen. Sie schärfte Judy nochmals ein, sich ja nichts gefallen zu lassen und verschwand hoch erhobenen Hauptes im Speisesaal. Judy machte einen erleichterten Eindruck und folgte den beiden Polizeibeamten in deren Büro.

Gibbs bat die junge Dame nicht, an seinem, respektive Watfords, Schreibtisch Platz zu nehmen, sondern führte sie in den hinteren Teil des Raumes, wo es eine gemütliche Ledergarnitur gab. Er bat Judy, in dem Sessel Platz zu nehmen, der gegenüber dem Fenster lag, sodass das Tageslicht voll auf ihr Gesicht fiel. Er selbst nahm auf der Couch gegenüber Platz. Den zweiten Sessel belegte Melanie, die gespannt ihren Notizblock bereithielt. Gibbs sah das junge Mädchen erwartungsvoll an. Judy saß vor ihm wie ein Häuflein Elend und man konnte deutlich erkennen, dass sie sich nicht wohlfühlte. Sie war ganz in Schwarz gekleidet, vermutlich aber eher, weil das ihrem Modegeschmack entsprach, als deswegen, weil sie um die beiden ermordeten Familienmitglieder trauerte. Sie trug einen schwarzen Minirock, schwarze Leggins und schwarze glänzende Ballerinas. Den einzigen Farbklecks bildete ein dünnes Goldkettchen, das um den linken Fußknöchel baumelte. Dazu hatte sie ein schwarzes Oberteil mit unzähligen Falten, Rüschen und Spitzen gewählt. Ihre langen, seidig glänzenden Haare hatte sie im Nacken zusammengebunden. Melanie fielen die dünnen, transparenten BH-Träger auf, die an den Schultern sichtbar wurden und dachte neidvoll bei sich, warum Judy überhaupt einen BH trug, wo sie doch so gut wie nichts hatte, was es da zu halten gegeben hätte. Judy hatte die Ellbogen auf die Knie gestützt und das Kinn in die Hände gelegt. Gibbs merkte, dass sie nicht recht wusste, wie sie beginnen sollte. Er half ihr.

»Also Miss Kingman, Sie haben Richard Blumenfeld heute Morgen tot aufgefunden. Bitte schildern Sie uns, wie es dazu kam.«

Judy Kingman rutschte scheinbar nervös in ihrem Sessel hin und her.

»Ach Chief Inspector, nennen Sie mich doch bitte Judy. Alle tun das hier und es gefällt mir viel besser als Miss Kingman.«

Gibbs erinnerte sich daran, in Watfords Liste gelesen zu haben, dass sie Schauspielerin war und es schien ihm, als hätte sie sich schon die ganze Zeit überlegt, welche Rolle sie ihnen vorspielen würde. Dieser Eindruck wurde noch verstärkt, als sie mit erhobener Stimme und weit ausholender Geste zu erzählen begann.

»Es war schrecklich, Mr Gibbs. Schrecklich! Wie er da so lag. Und ich konnte nichts mehr für ihn tun.«

Bei diesen Worten drückte sie den Handrücken gegen ihre Stirn und schloss für einen Moment die Augen. Gibbs seufzte und wollte schon etwas sagen, aber Judy hielt ihm die ausgestreckte Handfläche entgegen, als wollte sie ihm gebieten zu schweigen.

»Ich habe Richard heute Morgen gegen acht Uhr gefunden. Ich habe ihn gesucht, weil wir im Speisesaal verabredet waren und er nicht kam.«

Bevor sie weitersprach, legte sie eine Pause ein und machte es sich ausgiebig in ihrem Sessel bequem. Wie eine junge Katze, die sich genüsslich den besten Platz für ihr Schläfchen aussucht, probierte sie verschiedene Stellungen aus, ohne sich aus der Ruhe bringen zu lassen. Gelassen schaute Gibbs zu. Zuletzt hatte sie das eine Bein untergeschlagen und lehnte mit dem Oberkörper lasziv auf der Armlehne. Dass dabei ihr ohnehin kurzes Röckchen deutlich zu weit hochrutschte, schien sie nicht zu stören.

»Wissen Sie, Inspector, in letzter Zeit ist mir morgens nach dem Aufstehen immer ein wenig schwindlig. Richard, ich meine Mr Blumenfeld, meinte, ich solle doch mal meinen Zucker kontrollieren lassen, weil ich vielleicht Unterzucker hätte, jedenfalls am Morgen. Wir haben gestern Abend noch ein wenig zusammen geplaudert und er bot mir an, heute Morgen beim Frühstück meinen Zucker zu messen. Er wollte mich gegen halb acht Uhr im Frühstücksraum treffen und ich sollte vorher nichts essen. Als es dann immer später wurde und er nicht auftauchte, da habe ich mir Sorgen gemacht und wollte ihn holen. Das heißt, eigentlich habe ich mir gar keine Sorgen gemacht, eigentlich war ich nur ein wenig ärgerlich, weil ich schon sehr hungrig war und er seine Verabredung nicht eingehalten hatte. Ja, und da bin ich in sein Zimmer gegangen und habe ihn gefunden.«

»Wie war das genau, Miss Judy?«, hakte Gibbs nach: »Sie sind also zu seinem Zimmer gegangen und haben geklopft …«

»Ja, natürlich habe ich geklopft«, erwiderte Judy entrüstet. »Ich würde doch nicht einfach so in ein fremdes Zimmer gehen. Ich habe gewartet, bis jemand ›Herein‹ sagen würde, aber als ich nichts hörte, öffnete ich die Tür einen Spalt und rief hinein: ›Mr Blumenfeld. Hallo, sind Sie wach‹ oder so etwas. Als ich dann immer noch nichts hörte, öffnete ich die Tür vollends und trat ein. Und da sah ich ihn dann.«

Sie sagte das so theatralisch, dass Gibbs befürchtete, sie würde gleich noch hinzufügen: »… in seinem Blute liegen.« Aber das tat sie gottlob nicht.

»Haben Sie irgendetwas angefasst?«, wollte Gibbs wissen.

»Nein, dazu war ich viel zu erschrocken. Außerdem war ich nur ein paar Sekunden in dem Zimmer. Als ich gesehen habe, dass er tot war, lief ich zurück in den Frühstücksraum und rief, glaube ich, ›Er ist tot‹ oder so was.«

»Ich habe nur noch eine Frage an Sie, Miss Judy. Wie gut kannten Sie eigentlich Mr Blumenfeld?«

Mit dieser Frage hatte Judy offenbar nicht gerechnet. Jedenfalls vergaß sie darüber völlig ihr Jungmädchengehabe. Sie runzelte die Stirn und sah Gibbs fragend an.

»Wie meinen Sie das denn?«

»Ganz einfach, Miss Judy, wie ich es gesagt habe. Waren Sie befreundet? Haben Sie sich öfters außerhalb von Kingman Island getroffen? Immerhin wohnen Sie doch beide in London.«

Judy schien nachzudenken.

»Also, wenn Sie mich so fragen, wir trafen uns immer nur hier. An Weihnachten und an Marks Geburtstag. Was sollte ich sonst mit Mr Blumenfeld anfangen? Immerhin ist er ja ziemlich viel älter als ich. Also nee, ich würde sagen, ich kannte ihn so gut wie gar nicht. War es das, Mr Gibbs?«

»Ja, Miss Judy. Das war alles. Und herzlichen Dank für Ihre Hilfe. Auf Wiedersehen. Halt, noch eine Kleinigkeit. Wissen Sie, wie alt Mr Blumenfeld war?«

Die Antwort kam prompt.

»Im Oktober wurde er achtundzwanzig.« Und nach einer kurzen Pause fügte sie hinzu: »Glaube ich jedenfalls.«

Judy schien es plötzlich wahnsinnig eilig zu haben, das Gespräch zu beenden. Sie sprang auf und rannte mehr zur Tür als dass sie ging. Gibbs lehnte sich grinsend in seinem Sofa zurück und schlug sich mit der flachen Hand auf den Oberschenkel. Er sah Melanie an.

»Und?«

Melanie blickte verständnislos zu ihm hinüber.

»Was und?«

»Na, haben Sie nicht gemerkt, wie uns die Kleine nach Strich und Faden angelogen hat?«

Melanie sah ihren Chef verdutzt an.

»Aber wie kommen Sie denn darauf? Das klang doch alles ganz plausibel.«

»Für Sie vielleicht, liebe Melanie, aber nicht für mich.«

»Also, das müssen Sie mir schon genauer erklären, was soll denn gelogen gewesen sein an ihrer Aussage?«

»Später Melanie, später. Jetzt gibt es Arbeit. Aber ein kleines Beispiel will ich Ihnen geben. Als ich Judy fragte, wie alt Blumenfeld sei, antwortete sie wie aus der Pistole geschossen, er sei 28. Und sie wusste sogar den Monat, in dem er geboren war. Von wie vielen Menschen, Sarge, die Sie angeblich nicht besonders gut kennen, wissen Sie das genaue Alter? Würde sie ihn wirklich kaum kennen, hätte sie gesagt: ›Woher soll ich das wissen, ich schätze ihn so auf etwa 30‹, oder etwas in der Art. Aber das ist gar nicht das Entscheidende. Denken Sie an den Zimmerschlüssel. Vielleicht fällt Ihnen da etwas auf. Und nun kommen Sie. Wir wollen die Sache noch an diesem Wochenende zu Ende bringen.«

9. Kapitel:
Wichtige Zeugen

Die meisten Zeugen lügen,
wenn nicht mit Absicht,
dann, weil sie nicht richtig hingeschaut haben.
Chief Inspector Hippolyt Gibbs

Mittlerweile hatten die Leute von der Spurensicherung ihre Arbeit beendet und schickten sich an, auf das Festland zurückzukehren. Der tote Richard Blumenfeld begleitete sie in einem blauen Leichensack. Zuvor hatte sich Gibbs bei den Ermittlern nach Neuigkeiten erkundigt, aber es gab wenig Interessantes zu berichten. Man hatte die Schreibmaschine untersucht, die Melanie in einem der Schränke in der Bibliothek gefunden hatte. Der Abschiedsbrief war auf ihr getippt worden. Offensichtlich war sie erst kürzlich benutzt worden. Es fanden sich jedoch keinerlei Fingerabdrücke darauf, was Gibbs zu der ironischen Bemerkung veranlasste: »Warum sollte ein Selbstmörder seine Fingerabdrücke abwischen, wenn er einen Abschiedsbrief geschrieben hat?«

Auch der Polizeiarzt konnte Gibbs nicht mehr sagen, als er schon wusste: Der Tod sei nach Mitternacht eingetreten, aber nicht später als drei Uhr morgens. Allerdings gab er zu bedenken, dass er einen Selbstmord medizinisch gesehen nicht ausschließen könne. Einen Zuckerkranken mit einer Überdosis Insulin zu töten, wäre nach Ansicht des Pathologen schwer möglich. Denn zum einen müsste er sich ja freiwillig spritzen lassen, und zum anderen, sobald die Wirkung der Unterzuckerung eintrete, könnte der so »Vergiftete« durch die Einnahme von Traubenzucker sofort gegensteuern. Aber natürlich wollte er sich nicht festlegen und vertröstete Gibbs auf die Ergebnisse der gerichtsmedizinischen Untersuchung.

Simon Kingman war froh, dass er sein Zimmer wiederhatte, und Gibbs teilte ihm großzügig mit, dass man in dem Raum nichts weiter von Bedeutung entdeckt hätte, dass er aber seine Schuhe und den Knopf inklusive Hemd zunächst nicht würde wiederbekommen.

Watford hatte Gibbs darüber informiert, dass er nach dem Lunch die Testamentseröffnung durchführen werde, und zwar in zwei Gruppen. Zuerst wollte er die Angestellten informieren und anschließend die Familie sowie die Freunde des Verstorbenen Mark Kingman. Er lud Gibbs ein, an dieser Sitzung teilzunehmen, was Gibbs dankbar annahm. Seine Assistentin hatte in der Zwischenzeit mit Jonathan gesprochen und ihn gebeten, für sie und ihren Chef eine Übernachtungsmöglichkeit herrichten zu lassen.

Gibbs wollte die Zeit bis zum Lunch nutzen und bat Melanie, sich mit Martha Stapleton zu unterhalten. Sie sollte nach Möglichkeit etwas über das Verhältnis zwischen Watford und Irene Winters herausfinden. Er selbst wollte mit Judys Stiefmutter sprechen. Gibbs fand sie in dem an den Speisesaal angrenzenden Salon, wo sie einer Party Billard zwischen ihrem Mann Simon und seinem Onkel Charles zusah. Er bat sie in sein Büro zu kommen und Genevieve Foucault-Kingman folgte gern dieser Aufforderung.

Auf dem Weg dorthin begegnete ihnen Jonathan und Gibbs fragte ihn beiläufig, wo sich der Schlüssel zu der frisch gestrichenen Verbindungstür befände. Jonathan wurde etwas verlegen und berichtete, dass der Schlüssel leider unauffindbar sei. Als Gibbs wissen wollte, wie lange er den Schlüssel schon vermisse, meinte Jonathan: »Genau gesagt, seit dem Tag, als Mills die Tür streichen sollte. Eigentlich steckt er immer, damit Rose beim Saubermachen in den Ostflügel wechseln kann, aber dann war er plötzlich weg. Mills hat die Tür trotzdem gestrichen. Leider, jetzt ist sie vermutlich so verklebt, dass man sie nicht mehr öffnen kann.«

Gibbs war mit dieser Auskunft hoch zufrieden und bedankte sich bei Jonathan mit der geheimnisvollen Ankündigung: »Es könnte sein, dass Sie Ihren Schlüssel schon bald wieder zurückbekommen.«

Er lachte, als er das erstaunte Gesicht Jonathans sah.

In Watfords Büro hatte es sich Gibbs an seinem Schreibtisch gemütlich gemacht und bat Mrs Foucault-Kingman auf dem Besucherstuhl Platz zu nehmen. Entgegen aller Erwartungen lächelte sie ihn geradezu hingebungsvoll an, als sie sagte: »Ich glaube, ich muss mich bei Ihnen entschuldigen, Mr Gibbs. Wissen Sie, ich war heute Morgen einfach etwas überreizt wegen Judy. Sie ist zwar nur meine Stieftochter, aber ich mag sie sehr. Und als sie so aufgelöst in den Frühstücksraum kam, da tat sie mir so leid. Sie ist ja so ein zartes Geschöpf.«

Verglichen mit der üppigen und einen Kopf größeren Mrs Genevieve Foucault-Kingman konnte man Judy tatsächlich als zart bezeichnen.

»Sie brauchen sich nicht zu entschuldigen, Mrs Kingman. Ich weiß, das alles hier zehrt sehr an den Nerven, aber ich kann Ihnen versichern, wir arbeiten mit Hochdruck an der Sache und wir machen Fortschritte.«

»Das freut mich zu hören, Chief Inspector«, flötete Mrs Kingman. »Und was kann ich dabei tun?«

»Sie könnten mir aus Ihrer Sicht die Ereignisse von heute Morgen schildern.«

Genevieve Foucault-Kingman ließ sich das nicht zweimal sagen. Sie schilderte in allen Einzelheiten, wie sie morgens aufgestanden war und wie ihr Judy erzählt hatte, dass sie sich beeilen müssten, um zum Frühstück zu kommen, weil sie, Judy, sich von Blumenfeld den Blutzuckerspiegel messen lassen wollte. Dann berichtete sie, wie Judy beim Frühstück immer ungeduldiger wurde, weil Blumenfeld nicht erschien und wie sie dann schließlich ging, um ihn zu suchen, wobei sie, Genevieve, sie eigentlich davon abhalten wollte, weil man so etwas ja nicht tut, und wie sie dann völlig aufgelöst wieder im Speisesaal erschien und vom Tod des armen Blumenfelds berichtete und dass er sich selbst gerichtet habe.

»Das ist allerdings seltsam, Mrs Kingman. Andere Zeugen sagen aus, Judy hätte beim Betreten des Speisesaals gesagt, Blumenfeld sei tot, sie soll nicht gesagt haben, dass er Selbstmord verübt habe. Nun behaupten Sie, sie hätte gesagt, er habe sich selbst gerichtet.«

»Stimmt, Chief Inspector, sie kam herein und sagte nur ›Blumenfeld ist tot‹. Aber später hat sie mir dann gesagt, dass da ein Abschiedsbrief lag. Ehrlich gesagt«, fügte sie hinzu, »bin ich ganz froh, dass sich damit der Mord an Mr Kingman so schnell aufgeklärt hat, auch wenn es doch ein tragisches Schicksal für den jungen Mann ist.«

Gibbs war erstaunt über die Schlussfolgerung, die Genevieve Kingman gezogen hatte.

»Wie kommen Sie darauf, dass der Selbstmord von Richard Blumenfeld mit dem Mord an Mark Kingman in Verbindung steht?«

Genevieve sah Gibbs fragend an.

»Liegt das nicht auf der Hand? Erst tötet er Mark, dann bekommt er Gewissensbisse und setzt seinem Leben ein Ende, bevor ihn Scotland Yard festnehmen kann. Außerdem hatte Judy ja den Abschiedsbrief mit dem Geständnis gelesen. Hätte sie das nicht tun dürfen?«

»Doch doch, Mrs Kingman, es ist alles in Ordnung. So könnte es gewesen sein. Trotzdem müssen wir noch einige Erkundigungen einziehen, um uns ein Bild von der Lage zu machen. Reine Routine natürlich, muss aber sein.«

Gibbs lachte etwas gequält auf.

»Bitte verraten Sie mir, wo Sie gestern Nacht zwischen ein Uhr und acht Uhr morgens waren und auch die Nacht davor.«

Genevieve dachte kurz nach und sagte dann: »Also, am Freitag war ich noch bis drei Uhr mit Simon und Dr. Wafer im Billardzimmer. Wir haben uns sehr angeregt unterhalten. Dann bin ich in mein Zimmer gegangen. Judy war bereits in ihrem Bett und schlief schon. Sie müssen wissen, ich teile mir ein Zimmer mit Judy, weil mein Mann Simon so fürchterlich schnarcht. Ja, und gestern, da bin ich schon früh in mein Zimmer gegangen und habe noch gelesen. Judy kam dann so um elf Uhr oder halb zwölf und wir haben sehr bald das Licht ausgemacht.«

»Als Sie sich mit Ihrem Mann und Dr. Wafer im Billardzimmer unterhalten haben, waren Sie da immer zusammen?«

Genevieve dachte nach.

»Also, im Prinzip schon. Außer dass vielleicht jemand kurz mal zur Toilette ging. Ach ja. Und dann ging uns der Wein aus. James, also Dr. Wafer, sagte, er wüsste, wo im Weinkeller noch was zu finden sei, und erbot sich, noch ein paar Flaschen zu holen. Hat aber ziemlich lange gedauert. Ich dachte schon, er hätte sich zurückgezogen.«

»Wie lange ungefähr?«

»Ich schätze so zehn bis fünfzehn Minuten. Er meinte, er hätte den Lichtschalter nicht gefunden und musste erst in der Küche eine Taschenlampe holen.«

»So, so. Eine letzte Frage hätte ich noch, Madam.«

Gibbs hatte sich auf seinem Stuhl nach vorne gelehnt und schaute Genevieve direkt in die Augen.

»Heute Nachmittag soll ja das Testament eröffnet werden. Gehen Sie davon aus, dass Sie im Testament des Mark Kingman berücksichtigt wurden?«

Für einen Moment huschte deutlich sichtbare Zornesröte über Genevieves Gesicht. Aber sie hatte sich sofort wieder in der Gewalt. Sie wollte den guten Eindruck, mit dem sie beim Chief Inspector ihren Auftritt von heute Vormittag wieder wettmachen wollte, nicht gefährden. Deshalb blieb sie sehr freundlich, als sie sagte: »Ich verstehe nicht, was das mit dem Mord an Mark Kingman zu tun hat. Aber ich werde Ihre Frage trotzdem beantworten. Natürlich werde ich im Testament berücksichtigt sein. Und ich kann Ihnen auch sagen, warum. Besser Sie erfahren es von mir als von dieser Dame, die sich in dieser Familie über jeden den Mund zerreißt. Ich war mal die Geliebte von Mark Kingman. Ich bin nämlich ausgebildete Krankenschwester. Und bevor ich Simon geheiratet habe, verdiente ich mein Geld damit, die Kranken und Todgeweihten der Reichen dieser Welt zu pflegen. So kam ich zu Ann Kingman, der Frau von Mark. Ich habe sie bis zu ihrem Tod betreut. Mark konnte damals seine Finger nicht von mir lassen und so ist es passiert. Als Ann gestorben war, wollte er mich heiraten, aber er war mir offen gesagt zu alt. Und dann lernte ich Simon kennen, der war mir nicht zu alt. Aber er ist genauso ein Filou, wie Mark einer war. Aber das ist eine andere Geschichte. Wenn Sie jetzt fragen, ob ich damit ein Motiv hätte, Mark Kingman zu töten, ja, ich hätte eins. Denn ich brauche das Geld dringend, um mich von meinem Mann scheiden zu lassen. Und bei dem ist nichts zu holen. Der hat nur Schulden. Und ohne das Erbe müsste ich wieder arbeiten. Dazu habe ich aber keine Lust. Nur, ich habe mit dem Mord nichts zu tun und das gleiche Motiv wie ich haben hier fast alle. Geld, Mr Gibbs. Mark war reich. Wir, die anderen in seiner Familie, sind mehr oder weniger arm wie die Kirchenmäuse. Sonst noch was?«

»Nein, Mrs Kingman, aber ich bedanke mich für Ihre Offenheit.«

Als Genevieve gegangen war, führte Gibbs ein sehr langes Gespräch mit Superintendent Hutchinson von der Polizei in Newquay, das ihn über alle Maßen befriedigte.

*

Detective Sergeant Melanie Poulsen fand Martha Stapleton in der Bibliothek. Sie saß in einem bequemen Lehnstuhl vor dem Kamin und strickte. Auf einem Beistelltisch neben dem Sessel standen ein Tablett mit Tee und ein Teller mit Ingwerplätzchen. Melanie bemerkte, dass sie hungrig war.

»Schön, Sie hier anzutreffen, Mrs Stapleton. Chief Inspector Gibbs bat mich, ein paar Routinefragen mit Ihnen zu klären, bevor er sich selbst noch mit Ihnen unterhalten möchte.«

Melanie konnte ihre Augen kaum von dem Strickzeug wenden. In Gedanken bemitleidete sie die arme Person, die in den Genuss dieser Handarbeit kommen würde. Die Wolle war in geradezu abstoßender Weise in einem scheußlichen Pink eingefärbt, aber was noch schlimmer war, der Faden sah aus wie eine kleine dicke Raupe, der Tausende von Haaren abstanden. Offenbar missdeutete Martha Stapleton den Blick Melanies, denn sie fragte: »Stricken Sie auch, Miss …?«

»Poulsen, Madam, Detective Sergeant Melanie Poulsen von Scotland Yard. Nein, ich habe dafür nicht die nötige Geduld.«

»Schade, in Ihrem Beruf wäre ein wenig Geduld sicherlich angebracht«, bemerkte Martha bissig. »Was möchten Sie denn wissen?«

Ihre listigen kleinen Äuglein glitzerten interessiert. Noch lag sie innerlich im Widerstreit mit sich selber. Wie sollte sie sich verhalten? Wäre es besser, sich zugeknöpft zu geben und die Arbeit der Polizei zu erschweren, oder sollte sie sagen, was ihr schon die ganze Zeit im Kopf herumging? Immerhin war das eine gute Gelegenheit, Informationen über die Mordfälle aus erster Hand zu bekommen, man musste der kleinen harmlosen Polizistin nur die Würmer aus der Nase ziehen. Martha entschied sich dafür, kooperativ zu sein und setzte ihr liebevollstes Lächeln auf.

»Holen Sie sich doch einen Stuhl, Miss Poulsen, dann plaudert es sich leichter.«

Melanie holte sich tatsächlich einen der zahlreichen lederbezogenen Stühle, die an den Wänden aufgereiht herumstanden.

»Also, Mrs Stapleton, da wäre zunächst einmal die Frage, wo Sie die beiden letzten Nächte waren, konkret zwischen Freitagabend 23 Uhr und Samstagmorgen drei Uhr, sowie zwischen Samstagabend 22 Uhr und Sonntagmorgen gegen vier Uhr. Reine Routine natürlich, diese Frage stellen wir jedem, der hier auf der Insel war. Wir wollen uns lediglich ein Bild davon machen, wo sich jeder zur jeweiligen Tatzeit aufhielt.«

Martha Stapleton unterbrach für einen Augenblick das Stricken und zog ein paar Meter Wolle aus ihrem Wollkorb, dann ging das muntere Geklapper der Nadeln flink weiter.

»Na ja, wo werde ich schon gewesen sein, in meinem Bett natürlich. Wissen Sie, ich habe da so meine Grundsätze. Ich lege mich jeden Tag um 23 Uhr nieder und stehe um 7 Uhr auf. Acht Stunden Schlaf, das ist es, was der Mensch braucht. Aber Sie brauchen mich gar nicht erst zu fragen, ob ich etwas gehört oder gesehen habe. Ich habe einen ausgesprochen tiefen Schlaf. Zusätzlich stecke ich mir immer noch solche Stöpsel in die Ohren, damit ich nicht gestört werde. Ich glaube, ich würde es nicht einmal merken, wenn die Welt unterginge.«

»Soweit ich weiß, bewohnen Sie mit Ihrem Mann zusammen eines der großen Gästezimmer im ersten Stock. Der wird Ihre Aussagen sicherlich bestätigen können.«

»Das weiß ich nicht. Das müssen Sie ihn schon selbst fragen. Wenn ich schlafe, schlafe ich. Ob er dann neben mir liegt oder sonst was tut, das weiß ich nicht und das interessiert mich auch gar nicht. Wir sind jedenfalls zusammen zu Bett gegangen und am Morgen bin ich neben ihm aufgewacht.«

Melanie Poulsen, die es trotz ihrer 34 Jahre noch nicht geschafft hatte, eine dauerhafte Beziehung einzugehen, sah wieder einmal eines ihrer Vorurteile bestätigt: Mann und Frau passten einfach nicht zusammen.

»Das heißt, Madam, wenn Ihr Mann nachts das Zimmer verlassen hätte, dann würden Sie das gar nicht mitbekommen haben?«

Ohne von ihrem Strickzeug aufzublicken, antwortete Martha Stapleton: »Wenn Sie damit etwa meinen Mann mit den Morden in Verbindung bringen wollen, dann vergessen Sie es. Es ist einfach lächerlich. Robert ist so ungeschickt, der kann nicht mal einen Nagel in die Wand schlagen. Ein Mord würde ihn völlig überfordern. Vermutlich würde er dabei selbst zu Tode kommen oder am Tatort seinen Ausweis liegen lassen. Nein, es gibt nur eine Sache, die Robert beherrscht, und das sind seine Landmaschinen. Da ist er allerdings ein Ass. Aber Mord? Abgesehen davon, er hätte gar kein Motiv. Im Gegensatz zu mir hat er den jungen Blumenfeld eigentlich sogar ganz gern gemocht. Und Mark, nein. Da gäbe es für ihn schon ganz andere Namen, die er eher im Visier hätte.«

Melanie hörte aufmerksam zu.

»So, wen denn zum Beispiel?«

Martha Stapleton hatte die Hände mit dem Strickzeug gesenkt und beugte sich vor, bis sie Melanie ganz nahe war. Ihre Stimme war leise und geheimnisvoll.

»Watford. Und hier sollten Sie und Ihr berühmter Herr Chief Inspector mal ansetzen. Ehrlich gesagt, ich kann ihn ja nicht ausstehen. Ich nenne ihn schon seit Jahren nur noch das lächelnde Fallbeil. Kommt immer so daher, als könnte er kein Wässerchen trüben, aber ich sage Ihnen, der ist kalt wie eine Hundeschnauze.«

»Aber warum sollte Ihr Mann Groll gegen ihn hegen?«

»Tja, das wissen Sie nur nicht. Aber am Freitagabend, als uns Watford genüsslich die Sache mit dem Testament unter die Nase gerieben hat, da eröffnete er im Anschluss daran meinem Mann, dass er seine Firma los ist. Einfach so. Er hatte sogar schon den fertigen Vertrag in der Tasche, den er Robert unter die Nase hielt. Und der hat natürlich prompt unterschrieben. Der Mann besitzt einfach kein Rückgrat. Und wissen Sie, wie Watford das gemacht hat? Man muss dazu sagen, dem Unternehmen meines Mannes geht es nicht sehr gut. Wie auch, vom Kaufmännischen hat Robert natürlich auch keinen blassen Schimmer. Also, Watford hat der Hausbank meines Mannes alle Schulden abgelöst. Damit gehört ihm praktisch das Unternehmen. Mein Bruder hätte so etwas nie gemacht.«

»Das ist allerdings kein sehr feiner Zug«, pflichtete ihr Melanie bei, »aber warum sagten Sie, wir sollten bei unseren Ermittlungen unser Augenmerk stärker auf Mr Watford konzentrieren?«

»Ganz einfach, er hat das stärkste Motiv. Sehen Sie, man macht sich ja so seine Gedanken. Im Grunde genommen geht es doch hier nur um Geld. Die anonymen Briefe hin oder her. Und wer hätte am meisten zu verlieren, Watford natürlich.«

»Das verstehe ich nicht.«

»Ist doch ganz einfach. Jeder in der Familie, von mir einmal abgesehen, braucht Geld. Ich hatte Gott sei Dank das Glück, dass mich unser Vater mit einem eigenen kleinen Vermögen ausstattete, aber die anderen ... Nehmen Sie nur Simon. Spielschulden, lebt ständig über seine Verhältnisse. Oder seine Frau, hat kein eigenes Vermögen, ist auf die Gnade und Barmherzigkeit ihres Mannes angewiesen. Und wenn der sich eines Tages scheiden lässt und das kommt so sicher wie das Amen in der Kirche, dann steht sie mit leeren Händen da. Oder Charles, mein anderer Bruder. Lieb, aber ein Spinner. Träumt immer noch davon, dass er ein zweiter Howard Carter werden könnte. Aber Watford. Seit gestern gehört ihm praktisch Kingman Enterprises ganz allein.«

»Aber soweit ich weiß, sind die Verträge dazu doch schon vor Monaten gemacht worden.«

»Ja, das schon, aber erst am Freitag wurden sie öffentlich verkündet. Und Sie dürfen sicher sein, dass sich mein Bruder ein Hintertürchen offengehalten hat, um Watford wieder zu entmachten. Und vielleicht hatte der einfach Angst, die Familie würde Mark umstimmen. Sie haben es vielleicht noch nicht bemerkt, aber er und Irene, die hassen sich wie die Pest. Und Irene weiß erst seit Freitag, dass der meistgehasste Mensch in ihrem Leben quasi das Kingman-Imperium übernommen hat. Und warum? Nicht weil Mark Watford so sehr geliebt hätte, sondern einfach deswegen, weil er unter den Familienmitgliedern keinem zutraut, das Unternehmen zu führen. Wissen Sie, was ich an Stelle von Irene getan hätte? Ich hätte mir schleunigst einen Mann geangelt, der vom Geschäft etwas versteht und ihn Mark als möglichen Schwiegersohn präsentiert. Dann hätte es doch gut sein können, dass Mark diesem Schwiegersohn die Firma eher anvertraut hätte als einem wildfremden Menschen. Und man darf es nicht unterschätzen: Irenes Wünsche hatten bei Mark immer großes Gewicht. Vielleicht wollte Watford kein Risiko eingehen. Ein toter Mark Kingman kann keine Verträge mehr rückgängig machen. Und ich sage es nochmal: Hier geht es um das ganz große Geld, um Macht und Einfluss, nicht um ein paar lausige Deputate für ein paar arme Verwandte. Wir werden ja sehen. Heute Nachmittag will Watford das Testament verkünden. Da bin ich mal gespannt. Glaube, da wird bei einigen Heulen und Zähneknirschen herrschen.«

Melanie war beeindruckt von dem, was diese Frau sagte. Sie drückte genau das aus, was sie selbst schon die ganze Zeit als vages Gefühl verspürte, aber nicht in Worte fassen konnte. Diese Martha Stapleton mochte eine wenig charmante Person sein, aber dumm war sie nicht.

»Dann verstehe ich aber nicht, warum Watford auch noch Richard Blumenfeld umbringen sollte.«

Martha Stapleton lachte spitz. Sie war jetzt in Fahrt gekommen.

»Nun, das ist doch sonnenklar. Wenn es stimmt, dass Richard der illegitime Sohn von Mark ist und ich bin mir dessen ziemlich sicher, dann wäre er ja der Haupterbe, noch vor Irene. Testament hin oder her. Ein Rechtsstreit wäre sicherlich sehr kostspielig und nicht im Interesse Watfords. Da hat er halt gleich Tabula rasa gemacht. Außerdem soll es ja einen Abschiedsbrief geben, in dem Blumenfeld den Mord an Mark gesteht. Der könnte doch auch von Watford stammen. Dann hätte die Polizei einen Schuldigen und wäre zufrieden.«

Melanie nickte. Sie war neugierig, was Gibbs dazu sagen würde, wenn sie ihm diese Vermutungen präsentierte.

»Eine letzte Frage hätte ich in diesem Zusammenhang noch, Mrs Stapleton. Wann haben Sie von der Existenz der anonymen Briefe erfahren?«

Martha Stapleton zog gelangweilt die Augenbrauen hoch.

»Ich habe zum ersten Mal davon gehört, als Mark es am Freitagabend bei Tisch erwähnte. Ist das von Bedeutung? Mein Mann wusste ebenfalls nichts davon, es sei denn, er hätte sie selbst geschrieben, was ich aber nicht glaube. Wir haben uns nach dem Essen noch kurz darüber unterhalten. Meines Erachtens ist das dummes Zeugs, das irgendein Spinner fabriziert hat. Bin mir nicht einmal sicher, ob die Morddrohung in dem Brief, den Mark uns gezeigt hat, vom Mörder stammt. Sie kennen ja meine Theorie. Vielleicht kamen die Briefe Watford ganz gelegen. Alle glauben ja an den Briefeschreiber als Mörder. Watford brauchte nur die Gunst der Stunde zu nutzen.«

Melanie klappte ihr Notizbuch zu.

»Vielen Dank, Mrs Stapleton, ich glaube, der Chief Inspector wird sehr erfreut sein über Ihre Aussage.«

In diesem Moment betrat Robert Stapleton die Bibliothek. Als er seine Frau im Gespräch mit der Kriminalbeamtin sah, wurde er unsicher.

»Verzeihung. Ich wollte nicht stören. Ich möchte meiner Frau nur mitteilen, dass Punkt zwei Uhr im Speisesaal die Testamentseröffnung stattfinden soll und dass es vorher noch einen kleinen Imbiss zur Stärkung gibt.«

»Sie stören überhaupt nicht, Mr Stapleton. Unser Gespräch ist ohnehin beendet. Aber weil Sie gerade anwesend sind, würde ich gerne noch von Ihnen selbst hören, wo Sie sich zur Tatzeit aufgehalten haben.«

Stapleton bestätigte im Wesentlichen die Angaben seiner Frau, fügte aber noch ein interessantes Detail hinzu.

»Ich bin mir nicht sicher, Sergeant, ob es etwas zu bedeuten hat, aber gestern Nacht musste ich mal zur Toilette. Es war exakt drei Uhr 13. Daran erinnere ich mich genau. Ich hatte auf den kleinen Reisewecker geschaut, den ich immer am Nachttisch stehen habe. Als ich auf den Flur kam, da brannte das Flurlicht. Das brennt normalerweise die ganze Nacht, damit sich niemand in der Dunkelheit verletzt. Ich ging also den Flur vor bis zum Haupttreppenhaus, wo sich die Toiletten und Bäder befinden. Es roch irgendwie seltsam. So wie frische Farbe. Als ich zurückging, war der Geruch verflogen, aber das Licht im Flur war erloschen. Ich habe ganz schön geflucht und musste mich im Dunkeln den Gang entlang tasten. Ja. Das war es, was ich Ihnen noch berichten wollte.«

Melanie bedankte sich noch einmal bei dem Ehepaar und ging in Watfords Büro, den Raum, den man den Ermittlern für ihre Untersuchungen zur Verfügung gestellt hatte. Sie traf auf einen telefonierenden Gibbs, der sich eifrig Notizen auf einem Blatt Papier machte. Melanie konnte gerade noch den Schluss des Gespräches mithören, als Gibbs gut gelaunt ins Telefon flötete.

»Dann nochmals vielen Dank, Superintendent. Sie haben mich der Lösung des Falles ein großes Stück näher gebracht. Ich nehme an, Sie haben die fraglichen Beweisstücke sichergestellt. Ja, vielen Dank auch. Ich werde Sie auf dem Laufenden halten.«

Gibbs legte auf und strahlte Melanie an. Er lehnte sich behaglich zurück und griff nach einem der Sandwiches, die Jonathan hatte vorbeibringen lassen. Langsam kam Licht in das Dunkel und er war zufrieden.

10. Kapitel: Das Testament wird eröffnet

Der Erben Tränen sind ein verdecktes Lachen.
Sprichwort

Um kurz nach zwei Uhr im Anschluss an einen bescheidenen, aber delikaten Lunch hatte der Gong in der Halle die Mitglieder und Freunde der Familie zur Testamentseröffnung in den Speisesaal gerufen. Kaum fünf Minuten später saßen alle wieder an der jetzt abgeräumten Tafel, an deren Stirnseite Watford Platz genommen hatte. Gibbs hatte sich im Hintergrund in der Nähe der Fenster einen Platz gesucht, von dem aus er die Szenerie bestens überblicken konnte. Es dauerte eine Weile, bis Ruhe einkehrte. Die meisten hatten sich an den Getränken bedient, die auf dem Tisch bereitstanden und Martha Stapleton griff schon zum zweiten Mal in die Schale mit den Biskuits.

Offensichtlich schien sich niemand darüber aufzuregen, dass Gibbs an der Testamentseröffnung teilnahm, und Watford war froh darüber, dass es ihm erspart blieb, diese Einladung rechtfertigen zu müssen. Alle warteten voller Spannung auf das, was Watford ihnen gleich verkünden würde. Was sonst noch so geschah, war ihnen im Moment völlig gleichgültig. Vor allen Dingen Simon konnte man die Geldgier am Gesicht ablesen. Den meisten Anwesenden wäre es wohl am liebsten gewesen, Watford hätte einfach eine Liste aus seinem Aktenkoffer gezogen und vorgelesen, wer wie viel Geld bekommen würde. Doch diesen Gefallen tat ihnen Watford nicht. Stattdessen erklärte er den Anwesenden etwas langatmig die Grundzüge des englischen Erbrechts und begann schließlich damit, den Unterschied zwischen einem Erbe und einem Legat darzulegen.

»Wie ich Ihnen schon am Freitagabend mitgeteilt habe, haben wir es hier mit einem klassischen Allein-Erben-Testament zu tun oder besser gesagt mit einem Allein-Erbinnen-Testament. Der verstorbene Mark Kingman hat seine Nichte Mrs Irene Winters zur Allein-Erbin bestimmt. Alle anderen im Testament bedachten Personen erhalten Legate. Ein Legat ist ein Anspruch, den der Allein-Erbe gemäß dem letzten Willen des Verstorbenen aus der Erbmasse an den Bedachten zu leisten hat. Ganz konkret bedeutet das, die Legate erhalten Sie juristisch gesehen gar nicht von Mark Kingman, sondern aus dem Vermögen von Mrs Winters. Aber genug der Theorie. Mr Mark Kingman hat in seinem Testament den Wunsch geäußert, dass, soweit es die Angehörigen und Freunde betrifft, alle die in seinem letzten Willen bedacht wurden, versammelt sein sollen, wenn das Testament verlesen wird. Diese Voraussetzung ist erfüllt, wie ich durch Augenschein feststellen kann, und ich werde jetzt mit dem Verlesen des letzten Willens von Mark Kingman beginnen.«

Watford war aufgestanden. Aus seinen Unterlagen hatte er einen längeren handschriftlichen Brief entnommen. Alle, mit Ausnahme von Irene Winters, die nur angewidert von der Geldgier ihrer Verwandtschaft stumm auf die Tischdecke blickte, starrten wie gebannt auf das Stück Papier in den Händen des Anwalts. Würde es ihnen den erhofften Geldsegen bringen? Würden sie die Insel als reiche Menschen verlassen oder würden sie weiter mit dem auskommen müssen, was sie hatten. Watford begann zu lesen:

Meine lieben Verwandten,
liebe Freunde,
dies ist mein letzter Wille.
Wo immer ihr auch versammelt seid, wenn ihr diese Zeilen vorgelesen bekommt, werde ich nicht mehr unter euch weilen. Erlaubt mir aus diesem Grund, euch ein letztes Mal anzusprechen.
Als Erstes möchte ich mich bei euch bedanken, dass ihr es über die vielen Jahre mit mir ausgehalten habt. Bei all jenen von euch, denen ich in meinem Leben bewusst oder unbewusst aufs Füßchen getreten bin, möchte ich mich entschuldigen. Wir sind eben alle nur Menschen und sagen und tun manchmal Dinge, die wir später vielleicht sogar bereuen oder wo uns erst viel später oder gar nicht klar wird, dass wir nicht gut gehandelt haben. Aus diesem Grund verzeihe ich auch jedem von euch etwaige Schmach und Gemeinheit, die ihr mir angetan habt.
Ein Mensch ist unter euch, der mir in seinem ganzen Leben nur Gutes getan hat, und der mich immer nur durch seine Liebe und seine Zuneigung glücklich gemacht hat. Ich meine dich, liebe Irene, und deshalb habe ich dich auch zur alleinigen Erbin meines gesamten Vermögens bestimmt.
Irene Winters, geborene Kingman, ich vermache dir meinen gesamten Besitz, mit sämtlichen Immobilien, Aktien, und aller beweglichen und unbeweglichen Habe. Damit, liebe Irene, wirst du von jetzt an unermesslich reich sein. Paul Watford wird dir gerne eine ungefähre Zahl nennen, wenn es dich interessiert.
Doch auch du, meine über alles geliebte Nichte, bist nicht in der Lage, einen Firmenverbund wie Kingman Enterprises zu führen. Und auch unter all den anderen, die heute hier versammelt sind, sehe ich keinen, der das Zeug dazu hätte. Leider hat mir das Schicksal keinen Sohn geschenkt, der in meine Fußstapfen

treten könnte. Doch das Schicksal hat mir einen Paul Watford geschenkt, dem ich wie einem Sohn vertraue und der fortan die Geschicke von Kingman Enterprises bestimmen wird.
Kommen wir jetzt zu den Legaten.
Charles, mein geliebter Bruder, du bist ein Träumer, warst immer ein Träumer. Deine Leidenschaft gehört der Archäologie. Ich habe das nie verstanden. Alte Trümmer auszubuddeln, anstatt Neues zu schaffen. Aber ich weiß, dass du das anders siehst. Um dir einen deiner Träume zu erfüllen, erhältst du ein Legat von fünf Million Pfund. Tu mir den Gefallen und mach was draus.

Charles Kingman war sichtlich gerührt. Er schaute Watford an und lächelte seltsam. Vermutlich war er in Gedanken bereits irgendwo bei seinen Ausgrabungen.

Martha, meine Schwester. Du hattest es im Leben sicher manchmal nicht leicht. Aber du hast mir zu viele Intrigen gesponnen und du tust es auch heute noch. Weil unser Vater dich mit einigermaßen üppigem eigenen Kapital ausgestattet hat, das du, wie ich weiß, immer schön vermehrt hast, erhältst du nur ein kleines Legat von 500 000 Pfund.

Martha zuckte bei der Nennung des Betrags sichtlich zusammen. Aber sie hatte sich – mit allem Respekt – gut unter Kontrolle. Nur ein süffisantes Lächeln ließ erkennen, was sie von der offensichtlichen Zurücksetzung durch ihren Bruder empfand.

Bei dieser Gelegenheit, ein Wort zu dir, Robert Stapleton. Dein Verdienst in Bezug auf die Familie Kingman besteht darin, dass du meiner Schwester das Schicksal der Ehelosigkeit erspart hast, auch wenn deine Intentionen damals sicherlich nicht ganz uneigennützig waren. Es widerstrebt mir auch, dir einen größeren Geldbetrag zu hinterlassen, weil ich weiß, dass du mit Geld so wenig umgehen kannst, wie ich mit einem Reißbrett. Du bekommst trotzdem 500 000 Pfund. Sieh zu, wie du damit klarkommst.

Watford hatte das Gefühl, der Blick, den ihm Stapleton zuwarf, sollte wohl bedeuten, »Oh hätte ich doch am Freitag nicht den Vertrag unterschrieben«. Doch Watford blieb ungerührt. Ihm war klar, dass selbst diese Summe bei Weitem nicht gereicht hätte, Stapletons Firma zu sanieren.

Wenn du dich erinnerst Simon, so habe ich bereits mehrmals deine Eskapaden bezahlt, um dich und die Familie vor einem Skandal zu bewahren. Unter diesen Umständen fällt es mir schwer, dir ein weiteres Mal eine hohe Summe zu übereignen. Du wirst ein Legat von 50 000 Pfund erhalten.

Simon Kingman konnte seine Enttäuschung nicht so gut verbergen wie Martha. Man sah sie ihm nur allzu deutlich an.

Deine Frau Genevieve dagegen erhält 250 000 Pfund, nicht zuletzt deshalb, weil sie sich damals wirklich sehr aufopferungsvoll um meine Frau Ann gekümmert hat.

Genevieve Foucault-Kingman stieß einen sehr undamenhaften Pfiff aus und bedachte ihren Ehemann mit einem triumphierenden Seitenblick. Es war klar, hier würde es bald eine Scheidung geben.

Deiner Tochter Judy setze ich eine lebenslange Leibrente in Höhe von 5000 Pfund monatlich aus, damit sie unabhängig davon, ob sie es schafft, eine erfolgreiche Schauspielerin zu werden, in Anstand und Würde leben und ihre Ziele verfolgen kann.

Aus der Reaktion Judys war für Gibbs nicht zu ersehen, ob sie damit gerechnet hatte oder eher enttäuscht war. Sie starrte scheinbar unbeteiligt auf das Tischtuch und spielte mit dem leeren Wasserglas, das sie vor sich stehen hatte. Ganz anders beim nächsten Absatz des Testaments, der Richard Blumenfeld betraf. Hier hob sie den Kopf und ein kaum merkliches Lächeln huschte über ihr Gesicht.

Auch du, Richard, erhältst eine solche Leibrente in der gleichen Höhe. Außerdem übereigne ich dir das Haus inklusive Grundstück mit der Wohnung in London, in der du seit Jahren lebst. Paul Watford wird dich, wenn er es noch nicht getan hat, über deine wahre Herkunft aufklären.
Bleibt Dr. James Wafer. James, du hast mir einmal das Leben gerettet. Damals habe ich gesagt, dass ich dir das nie vergessen werde. Aber inzwischen sind viele Dinge ans Licht gekommen, die nur uns beide etwas angehen und die unsere Freundschaft in ein anderes, trüberes Licht gestellt haben. Trotzdem erhältst auch du ein Legat von 50 000 Pfund ,zusätzlich zu der Immobilie, die du gerade bewohnst und die derzeit noch mein Eigentum ist.
Es folgen die Legate für die Angestellten …

Gespannt wartete Gibbs auf die Reaktion von James Wafer auf das eben Gehörte. Aber außer einem etwas süßsauren Lächeln und einem leichten Nicken war dem Mann keine Reaktion anzumerken.

»Meine verehrten Damen und Herren«, fuhr Watford fort, »die Verlesung des Testaments, soweit Sie davon betroffen sind, ist damit abgeschlossen, und ich werde Sie jetzt einzeln fragen, ob Sie das Testament annehmen wollen oder nicht …«

Nachdem auch dies geschehen war, erklärte Watford den Anwesenden einige rechtliche Besonderheiten und wies auch darauf hin, dass im Augenblick, wie am vergangenen Freitag angekündigt, die Legate gesperrt seien, bis Scotland Yard die Angelegenheit aufgeklärt habe. Als er seine Ausführungen beendet hatte und die Versammlung sich aufzulösen begann, ließ sich Judys Stimmchen laut und deutlich vernehmen.

»Mr Watford, was geschieht eigentlich mit dem Legat von Richard Blumenfeld?«

Diejenigen, die sich bereits erhoben hatten, setzten sich wieder. Offensichtlich war jeder begierig darauf, die Antwort zu hören. Watford, der dabei war, seine Unterlagen zusammenzupacken, hielt inne.

»Eine gute Frage, Miss Kingman. Aber von Ihnen hätte ich sie am allerwenigsten erwartet. Da der arme Richard Blumenfeld nach Mark Kingman verstorben ist, steht ihm das ausgesetzte Legat zunächst einmal zu. Da ihm jedoch eine Leibrente zugeeignet wurde, so hat sich die Angelegenheit bereits erledigt, da diese nur für die Lebenszeit des Begünstigten zur Auszahlung kommt. Was das übereignete Anwesen in London und auch sein sonstiges Vermögen angeht, so wird von Amts wegen nach eventuell vorhandenen Erben gesucht werden müssen. Und sofern es diese nicht gibt, und ich gehe im Moment davon aus, dass es keine Erben gibt, wird das Legat der Krone zufallen. Beantwortet das Ihre Frage, Miss Kingman?«

»Ja, danke Mr Watford. Ich denke, es gibt jemanden, der berechtigt ist, Mr Blumenfelds Erbe anzutreten.«

Watford blickte überrascht auf.

»Interessant, Miss Kingman. Und wer könnte das Ihrer Meinung nach sein?«

Judy Kingman lehnte sich in ihrem Stuhl zurück und während die Blicke aller Anwesenden auf sie gerichtet waren, sagte sie mit stolz erhobenem Haupt: »Ich bin das, Mr Watford. Mr Blumenfeld und ich, wir sind seit mehr als einem Jahr rechtmäßig verheiratet.«

Nun ist es eigentlich nichts Besonderes oder gar Illegales, jemandem mitzuteilen, dass man verheiratet ist. Judys Enthüllung jedoch kam zu einem Zeitpunkt und in einem Zusammenhang, der allen Anwesenden eine Art Schock verpasste. Mit einer Ausnahme. Gibbs war aufgesprungen und während alle sprachlos auf das junge Mädchen starrten, eilte er auf Judy zu und sagte halblaut: »Im Interesse Ihrer eigenen Sicherheit, Miss Kingman, muss ich Sie bitten, mir unverzüglich in unser Büro zu folgen.«

Er nahm Judy am Arm und zog sie in Richtung Tür. Sie folgte ihm widerspruchslos, obwohl sie gerne noch eine Weile ihren Triumph ausgekostet hätte und noch ehe die anderen so richtig verstanden hatten, was da gerade passiert war, hatte sich die Tür des Speisesaals hinter ihnen geschlossen. Es war Irene Winters, die die Situation rettete, indem sie sich von ihrem Platz neben Watford erhob und das Wort an die Runde richtete.

»Meine lieben Freunde, das ist ja mal eine Überraschung. Ich denke jedoch, der Tag war aufregend genug, sodass wir jetzt alle eine kleine Pause vertragen können. Da wir gestern das Galadinner zu Ehren des Geburtstages meines Onkels haben ausfallen lassen, habe ich mir erlaubt, Jonathan zu bitten, es für heute Abend gegen sieben Uhr vorbereiten zu lassen. Ich denke, wir sollten in Gedenken an Mark, aber auch an den armen Richard, die Gelegenheit nutzen, uns in dieser würdigen Form von den beiden zu verabschieden. Ich werde mir jetzt erst einmal ein kurzes Nickerchen genehmigen und ich kann euch nur empfehlen, meinem Beispiel zu folgen.«

Ohne auf eine Antwort zu warten, ging sie zur Tür und verließ den Raum. Auch Watford hatte seine Unterlagen zusammengepackt und suchte dann sein Zimmer auf. Der Rest der Anwesenden diskutierte noch eine Weile über die ungeheuerliche Offenbarung Judys, zerstreute sich dann aber ebenfalls.

11. Kapitel: Judys Geständnis

Die Wahrheit will an den Tag.
Sprichwort

Zum zweiten Mal an diesem Tag saß Judy Kingman auf dem Polstersessel in Watfords Büro. Ihr gegenüber ein streng dreinblickender Gibbs. An seiner Seite eine aufmerksame Assistentin. Melanie, die bei der Testamentseröffnung nicht anwesend gewesen war, wurde von ihrem Chef kurz darüber informiert, dass Judy mit dem toten Blumenfeld verheiratet gewesen war.

»Miss Kingman, oder sollte ich besser sagen, Mrs Blumenfeld, Sie haben uns da heute Morgen einen ganz schönen Bären aufgebunden. Sie sollten sich schämen. Aber glauben Sie nur ja nicht, dass ich Ihnen auf den Leim gegangen bin. Es gab einfach zu viele Ungereimtheiten in Ihrer Aussage. Dann wollen wir doch mal sehen, ob es jetzt besser klappt. Ich bin ganz Ohr.«

Gibbs lehnte sich zurück und blickte Judy erwartungsvoll an.

Judy hatte schuldbewusst den Kopf gesenkt und flüsterte fast unhörbar: »Es tut mir leid, Inspektor. Aber glauben Sie mir, ich habe eine schlimme Nacht hinter mir.«

Sie legte eine Pause ein. Tränen kullerten über ihre Wangen und Gibbs hätte ein Herz von Stein haben müssen, wenn ihn das nicht gerührt hätte. Er reichte ihr ein Taschentuch und sagte in deutlich milderem Tonfall: »Lassen Sie sich Zeit, Mädchen, wir haben viel Zeit.«

Judy nickte nur und atmete noch einmal tief durch, bevor sie begann.

»Ich wusste schon die halbe Nacht, dass Richie tot war, aber was hätte ich denn tun sollen? Wem hätte ich es sagen sollen? Ich hatte solche Angst.«

»Dann war also die Geschichte mit dem Blutzucker messen eine reine Erfindung?«

»Natürlich, ich brauchte doch einen Grund, um meinen toten Ehemann zu finden. Es hätte noch Stunden gedauert, bis ihn jemand vermisst hätte.«

»Und wann haben Sie Mr Blumenfeld gefunden?«

»Genau weiß ich es nicht. Es muss so gegen zwei Uhr gewesen sein. Aber ich erzähle am besten mal der Reihe nach.«

Melanie machte sich eifrig Notizen und Gibbs nickte ihr aufmunternd zu.

»Ja, Miss Judy, Verzeihung, Mrs Blumenfeld, das wird das Beste sein.«

»Oh, bitte nennen Sie mich einfach Judy, alle sagen das hier und Mrs Blumenfeld hat eigentlich noch nie jemand zu mir gesagt.

Also, das Ganze begann ungefähr vor zwei Jahren, genauer gesagt an Weihnachten. Im Grunde sind wir beide so etwas wie die schwarzen Schafe in der Familie. Richie, die ungeliebte Frucht eines Seitensprungs, der bis gestern geglaubt hat, Mark sei sein Vater gewesen, und ich, weil ich einen Vater habe, der sich nicht für seine Tochter interessiert, und eine Stiefmutter, für die ich mich nicht interessiere. So etwas schweißt zusammen, vor allem hier, wo wir immer nur unter alten langweiligen Leuten sind.«

»Verzeihung, Miss Judy«, unterbrach sie Gibbs, »wieso hat Mr Blumenfeld gestern erfahren, dass er nicht der Sohn von Mark Kingman ist?«

»Ganz einfach, Watford hat es ihm gesagt.«

Judy, etwas ärgerlich über die Unterbrechung ihres Monologs, fuhr fort: »Wenn wir zusammen hier waren, haben wir immer so getan, als würden wir uns gar nicht kennen. Ja, es hat uns richtig Spaß gemacht, dieses Spiel mit den anderen zu spielen. Niemand hätte je gedacht, dass Richie und ich ein Paar sind. Auch als wir geheiratet haben, hat niemand etwas erfahren. Wir wollten es erst verkünden, wenn Mark ihn endlich als seinen Sohn anerkannt hätte. Deshalb haben wir auch die anonymen Briefe geschrieben.«

Gibbs riss die Augen auf und Melanie hätte vor Überraschung beinahe den Bleistift fallen lassen. Ihr entging nicht, wie sehr sich Judy in ihrer Rolle gefiel und sie überlegte, was für Enthüllungen wohl noch zu erwarten wären. Doch Judy schwieg und Gibbs nutzte die Gelegenheit, die Geschichte etwas zu präzisieren.

»Also, Miss Judy, jetzt mal der Reihe nach. Sie sagen, Sie hätten Mr Blumenfeld bereits gegen zwei Uhr morgens tot in seinem Bett gefunden. Woher wollen Sie das so genau wissen und wie sind Sie in sein Zimmer gekommen?«

»Also, das war so. Gestern Abend konnte Richie nur kurz mit mir sprechen. Er war sehr müde und sagte, dass er Angst um sein Leben hätte und dass er glaube, den Mörder von Mark Kingman zu kennen. Aber mehr konnte ich nicht aus ihm rauskriegen, ohne dass es aufgefallen wäre. Deshalb haben wir ausgemacht, dass ich ihn besuchen würde, sobald Genevieve eingeschlafen wäre. Sie müssen wissen, ich schlafe mit Genevieve, das ist meine Stiefmutter, die Sie ja bereits kennenlernen durften, in einem Zimmer. Als ich an ihrem lauten Schnarchen hörte, dass sie eingeschlafen war, habe ich mich zu Richard geschlichen. Es ist schon seltsam, da will sie nicht mit Simon in einem Zimmer schlafen, weil der so schnarcht, dabei schnarcht sie selbst wie ein Walross. Also ich bin dann runtergegangen und habe die Tür aufgesperrt. Ich habe Richie nämlich am Abend vorher eingesperrt, aus Sicherheitsgründen. Ich schloss also die Tür auf und machte Licht und da lag er. Zuerst dachte ich, er schliefe nur ganz fest. Aber dann sah ich, dass er tot war. Er fühlte sich schon ganz kalt und steif an. Ich bekam Panik, als ich den Abschiedsbrief sah. Da bin ich weggelaufen. Als ich wieder im Bett lag und langsam wieder denken konnte, da fiel mir ein, dass ich das Licht angelassen hatte und die Tür nicht abgesperrt war. Aber ich konnte sie ja nicht absperren. Ich hätte ja von innen absperren müssen. Also bin ich nochmal zurück und habe das Licht ausgemacht. Den Schlüssel habe ich auf sein Nachtschränkchen gelegt. Dann habe ich mir überlegt, was ich tun sollte. Hätte ich Genevieve geweckt oder sonst jemand, hätte man mich gefragt, was ich mitten in der Nacht in Richards Zimmer zu suchen hätte. Dann wäre alles herausgekommen. Mit unserer Beziehung und so. Also habe ich mir das mit dem Blutzucker ausgedacht. Das war ja ein guter Grund, nach ihm zu schauen. Ich habe, glaube ich, meine Rolle sehr gut gespielt. Alle, die im Frühstücksraum saßen, waren wirklich überzeugt, ich könnte nicht mit dem Essen anfangen, weil ich noch auf diesen Mr Blumenfeld warten würde. Und als ich dann zurückkam und mit tränenerstickter Stimme gerufen habe ›Er ist tot‹, da war ich wirklich gut. Jetzt werden Sie vielleicht denken, was für ein herzloses Mädchen. Da bringt sich ihr Ehemann um und sie überlegt sich, ob sie ihre Rolle gut gespielt hat oder nicht. Aber bitte glauben Sie mir, das eine hat mit dem anderen nichts zu tun. Ich habe Richie sehr geliebt und wie es in mir aussieht, das ist etwas ganz anderes.«

Gedankenverloren sah sie an Gibbs vorbei und ihre Augen füllten sich erneut mit Wasser. Wie auf Kommando löste sich eine dicke Träne aus ihrem Augenwinkel und suchte sich langsam, den hübschen Linien ihres Gesichtes folgend, den Weg nach unten.

»Haben Sie den Abschiedsbrief eigentlich gelesen, oder haben Sie nur angenommen, dass es sich um einen Abschiedsbrief handelt?«, wollte Melanie Poulsen wissen.

Judy wischte sich mit dem Taschentuch, das ihr Gibbs gegeben hatte, die Träne aus dem Mundwinkel, drehte langsam den Kopf in ihre Richtung.

»Ja, ich habe ihn gelesen. Aber das hat mich ja nur noch mehr verwirrt. Da stand, er hätte Mark Kingman erstochen. Den Mann, der er jahrelang für seinen Vater gehalten hat? Wie schrecklich. Ich kann und will das nicht glauben. Aber andererseits, er lag ja tot vor mir und die Unterschrift auf dem Brief war doch auch von ihm.«

»Immerhin«, bemerkte Gibbs, »hat er in seinem letzten Brief Mark Kingman mit dem Tode bedroht! Da wäre es doch naheliegend …«

»Eben nicht!«, unterbrach ihn Judy. »Der fünfte Brief ist gar nicht von ihm.«

Wieder eine dieser Bomben. Gibbs, der sich das selbst schon gedacht und deshalb am Morgen mit der Metropolitan Police in Newquay gesprochen hatte, war trotzdem leicht überrascht von dieser neuerlichen Enthüllung.

»Das müssen Sie mir schon näher erklären Judy.«

»Was gibt es da groß zu erklären? Richard hatte vier Briefe geschrieben. Als wir am Freitagabend von dem Fünften erfuhren, waren wir beide wie vor den Kopf geschlagen. Aber was hätte Richard denn tun sollen? Sollte er aufstehen und sagen, der fünfte Brief ist eine Fälschung? Damit hätte er zugegeben, dass die ersten vier Briefe von ihm waren. Und das konnte er nicht mehr. Gleich nachdem Richard den ersten Brief geschrieben hatte, rief Onkel Mark bei ihm an und sagte ihm auf den Kopf zu, dass er glaube, der Brief sei von ihm. Richard bestritt das. An Weihnachten, ich glaube, es war an Weihnachten, da fing Onkel Mark nochmals mit dem Thema an und er verlangte von Richard, dass er ihm sein Ehrenwort geben solle, dass er mit den Briefen nichts zu tun hätte. Richard gab ihm sein Ehrenwort. Sehen Sie, Mr Gibbs, die ganze Sache mit den Briefen kann man nur verstehen, wenn man Richard kennt. Richard war ein, wie soll ich mich ausdrücken, ein Mensch ohne jedes Selbstbewusstsein. Er konnte auch nicht gut reden, er hatte Angst vor allem und jedem. Jeder Auftritt in der Öffentlichkeit war ihm peinlich und zuwider. Am liebsten saß er zu Hause und entwarf seine Bühnenbilder. Ja, er war ein großer Künstler. Und wie viele Künstler ein sehr introvertierter Mensch. Gleichzeitig aber war er unheimlich lieb und sensibel. Deshalb habe ich ihn auch geliebt, nicht weil er ein Held war. Jedes Mal, wenn er versucht hat, mit Mark darüber zu sprechen, dass er ihn doch endlich als seinen Sohn anerkennen solle, hat sich Mark verweigert. Richard hatte nicht den Hauch einer Chance, sich gegen diesen Mann durchzusetzen oder sich ihm auch nur verständlich zu machen.

Eines Tages habe ich eine kleine Rolle bekommen in einem Theaterstück, eine Komödie. Wurde leider kein großer Erfolg. Da hat irgendwie jeder jedem anonyme Briefe geschrieben. Das gab natürlich eine heillose Verwirrung und am Schluss ging doch alles gut aus. Richard durfte das Bühnenbild machen. Da sind wir auf die Idee gekommen, es auch mal mit solchen Briefen zu versuchen. Eine böse Absicht war damit niemals verbunden. War aber sowieso ein totaler Reinfall. Onkel Mark hat die Botschaft in den Briefen gar nicht verstanden. Und dann kam dieser fünfte Brief. Aber da haben wir uns noch nichts dabei gedacht, weil Onkel Mark ja auch das mit dem Testament gemacht hat, sodass wir glaubten, damit wäre er sicher. Erst als er dann am Morgen tot war, haben wir erkannt, dass das alles kein Scherz mehr ist. Ich denke, Richard hätte Ihnen heute sowieso alles gebeichtet. Er hatte nachgedacht und war zu einem Ergebnis und sogar zu einem Verdacht gekommen. Und er hatte schreckliche Angst. Leider hat er keine Gelegenheit mehr gehabt, mir alles zu sagen.«

»Judy, haben Sie das, was Sie uns jetzt erzählt haben, noch irgendjemand anderem mitgeteilt?«

»Natürlich nicht, wo denken Sie hin?«

»Auch nicht Ihrer Stiefmutter?«

»Der schon gleich gar nicht. Darum war die ja so scharf drauf, dass sie heute Vormittag dabei sein wollte. Aber sie weiß nichts. Sie kennt wie alle anderen nur meine offizielle Version.«

Gibbs war beruhigt.

»Gut, dann wollen wir auch, dass das so bleibt. Der Mörder darf auf keinen Fall Wind davon bekommen, dass Sie über die

Briefe Bescheid wissen. Unterschätzen Sie das nicht. Ein Mörder, der in die Enge getrieben ist, handelt oft unberechenbar. Jedenfalls haben Sie uns sehr weitergeholfen. Dafür danke ich Ihnen oder war noch was?«

Judy schüttelte den Kopf und Gibbs begleitete sie zur Tür.

Als er zurückkam, klappte Melanie Poulsen ihr Notizbuch zu und strahlte über das ganze Gesicht.

»Ich bin froh, Chef, dass die Kleine uns endlich die Wahrheit gesagt hat.«

Gibbs lachte kurz auf.

»Die Wahrheit? Sie hat schon wieder gelogen, dass sich die Balken biegen. Ich frage mich nur, warum sie das tut?«

Melanie schaute ihren Chef verdutzt an.

»Sie glauben also, sie lügt? Aber das klang doch alles sehr plausibel.«

»Für Sie vielleicht. Aber nicht für mich. Zum Beispiel diese Sache mit dem Verdacht. Angeblich hatte Blumenfeld nicht die Zeit, ihr den Namen der Person zu nennen, die er für den Mörder von Mark Kingman hielt. Wie viel Zeit bitte braucht man dafür? Ein schnell geflüstertes ›Nimm dich in Acht vor dem oder vor der‹? Für diese absolut wichtige Information soll angeblich keine Zeit mehr gewesen sein? Obwohl die beiden stundenlang Zeit gehabt hätten, sich kurz über diese wichtige Sache zu unterhalten? Oder nehmen Sie die Geschichte mit dem Schlüssel. Sie sperrt ihn ein. Würden Sie das tun? Sich einsperren lassen? Aber meinetwegen, sie kommt, sperrt auf, sieht den toten Blumenfeld und legt den Schlüssel auf den Nachttisch?«

»Aber dort haben wir ihn doch gefunden«, wandte Melanie ein.

»Dort haben wir einen Schlüssel gefunden, Sarge, aber dieser Schlüssel passt gar nicht zu der Tür, durch die Judy hereingekommen sein will. Das würde bedeuten, dass nach Judy noch jemand in dem Zimmer war und den Schlüssel gegen einen anderen, nämlich den zur Verbindungstür ausgetauscht hat. Nur warum? Außerdem: Warum will Judy den Schlüssel auf das Nachtschränkchen gelegt haben, warum hat sie ihn nicht einfach innen an die Tür gesteckt? Ehrlich, diese Frau ist mir ein

Rätsel. Aber etwas ganz anderes, Melanie, wir sollten unbedingt herausfinden, wer von den Gästen zwischen Weihnachten und dem Geburtstagstermin hier auf Droughty Hall war.«

Über Melanies Gesicht zog sich ein breites Grinsen.

»Das hat die brave Melanie bereits erledigt, Sir. Leider bringt es uns nicht viel weiter. Bis auf Charles Kingman und Mrs Stapleton waren alle mindestens einmal hier. Manche sogar öfters. Dr. Wafer zum Beispiel.«

Gibbs war überrascht.

»Sehr gut, Sarge! Sehr gut. Der Mörder oder die Mörderin muss nämlich mindestens einmal in dieser Zeit auf der Insel gewesen sein. Damit scheiden Martha Stapleton und Charles Kingman als mögliche Täter aus. Aber die hatte ich eigentlich ohnehin nicht auf der Rechnung. Wissen Sie was, bitte gehen Sie mal los und bitten Sie Mrs Winters und Mr Watford, zu uns zu kommen. Sagen Sie, ich würde nicht lange brauchen und nur eine Kleinigkeit klären müssen.«

Es dauerte nicht lange, bis Melanie mit Paul Watford zurückkam. Watford berichtete Gibbs, Irene Winters habe sich etwas hingelegt, dass sie aber, falls es notwendig sei, den Chief Inspector gerne in ihrem Zimmer empfangen würde. Also machten sich die drei auf den Weg in die erste Etage. Watford klopfte an der Tür und auf ein freundliches »Herein« ließ er den beiden Polizisten den Vortritt. Irene Winters saß in einem sehr bequem aussehenden Ledersessel. Sie hatte die Beine hochgelegt und eine leichte Reisedecke darüber gebreitet. Sie legte das Buch beiseite und nahm ihre Lesebrille ab. Sie wirkte müde und abgespannt. Die letzten Tage hatten sehr an ihren Kräften gezehrt. Trotzdem bemühte sie sich um ein freundliches Lächeln.

»Sie wollten mich sprechen, Chief Inspector? Gibt es etwas Neues? Nehmen Sie doch bitte Platz.«

Mit einem Blick auf Watford ergänzte sie: »Sie alle.«

Gibbs suchte sich einen Stuhl in ihrer Nähe. Er hatte die Anspielung auf Watford verstanden.

»Ich habe Watford gebeten, bei dem Gespräch anwesend zu sein. Bitte erschrecken Sie nicht. Wir müssen nur dringend eine Sache klären oder besser gesagt ausschließen.«

Irene sah ihn fragend an.

Gibbs beugte sich auf seinem Stuhl nach vorne und stemmte die linke Hand auf sein Knie. Dabei sah er in eine der Zimmerecken hoch über ihm, als suche er nach einem passenden Anfang.

»Also, die Sache ist die, Mrs Winters. Als wir uns gestern Morgen unterhielten, haben Sie gesagt, dass Sie an jenem Freitagabend als Letzte bei Ihrem Onkel waren und ihm bei dieser Gelegenheit seine Medizin verabreicht haben.«

Watford war hellhörig geworden. Er schlug die Beine übereinander, sagte aber nichts.

»Das ist richtig«, antwortete Irene, »aber was ist daran so Besonderes?«

»Bitte schildern Sie mir nochmals exakt, wie diese Sache ablief. Es ist sehr wichtig.«

Irene warf Watford einen schnellen Blick zu, aber der schwieg noch immer.

»Also. Auf dem Nachtschränkchen steht die Flasche mit den Digitaliskügelchen. Ich schütte davon ein paar in ein kleines Porzellanschälchen. Dann zähle ich sie ab. Wenn es mehr als sieben sind, gebe ich die überzähligen zurück in die Flasche. Dann reiche ich meinem Onkel die Porzellanschale und ein Glas Wasser. Er schüttet sich die Perlen in seine Hand und steckt sie in den Mund. Danach trinkt er einen Schluck Wasser. So verläuft die Prozedur jedes Mal und auch am Freitagabend war es nicht anders. Ich verstehe nicht, was daran so wichtig sein soll.«

»Das verstehe ich allerdings auch nicht«, ließ sich Watford jetzt vernehmen. »Soweit ich weiß, wurde Mark Kingman erstochen und nicht vergiftet.«

Gibbs war aufgestanden und ging ein paar Schritte im Zimmer auf und ab. Als er stehen blieb, sah er zuerst Watford an, dann Irene Winters.

»Ich muss jetzt etwas tun, Mr Watford, was ich als Ermittler eigentlich nicht tun sollte. Ich kann Sie beide nur bitten, das, was ich Ihnen jetzt sage, unter allen Umständen für sich zu behalten. Mark Kingman ist nicht an dem Messerstich gestorben. Als das Messer in seine Brust drang, war er bereits tot. Mark Kingman starb an einer Überdosis seines Medikamentes.«

Irene hatte sich aufgesetzt und stieß einen kurzen spitzen Schrei aus.

»Aber das kann doch nicht sein, Paul, sag doch was.«

Paul war schon dabei.

»Wollen Sie damit andeuten, Chief Inspector, Mrs Winters hätte ihrem Onkel eine Überdosis seines Medikaments verabreicht? In diesem Fall müsste ich Mrs Winters dringend raten, keine weiteren Fragen mehr zu beantworten.«

Gibbs schüttelte den Kopf.

»Nein, bitte machen Sie sich deshalb keine Sorgen. Das will ich keineswegs andeuten. Ich muss nur ausschließen, dass der Tod Mark Kingmans nicht auf einen Unfall zurückzuführen ist. Ich bin der festen Überzeugung, dass Mrs Winters ihrem Onkel niemals mit Absicht mehr von der Medizin verabreicht hätte, als ihm guttat. Aufgrund der Schilderung, die sie mir jetzt gegeben hat, bin ich mir sicher, dass wir eine versehentliche Überdosierung ausschließen können.«

Gibbs hatte wieder Platz genommen und sah Irene mit einem freundlichen Lächeln an.

»Ich denke, wir können ebenfalls ausschließen, dass Ihr Onkel selbst noch einmal seine Medizin eingenommen hat, weil er vielleicht nicht mehr daran gedacht hat, dass er sie schon von Ihnen bekommen hat.«

Wieder war es Watford, der antwortete.

»Aber selbstverständlich können wir das ausschließen. Mark Kingman war im Vollbesitz seiner geistigen Kraft. Er war weder dement noch in irgendeiner Form vergesslich. Im Übrigen, Chief Inspector, können wir beweisen, dass Mrs Winters keine Überdosierung vorgenommen haben kann.«

Irene sah überrascht zu Watford und auch Gibbs schien begeistert.

»Aber das wäre ja mehr, als ich erwartet habe, Wie soll dieser Beweis aussehen?«

Watford erklärte dem erstaunten Kriminalbeamten, dass die Flaschen mit dem Digitalis im Apothekenschränkchen im Butlerzimmer aufbewahrt würden. Bei jeder neu angebrochenen Flasche würde das Datum auf dem Etikett vermerkt.

Man könne also genau überprüfen, wie viele Kügelchen noch in der Flasche sein müssten, wenn man vom Gesamtinhalt der Flaschen je sieben Kügelchen pro Tag, an dem die Flasche im Einsatz war, abzöge.

Gibbs war begeistert. Er bat Watford, diese Überprüfung zusammen mit Melanie durchzuführen. Als die beiden gegangen waren, saßen sich Gibbs und Irene eine Weile schweigend gegenüber.

Endlich sagte Irene: »Ich kann mir nicht vorstellen, wie jemand Mark diese Überdosis verabreicht haben soll. Als ich ihm sein Medikament gegeben habe, da wirkte er völlig gesund.«

»Nichts einfacher als das, Mrs Winters. Der Mörder hat einfach sehr gut Bescheid gewusst. Er kannte offensichtlich das Ritual zwischen Ihnen und Ihrem Onkel. Er wusste also, dass Mark Kingman erst am späten Abend seine Tagesdosis Digitalis einnehmen würde. Vermutlich hat er die gleiche Dosis unauffällig in eines seiner Getränke gemischt. Das war für Mark Kingman keineswegs schädlich. Erst als er dann noch einmal sein Medikament bekommen hat, kam es zur Vergiftung.«

»Um Gottes Willen«, stöhnte Irene auf, »dann war ich es ja, die ihm die Überdosis verpasst hat.«

Es kostete Gibbs allerhand Überzeugungskraft, Irene von diesem Gedanken abzubringen. Beruhigend redete er auf sie ein und erklärte ihr, dass sie gar keine Chance gehabt hätte, sich anders zu verhalten. Endlich kamen Watford und Melanie zurück. Melanie erstattete Bericht.

»Es ist alles in Ordnung, Sir. Die Flasche wurde vor fünf Tagen, also am Dienstag erstmals aufgemacht. Es müssen also vier mal sieben Kügelchen fehlen. Weil sich in jeder Flasche 150 Kügelchen befinden, verbleiben 122. Wir haben sie zwei Mal gezählt. Es stimmt.«

Watford schloss sich dieser Aussage an und stellte fest: »Ich gehe davon aus, Chief Inspector, dass unter diesen Umständen keinerlei Verdacht auf Mrs Winter liegt, dass sie absichtlich oder unabsichtlich dazu beigetragen haben könnte, dass Mark Kingman eine tödliche Dosis seines Herzmittels verabreicht wurde.«

Gibbs antwortete prompt: »Genauso ist es, Mr Watford. Ich habe im Übrigen keine Sekunde angenommen, Mrs Winters habe ihren Onkel ermordet. Aber ich bitte um Verständnis, dass wir jede Möglichkeit einer versehentlichen Überdosierung ausschließen müssen. Ich bin sehr erleichtert, dass die Überprüfung des Flascheninhalts diesbezüglich völlige Klarheit ergeben hat. Aber nochmals. Ich bitte Sie beide sehr dringend, den wahren Grund für den Tod von Mark Kingman niemandem gegenüber zu erwähnen.«

Gibbs gab Melanie ein Zeichen und die beiden wollten gerade den Raum verlassen, da hielt ein »Augenblick mal« von Watford sie zurück. Gibbs sah ihn fragend an.

»Ist noch etwas, Mr Watford?«

»Aber ja doch!«

Der Anwalt schlug sich mit der flachen Hand an die Stirn.

»Ich hatte es ganz vergessen. Ich war immer in dem Glauben, Mark wäre erstochen worden. Aber jetzt, wo ich die Wahrheit kenne, fällt es mir wieder ein. Aber natürlich, bitte nehmen Sie doch noch einmal Platz. Es könnte sehr wichtig sein, was ich zu sagen habe.«

Neugierig geworden, taten ihm Gibbs und Melanie den Gefallen.

»Es war am Samstagmorgen, wenige Stunden, nachdem wir den Mord entdeckt hatten. Alles war sehr hektisch. Ich bin erst irgendwann am späten Vormittag dazu gekommen, eine schnelle Tasse Kaffee zu trinken. Weil Jonathan schon abgedeckt hatte, habe ich die leere Tasse selbst in die Küche getragen. Dabei wollte ich meine Papierserviette im Mülleimer entsorgen. Da fiel mir ein kleines Fläschchen auf, braun, mit einem weißen Schraubverschluss. Ich nahm es heraus. Es war bis auf den kleinen Rest einer farblosen Flüssigkeit leer, aber ohne Etikett. Ich habe noch Rose gefragt, ob jemand von den Bediensteten krank sei, aber die sah mich nur ganz verwundert an. Könnte sich in diesem Fläschchen eventuell eine Dosis von Marks Medikament befunden haben?«

»Das hört sich ganz nach einer heißen Spur an, Mr Watford. Wäre gut möglich, dass der Mörder diese Flasche nach der

Tat auf diesem Weg entsorgt hat. Ich bin Ihnen jedenfalls sehr dankbar, dass Ihnen diese Kleinigkeit noch eingefallen ist. Dieses Fläschchen müssen wir unbedingt haben. Doch auch davon bitte kein Wort zu den anderen.«

Gibbs war aufgestanden und winkte Melanie, ihm zu folgen.

»Keine Müdigkeit vorschützen, Sarge, die Müllberge der Insel warten auf uns.«

12. Kapitel: Spaziergang mit Dr. Wafer

Es sollt' ein Freund des Freundes Schwächen tragen.
William Shakespeare

Während sich Gibbs mit seiner Assistentin auf die Suche nach Jonathan machte, um ihn, ohne großes Aufsehen zu erregen, nach dem Verbleib des Küchenabfalls zu fragen, saß Watford noch eine Weile im Zimmer von Irene. Keiner der beiden sagte etwas. Und doch hatte das Schweigen nichts Peinliches an sich. Es war eher das Schweigen zweier kriegsmüder Kämpen, die eingesehen hatten, wie sinnlos ihr Kampf war. Irene setzte sich auf und begann die Wolldecke zusammenzufalten.

»Danke!«, sagte sie leise, ohne Paul anzusehen. »Danke, dass du bei dem Gespräch dabei warst.«

Paul wollte etwas erwidern, aber alles, was ihm einfiel, hätte dumm und banal geklungen. Also schwieg er.

»Weißt du, ich habe die letzten Stunden sehr intensiv über alles nachgedacht. Ich war vielleicht in den letzten Jahren nicht immer fair zu dir. Ja, ich habe dich gehasst. Wenn ich es genau bedenke, weiß ich gar nicht einmal warum. Aber wie dem auch sei. Ich werde in Zukunft auf dich angewiesen sein. Ob mir das nun gefällt oder nicht. Deshalb möchte ich dir von meiner Seite aus ein Friedensangebot machen. Nein, nein, du brauchst jetzt nichts dazu zu sagen. Wir wissen beide, dass es so das Beste ist.«

Paul nickte und Irene fuhr fort: »Es ist schon seltsam. Onkel Mark wollte aus uns immer ein Paar machen. Das ist ihm nicht geglückt. Und doch hat er es geschafft, uns beide noch stärker zusammenzuschweißen, indem er mich zur Erbin und dich zum Boss gemacht hat.«

»Ich glaube nicht, dass dein Onkel diesen Hintergedanken gehabt hat. Ja, es ist wahr, er hätte es gerne gesehen, wenn wir ein Paar geworden wären. Das hat er mir noch kurz vor seinem Tod gesagt. Er war mit seiner Hoffnung im Übrigen nicht alleine. Auch mein Vater und deine Tante Ann haben davon geträumt. Aber das ist Schnee von gestern. Ich nehme dein Friedensangebot gerne an, auch wenn ich von meiner Seite aus nie das Gefühl hatte, als stünden wir im Krieg. Ist ja auch egal, meine Verpflichtungen Mark gegenüber gehen weit über seinen Tod hinaus und du kannst sicher sein, ich werde immer in seinem Sinn handeln, sowohl was die Firma angeht, als auch dich. Aber jetzt will ich dich nicht länger aufhalten, du willst dich sicherlich für den Abend noch ein wenig vorbereiten.«

»Das will ich allerdings. Da hätte ich auch gleich eine Bitte an dich. Ich möchte, dass das heutige Dinner dem Andenken an meinen Onkel und an Richard Blumenfeld gewidmet ist. Ich wäre dir dankbar, wenn du vielleicht ein paar Worte in diesem Sinne sagen könntest. Auch hätte ich es gerne, wenn wir die gleiche Sitzordnung wie am Freitagabend einhielten. Die Plätze von Onkel Mark und Richard sollten nicht eingedeckt werden. Ach, und noch was. Ich hielte es für angebracht, die Leute vom Yard dazu zu bitten. Ich möchte mir nicht den ganzen Abend lang die Spekulationen von Simon oder Martha zum Mord an Onkel Mark anhören. Wenn der Chief Inspector am Tisch sitzt, werden sie sich hüten, den Mund aufzumachen. Oder was meinst du? Wenn du einverstanden bist, wärst du dann bitte so freundlich, das Jonathan zu übermitteln?«

»Aber gerne doch. Ich halte dieses Verfahren auch für das Beste. Wir müssen ja davon ausgehen, dass die meisten der Gäste der Ansicht sind, Blumenfeld hätte sich selbst gerichtet, nachdem er Mark erstochen hat. Aber mir wird schon was einfallen, wie ich die Würde dieses Abends wahren kann, ohne Richard allzu sehr zu belasten.«

»Du glaubst also nicht, dass Richard sich selbst getötet hat? Aber es gab doch einen Abschiedsbrief?«, gab Irene zu bedenken.

»Schon«, erwiderte Paul, »aber wir kennen nicht den Inhalt. War er derjenige, der ihm das Gift ins Glas geschüttet hat oder war er der, der ihm das Messer ins Herz gestoßen hat? Wir werden es erst genau wissen, wenn Gibbs seine Ermittlungen abgeschlossen hat. Und ich bin sicher, Gibbs ist schon sehr weit gekommen mit seinen Ermittlungen, sonst hätte er dieses Gespräch vorhin mit uns nicht geführt.«

Paul ging zur Tür. Er drehte sich noch einmal um.

»Ich bin sehr froh Irene, dass wir wieder wie normale Menschen miteinander umgehen wollen. Ich verspreche dir, du wirst es nicht bereuen.«

*

Gibbs und Melanie hatten von Jonathan erfahren, dass der Müll in großen schwarzen Plastiksäcken gesammelt wurde. Mills deponierte diese dann in einem Abstellraum im Gärtnerhaus, bis ihn Coogan einmal die Woche zum Festland brachte. Melanie, die wohl wusste, was ihr bevorstand, versprach ihrem Chef, sich von Mills die Müllsäcke zeigen zu lassen und nach dem ominösen Fläschchen zu suchen. Sie wollte diesen Job ohnehin lieber alleine erledigen, da es Gibbs in solchen Fällen meist an Geduld und Genauigkeit fehlte. Gibbs war über das Angebot seiner Assistentin hocherfreut und beschloss, die Zeit damit zu nutzen, das längst überfällige Gespräch mit Dr. Wafer zu führen. Jonathan sagte ihm, er hätte Wafer gesehen, wie er das Haus in Richtung Anlegestelle verlassen hatte und Gibbs machte sich in Hut und Mantel auf den Weg.

Es dauerte nicht lange, da sah Gibbs die hagere Gestalt Wafers flotten Schrittes vor sich die Straße hinuntermarschieren. Gibbs legte noch etwas an Tempo zu und bald hatte er Wafer eingeholt. Etwas außer Atem, aber in Rufweite, bat er Wafer, stehenzubleiben und auf ihn zu warten. Dieser drehte sich unwillig um, blieb aber stehen.

»Was gibt es so Wichtiges, dass Sie meinen Spaziergang unterbrechen müssen?«, begrüßte ihn Wafer nicht gerade freundlich.

Gibbs war etwas überrascht von der schroffen Art Wafers. Trotzdem erwiderte er in ruhigem Tonfall: »Ich bitte um Entschuldigung, Sir. Ich habe einen Mordfall aufzuklären und da lässt es sich manchmal nicht vermeiden, sich über die persönlichen Bedürfnisse wichtiger Zeugen hinwegzusetzen.«

»Nun gut, dann fragen Sie. Wir können ja dabei weitergehen, oder?«

Ohne Gibbs' Antwort abzuwarten, setzte er seinen Weg in Richtung Anlegestelle fort.

»Dann beginnen wir vielleicht am besten mit den Routinefragen. Ich nehme an, dass Sie die Nacht zum Samstag ebenso wie die zum Sonntag in der fraglichen Zeit zwischen Mitternacht und vier Uhr morgens in Ihrem Zimmer verbracht haben.«

»Nicht ganz. Am Freitagabend wurde es noch spät. Genevieve, Simon und ich haben im Billardzimmer noch über die alten Zeiten gesprochen. Muss sehr spät geworden sein, aber genau weiß ich es nicht. Ansonsten: Ja, natürlich, wenn Sie mir zubilligen, dass ich ein- bis zweimal die Toilette aufgesucht habe. Mein Zimmer hat nämlich keine.«

»Sie haben auch keine verdächtigen Bewegungen oder Geräusche wahrgenommen, die mit den beiden Todesfällen in Verbindung gebracht werden könnten?«

»Nein!«

»Mr Watford sagte mir in Bezug auf Ihre Person, dass Sie ein langjähriger Freund der Familie, insbesondere von Mark Kingman, seien. Wie haben Sie ihn denn kennengelernt?«

»Als Mark sein erstes eigenes Kommando bekam, das war im Oktober 1943, ein kleiner Minenräumer, nichts Besonderes, 37 Mann Besatzung, da kam ich als Schiffsarzt an Bord.«

»Und das hat ausgereicht, um eine doch sehr enge Freundschaft zu begründen?«

»Ich nehme an, Sie stellen diese Frage, obwohl Sie die Antwort bereits kennen. Unsere Freundschaft beruht darauf, dass ich – so sagt man jedenfalls – Mark das Leben gerettet habe.«

»So, wie das?«

»Warum wollen Sie das wissen?«

»Weil es für meine Ermittlungen wichtig ist. Aber wenn Sie es vorziehen, meine Frage nicht zu beantworten, dann soll mir das auch recht sein. Nur wundern Sie sich dann bitte nicht, wenn ich daraus meine eigenen Schlüsse ziehe.«

Wafer ging schweigend ein paar Schritte neben Gibbs her. Offensichtlich überlegte er sich, ob er die Frage beantworten solle oder nicht.

»Na ja, ist ja kein Geheimnis«, meinte er schließlich: »Wir waren an der Südspitze Englands im Einsatz. Die Deutschen hatten das Gebiet vor Plymouth mit Kettenminen verseucht, die wir unschädlich machen sollten. Mark ging es schon die ganze Zeit nicht besonders gut. Er hatte eine Blinddarmreizung. Ich hatte ihm absolute Ruhe verordnet, aber er hielt sich nicht daran. Sie müssen wissen, Mark war durch und durch Soldat. Er war kein Militarist, wenn Sie verstehen, was ich meine. Er verabscheute den Krieg, aber er dachte wie ein Soldat und handelte wie ein Soldat. Absolute Loyalität und Pflichterfüllung über jedes Eigeninteresse hinaus. Also, der langen Rede kurzer Sinn: Statt die Aktion abzubrechen und nach Southampton zurückzukehren, hielt er die Stellung und leitete die Minenräumaktion. Nach drei Tagen brach er zusammen. Der Blinddarm war durchgebrochen. Er schwebte zwischen Leben und Tod und ich wusste, wir würden ihn ohne OP nicht lebend zurückbringen. Da habe ich mich dazu entschlossen, ihn aufzumachen. Das kleine Schiff war dafür gar nicht geeignet. Dazu kam eine ziemlich raue See. Wir haben ihn auf dem Tisch in der Offiziersmesse operiert. Gott sei Dank hatten wir genug Morphium. Ich habe den Bauchraum mit Salzwasser gespült und dann eine ganze Flasche Wodka hineingeschüttet zur Desinfektion. Wie durch ein Wunder überlebte Mark und das hat er mir nie vergessen. Als er dann wegen des schlechten Gesundheitszustandes seines Vaters den Dienst quittieren musste, sagte er zu mir, ich solle mich nach dem Krieg bei ihm melden. Das habe ich getan und Mark hat mich nach Newquay geholt und mir dort eine Praxis eingerichtet. Privat sind wir gute Freunde geworden, bis auf den heutigen Tag. Beantwortet das Ihre Frage?«

»Nicht ganz, Mr Wafer. Nicht ganz. In dem Schreiben von Mark Kingman, das anlässlich der Testamentseröffnung verlesen wurde, ist von einer Missstimmung die Rede. Worum ging es da?«

»Kein Kommentar!«

»Marks Frau Ann ist, soweit ich weiß, an Krebs gestorben. Konnten Sie ihr nicht so gut helfen wie Mark? Hängt es vielleicht damit zusammen?«

»Ich sagte doch, kein Kommentar. Aber damit hing es natürlich nicht zusammen. Ann starb an Blutkrebs. Ich bin Chirurg und kein Internist. Ich hätte ihr niemals helfen können und sie hatte ohnehin die besten Ärzte des ganzen Kingdoms. Noch Fragen?«

Sie waren mittlerweile an der Anlegestelle angekommen und Gibbs war stehen geblieben. Im Hintergrund surrte leise der Generator des Kingman'schen Elektrizitätswerkes.

»Nur noch zwei Fragen, Dr. Wafer. Als Sie zwischen Weihnachten und Ostern auf der Insel waren, hat Ihnen da Mark die anonymen Briefe gezeigt und haben Sie darüber gesprochen?«

»Ja natürlich. Jedenfalls hat er mir die drei gezeigt, die er zu dem damaligen Zeitpunkt hatte. Watford war auch dabei. Watford behauptete, dass die nur von Blumenfeld stammen konnten. Aber Mark wollte davon nichts hören. Blumenfeld hatte ihm sein Ehrenwort gegeben. Nur das zählte für Mark. Wie ich schon sagte, in seinem tiefsten Inneren war er Soldat.«

»Gut, dann habe ich nur noch eine Frage. Als Sie zwischen Weihnachten und heute hier auf der Insel waren, da benutzten Sie ja vermutlich das Zimmer, das jetzt der junge Blumenfeld bewohnte. Erinnern Sie sich zufällig, ob der malaiische Dolch zu dieser Zeit noch an der Wand hing?«

Wafer schüttelte fast etwas herablassend den Kopf.

»Wo denken Sie hin, Chief Inspector. Ich habe keine Ahnung. Fehlt er denn? Nein wirklich, und selbst wenn es mir kurz aufgefallen wäre, ich hätte mir nichts dabei gedacht. Wieso fragen Sie das?«

»Weil mit diesem Dolch Mark Kingman erstochen wurde. Guten Tag, Mr Wafer. Herzlichen Dank für Ihre informativen Antworten.«

Gibbs hob die Hand zum Gruß und machte sich auf den Rückweg zum Haus. Wafer stand etwas unschlüssig da und setzte dann seinen Spaziergang in die entgegengesetzte Richtung fort.

Gibbs ging gemächlich den Weg nach Droughty Hall hinauf. Als er an die Stelle kam, wo es in einem leichten Rechtsbogen hinunter in die Senke ging, in der das Haus stand, beschloss er, noch ein wenig die frische Luft zu genießen. Er schlug die andere Richtung ein und stapfte durch hohes aber spärliches Gras, das sich von der befestigten Straße bis hin zum Klippenrand ausbreitete. Nach einiger Zeit traf er auf den Weg, der vom Haus herauf längs der Klippen bis zum höchsten Punkt der Insel führte. Er folgte diesem Weg, bis er zu einer Stelle kam, wo man bei genauem Hinsehen bemerken konnte, dass ein schmaler, selten benutzter Pfad bis direkt an die Klippen führte und sich dort im dichten Ginstergestrüpp verlor. Gibbs folgte diesem Pfad. Vielleicht führte er ihn ja zu einem Punkt an den Klippenrand, von dem man weit hinaus aufs Meer sehen konnte. Offensichtlich wurde der Pfad auch von den wenigen Schafen benutzt, die, von Crisbin betreut, auf der Insel lebten und manch köstlichen Braten für Maries Küche lieferten.

Direkt vor einem schier undurchdringlichen Wall aus Stechginster endete der Weg. Doch die Schafe hatten sich im Laufe der Jahre eine schmale Lücke durch das Gestrüpp erkämpft. Gibbs kniete sich nieder und kroch durch die Öffnung. Vorsichtig, um nicht mit den giftigen Pflanzenteilen in Berührung zu kommen, teilte er mit spitzen Fingern die Zweige. Tatsächlich erkannte er, dass der Pfad hinter der Hecke weiterlief. Hier war er sogar noch besser zu sehen, weil zwischen den einzelnen Büschen der Boden härter war und nicht so viel Gras wuchs. Es ging bergab, anfangs nur ganz leicht, dann immer steiler. Ein paar vom Wind arg mitgenommene knorrige Bäume, deren Namen Gibbs nicht kannte, suchten nahe am Fels Schutz. Gibbs konnte jetzt zwischen den Stämmen hindurch weit aufs offene Meer hinaussehen. Ein paar Möwen, die vermutlich in der Felswand ihre Nester hatten, zogen in Augenhöhe weite Kreise über dem Wasser. Gibbs, der sich nicht zu weit an den Rand des Pfades vorwagte, schätzte, dass es an dieser Stelle mindestens 50 Meter fast senkrecht nach unten ging. Nun erwachte die Abenteuerlust in Gibbs und er wollte herausfinden, wo der immer weiter bergab verlaufende Pfad hinführte. Schon bald sah Gibbs zu seiner Rechten nur noch die kahle, hoch aufragende Wand der Klippen. Vom vielen Regen der letzten Tage hatten sich kleine Rinnsale gebildet, die von Felsnasen herabtropften und unter den Füßen von Gibbs ihren Weg nach unten suchten. Gibbs musste verdammt aufpassen, denn ein falscher Schritt hätte bedeutet, dass er unweigerlich über den Klippenrand zu seiner Linken in die Tiefe gestürzt wäre. Im Grunde war der Pfad nichts anderes als ein schmales Felsband, das sich die Klippe entlang stetig nach unten zog. Als sich Gibbs nur noch ungefähr 20 Meter über dem Wasserspiegel befand und das Tosen der Brandung unter ihm immer lauter und bedrohlicher wurde, endete der Pfad auf einem vielleicht zehn mal zehn Meter großen Felsplateau. Ein Weitergehen war nicht möglich. Rechts erhob sich die steile Klippe vor ihm und links von ihm ging es fast senkrecht nach unten. Das Felsplateau hatte in der Mitte eine Vertiefung, in der sich Regenwasser zu einem kleinen Tümpel sammelte. Spärliches Gras kämpfte mit Efeu und einigen Farnen um die besten Plätze an diesem Biotop. Die Rinnsale, die ihn den Weg entlang nach unten begleiteten, mündeten in dieses natürliche Becken. An einer Stelle, wo der Fels eine leichte Einkerbung aufwies, suchte sich das Wasser in einem armdicken Strahl seinen Weg weiter in die Tiefe. Gibbs sah nach oben und konnte über sich den oberen Klippenrand ausmachen, wo er den Weg vermutete, der zum höchsten Punkt der Insel führte. Die Wolkendecke war zum Abend hin etwas aufgerissen und die Sonne, die noch etwa eine Handbreit über dem Horizont stand, nutzte die Chance noch ein paar letzte warme Strahlen nach Kingman Island zu schicken. Das kristallklare Wasser in der Mitte des Felsplateaus glitzerte auf. Da fiel der Blick von Gibbs auf ein kleines Objekt, das sich zwischen ein paar Grasbüscheln am Rande der Lache verfangen hatte. Gibbs betrachtete es näher und stellte zu seinem Erstaunen fest, dass es sich um ein kleines braunes Glasfläschchen handelte, das dem von Watford beschriebenen Fläschchen auffällig glich. Gibbs, der im Einsatz immer ein paar wiederverschließbare

Plastikbeutel dabei hatte, nahm das Fläschchen vorsichtig hoch und verstaute es in einem solchen. Hatte Watford nicht gesagt, er hätte das Fläschchen im Mülleimer in der Küche gesehen? Aber wie kam es dann hierher? Oder gab es am Ende zwei von diesen Fläschchen? Gibbs betrachtete es intensiver. Es gab keinen Zweifel, es war circa drei Zentimeter hoch, dunkelbraun und hatte einen weißen Schraubverschluss. Gut möglich, dass es jemand von oben heruntergeworfen hatte, um es zu entsorgen. Gibbs, der jetzt feststellte, dass die Dämmerung ziemlich schnell hereinbrach, beeilte sich, nach oben zu kommen. Die Sonne war bereits zur Hälfte im Meer versunken und schickte ein goldglänzendes Band über das Wasser nach Osten. Links und rechts davon hatte das Meer seine typische schwarze Farbe angenommen. Als Gibbs wieder auf dem offiziellen Weg stand, konnte er es sich nicht verkneifen, nach links abzubiegen. Er ging ungefähr die gleiche Wegstrecke nach oben, die er auf dem Pfad nach unten gegangen war. Und tatsächlich, in der von Gibbs vermuteten Entfernung führte der Weg sehr nahe an den Klippenrand und gab den Blick aufs Meer frei. Vorsichtig trat Gibbs an den Rand des Weges und spähte nach unten. Tief unter ihm befand sich tatsächlich das Felsplateau, wo er das Fläschchen gefunden hatte.

Befriedigt trat Gibbs den Heimweg an. Als er in Watfords Büro eintraf, wartete dort Melanie schon ungeduldig auf ihn. Triumphierend deutete sie auf den Plastikbeutel, der mitten auf dem Schreibtisch lag und in dem sich ein etwa drei Zentimeter großes Fläschchen aus dunkelbraunem Glas mit weißem Schraubverschluss aus Plastik befand.

»Tja Chef, während Sie Ihren gemütlichen Spaziergang über die Insel gemacht haben, hat Melanie im Müll gewühlt. Und wenn Melanie etwas finden will, findet sie es auch. Wo waren Sie denn so lange, selbst Dr. Wafer ist schon längst wieder zurück. Er sagte mir, Sie hätten ihn bereits vor einer Stunde verlassen?«

Gibbs griff wortlos in seine Manteltasche und zog den Plastikbeutel heraus. Lächelnd legte er seinen Fund neben den von Melanie. Die Assistentin war aufgesprungen und starrte auf den zweiten Plastikbeutel.

»Aber das ist ja haargenau das gleiche Fläschchen. Wo haben Sie denn das her? Und was hat das zu bedeuten?«

Gibbs hatte zum Telefon gegriffen und wählte die Nummer der Metropolitan Police in Newquay. Er hatte Glück und Superintendent Hutchinson war noch anwesend. Gibbs erklärte ihm kurz, dass er zwei sehr wichtige Beweismittel gefunden hätte, mit denen er den Fall abzuschließen gedächte und dass er dringend die Unterstützung der Spurensicherung bräuchte. Hutchinson bedauerte, dass er heute wegen der einbrechenden Dunkelheit keinen Hubschrauber mehr auf die Insel schicken könne, versprach aber die Beweisstücke gleich morgen früh abholen zu lassen. Bis Mittag läge dann sicher ein Ergebnis vor.

Als Gibbs aufgelegt hatte, betrachtete er noch einmal sehr genau die beiden Fläschchen.

»Ich glaube, Sarge, der Fall ist gelöst. Bevor ich eine Verhaftung vornehme, möchte ich jedoch noch die Ergebnisse morgen abwarten und den Bericht aus Newquay lesen, den ich heute Morgen angefordert habe. Dann bringen wir die Sache zu Ende.«

»Wollen Sie damit sagen, Sie wissen, wer Mark Kingman und Richard Blumenfeld umgebracht hat?«

»Ich denke schon, dass ich das weiß. Ob ich es jedoch auch beweisen kann, ist im Augenblick eher noch fraglich. Aber ich arbeite daran.«

»Ach kommen Sie, ich habe nicht den Schimmer einer Ahnung. Was verheimlichen Sie vor mir?« Melanie verzog etwas verärgert das Gesicht.

»Ich verheimliche gar nichts, liebe Melanie. Sie könnten die Lösung genauso gut kennen wie ich. Es ist nur eine Frage der richtigen logischen Schlüsse. Aber ich will Ihnen noch erzählen, wie ich zu dem zweiten Fläschchen komme. Es ist wirklich so, dass einem manchmal der Zufall hilft. Ach übrigens, wir müssen die Beutel noch beschriften. Fundort und so. Bei meinem schreiben Sie bitte: ›Westliche Klippe, Felsvorsprung unterhalb des Klippenrandes.‹«

Dann begann Gibbs, Melanie zu erzählen, wie er nach dem Treffen mit Dr. Wafer noch einen kleinen Spaziergang über die

Insel gemacht hatte und dabei durch Zufall das Fläschchen gefunden hatte. Melanie hörte staunend zu. Als Gibbs mit seiner Erzählung am Ende war, meinte sie nur: »Also, mich verwirrt die Geschichte mit dem zweiten Fläschchen eher, als dass sie mir hilft. Vielleicht ist es ja nur Zufall.«

Gibbs zuckte mit den Schultern und schüttelte den Kopf.

»Zufall? Wir haben es mit einem Giftmord zu tun und Sie halten das Vorhandensein von zwei solchen identischen Fläschchen für Zufall? Nie und nimmer. Und warum bitte sollte jemand ein solches Fläschchen vom Klippenrand werfen?«

»Das weiß ich nicht, aber warum ist es für Sie so toll, dass wir jetzt zwei solche blöden Fläschchen haben?«

»Da es Ihnen offenbar nicht selbst auffällt, will ich es Ihnen verraten. Es beweist definitiv, dass der Mörder von Mark Kingman auch der Mörder von Richard Blumenfeld ist. Und da wir damit nur einen Mörder haben, engt das den Kreis der dafür infrage kommenden Personen stark ein, sehr stark. Vielleicht denken Sie darüber mal nach.«

In diesem Augenblick sprang das Faxgerät an, das auf einem Beistelltisch neben dem Schreibtisch stand. Gibbs stand sofort vor dem Ausgabeschacht und wartete, bis sich das Papier langsam aus dem Schlitz herausschob. Da die bedruckte Seite nach unten zeigte, dauerte es ein wenig, bis er es lesen konnte. Ein paar Sekunden später stieß Gibbs einen Jubelschrei aus und hielt Melanie das Schriftstück hin. Diese las es schweigend und sagte nur: »Das hätte ich niemals gedacht.«

Es klopfte an der Tür und Jonathan trat ins Zimmer. Er hatte sein übliches distinguiertes Butlergesicht aufgesetzt und verkündete, dass sich Irene Winters überaus geehrt fühlen würde, wenn die beiden Kriminalbeamten ganz zwanglos an dem heute Abend stattfindenden Galadinner teilnehmen würden.

Gibbs, der zum einen zu gerne die hervorragende Küche von Marie kennenlernen wollte und zum anderen neugierig genug war, den Tischgesprächen zu lauschen, die nach der Testamentseröffnung zu erwarten waren, sagte zu.

»Bitte drücken Sie Mrs Winters unseren herzlichen Dank aus. Wir möchten aber auf gar keinen Fall den familiären Rahmen stören. Wenn Sie uns einen kleinen Imbiss hier kredenzen würden, wäre das durchaus ausreichend.«

An dieser Stelle hätte Jonathan die Möglichkeit gehabt, eine nur aus Höflichkeit erfolgte Einladung zurückzunehmen. Aber er versicherte nochmals, dass sich Mrs Winters und auch Mr Watford freuen würden, sie beide als Gäste zu begrüßen. Das Essen sollte Punkt 19 Uhr im Speisesaal beginnen und man würde durch den Gong darauf aufmerksam gemacht.

Als Jonathan gegangen war, rieb sich Gibbs die Hände.

»Ich kann Ihnen gar nicht sagen, wie hungrig ich bin. Ich hoffe, diese französische Köchin versteht ihr Handwerk.«

»Also ich weiß nicht, Sir, halten Sie es für klug, an diesem Essen teilzunehmen? Immerhin befinden wir uns mitten in einer Mordermittlung und der oder die Täter sitzen mit am Tisch.«

»Ach Unsinn«, beschwichtigte sie Gibbs, »der Mörder sitzt auch am Tisch, wenn wir nicht dabei sind. Und übrigens. Sie befinden sich vielleicht mitten in einer Mordermittlung. Also ich für meinen Teil habe die Ermittlungen bereits abgeschlossen. Also gehen Sie schön auf Ihr Zimmer und machen Sie sich hübsch. Ich wollte Sie schon immer mal im Abendkleid sehen.«

»Sie Scherzkeks. Verzeihung, Sir, aber ich bin doch hier nicht auf Urlaub, ich habe nur meine Dienstkleidung dabei.«

Gibbs lachte.

»Ihnen wird schon was einfallen. Frauen wissen immer, wie man sich fein macht. Und heute Abend, liebe Melanie, dürfen Sie mit allen über alles reden. Nur kein Wort über den Fall und schon gar nichts über die Fläschchen. Morgen früh muss ich rechtzeitig am Pier sein. Ich will mit dem Hubschrauber, der die Beweisstücke abholt, nach Newquay fliegen und bei der Analyse der Fläschchen dabei sein. Ich werde dann so schnell wie möglich zurückkommen und dann gibt's den Showdown. Und Sie halten sich bitte in der Nähe des Telefons auf, damit Sie gegebenenfalls meine Anweisungen ausführen können.«

Gibbs sprach's und schob Melanie zur Tür. Er löschte das Licht und sperrte die Tür sorgfältig ab.

13. Kapitel:
Ein Neuanfang

Wie der Zwist der Liebenden, sind die Dissonanzen der Welt.
Versöhnung ist mitten im Streit
und alles Getrennte findet sich wieder.
Friedrich Hölderlin

Nachdem die beiden Kriminalbeamten in ihre Zimmer gegangen waren, blieb ihnen noch eine halbe Stunde bis zum Dinner. Für Gibbs war das kein Problem, er rasierte sich, zog ein frisches Hemd an und säuberte notdürftig seine Schuhe, die von dem Ausflug an den Klippenrand etwas mitgenommen aussahen. Anders bei Melanie. Sie stand frisch geduscht, aber ratlos vor ihrem Koffer und zermarterte sich das Gehirn, was sie denn nun anziehen sollte. Gott sei Dank hatte sie ein paar elegante Schuhe mit leichtem Absatz eingepackt. Sie wählte eine frische weiße Bluse zu ihrem Uniformrock, die nicht so dienstlich aussah, und legte eine Perlenkette an. Den einzigen echten Schmuck, den sie besaß und den sie sehr mochte. Dann schminkte sie sich etwas. Sie war auf die Reaktion ihres Chefs neugierig, der sie in einer solchen Aufmachung noch nie zu Gesicht bekommen hatte. Als sie fertig war und sich prüfend im Spiegel betrachtete, war sie mit sich ganz zufrieden. Der Gong kündigte das Dinner an und sie machte sich langsam auf den Weg nach unten in die Halle. Unterwegs begegneten ihr Martha Stapleton und ihr Mann Robert. Martha geruhte, ihr huldvoll, aber nicht unfreundlich zuzuwinken. Sie trug wieder ihr giftgrünes Brokatkleid und die Speckröllchen um die Hüften waren nicht weniger geworden.

Unten vor dem Eingang zum Speisesaal wartete bereits Gibbs auf sie. Zum Leidwesen von Melanie schien er nicht zu bemerken, wie viel Mühe sie sich mit ihrem Äußeren gegeben hatte. Er nahm sie am Arm und geleitete sie zu der Doppeltür. Hinter der halb durchsichtigen Kristallglasfüllung konnte man verschwommen einige Gäste sehen, die sich noch bei einem Aperitif auf das Essen einstimmten. Als Gibbs mit Melanie eintrat, wurden sie von Watford in einen weniger frequentierten Bereich des Speisesaals dirigiert.

»Vielen Dank, Sir, dass Sie gekommen sind. Ich weiß, es ist etwas ungewöhnlich, Sie in dieser Situation als Gäste an unseren Tisch zu bitten, aber die Situation ist in jedem Falle ungewöhnlich, wenn man bedenkt, dass an diesem Tisch auch mindestens ein Mensch sitzt, der einen Mord auf dem Gewissen hat. Ich habe Sie in Abstimmung mit Irene auch deshalb um Ihr Erscheinen gebeten, weil Ihr Fernbleiben nur für zusätzliche Spekulationen unter den Gästen gesorgt hätte. Ich denke, wenn Sie beide anwesend sind, können wir dem Ganzen noch am besten einen Anschein von Normalität geben. Ich nehme an, Ihre Ermittlungen sind noch nicht zu einem greifbaren Ergebnis gekommen.«

Gibbs, der die Situation durchaus so einschätzte wie Watford, nahm den Anwalt beiseite und sprach mit leiser Stimme, sorgfältig darauf achtend, dass niemand im Umkreis seine Worte verstehen konnte: »Ganz und gar nicht Mr Watford. Der Fall ist so gut wie abgeschlossen. Ich kann Ihnen das gerne anvertrauen, weil Sie und Mrs Winters ohnehin für die Verbrechen nicht infrage kommen. Ich bitte Sie jedoch, dieses erfreuliche Ergebnis heute Abend unter keinen Umständen preiszugeben. Ich werde morgen früh nach Newquay fliegen, weil mir noch einige letzte Beweise fehlen. Es wäre schön, wenn es uns gelänge, die Gäste noch bis morgen Abend an der Heimfahrt zu hindern. Morgen Nachmittag, und da bin ich fast sicher, werde ich eine Verhaftung vornehmen können. Und Sie dürfen sicher sein, wenn Hippolyt Gibbs jemanden verhaftet, dann hat das Bestand. Und noch was Watford: Für den Erfolg ist es von größter Bedeutung, dass Sie kein Sterbenswörtchen über das Fläschchen sagen, das Sie am Samstagmorgen im Küchenabfall gefunden haben.«

»Keine Sorge, Mr Gibbs, kein Wort darüber. Aber ich bin erfreut, zu hören, dass Sie so schnell zu einem Ergebnis gekommen sind. Ich brauche Sie wohl nicht um einen Namen zu bitten?«

»Nein, das brauchen Sie nicht!«

Nachdenklich nickte Watford und mischte sich wieder unter die anderen Gäste.

In diesem Moment kam Melanie mit zwei halbvollen Gläsern Champagner und reichte Gibbs eines davon.

»Also, wenn wir gar nicht mehr offiziell im Dienst sind, werden Sie doch gegen einen kleinen Muntermacher nichts einzuwenden haben.«

Gibbs hatte nichts dagegen einzuwenden und stieß mit seiner Assistentin an.

»Halten Sie heute Abend bitte die Augen offen und achten Sie bitte genau auf Dr. Wafer. Das könnte noch wichtig werden.«

Die Stimmung im Saal war nicht schlecht. Nicht, dass man sie ausgelassen hätte nennen können. Eher hätte es der Begriff »gespannte Atmosphäre« getroffen. So, als würden alle auf ein besonderes Ereignis warten. Gibbs unterhielt sich betont zwanglos mir seiner Assistentin und erzählte ihr Geschichten von seiner Lieblingssportart Snooker. Natürlich hatte Melanie keine Ahnung davon, aber sie hörte geduldig zu oder tat jedenfalls so. Von Zeit zu Zeit schauten einige der Gäste verstohlen zu den Ermittlern herüber, aber Gibbs tat so, als bemerke er das nicht.

Endlich erschien auch die noch fehlende Mrs Winters. Sie hatte sich für diesen Abend sehr apart herausgeputzt. Ein dunkles, eng anliegendes Kleid betonte ihre schlanke mädchenhafte Figur. Ihr rotes wallendes Haar fiel in wahren Lockenkaskaden über ihre Schultern und schimmerte geheimnisvoll im Licht der Kandelaber. Wie immer war sie kaum geschminkt und trug so gut wie keinen Schmuck. Gibbs fiel auf, dass sie als Erstes auf Paul Watford zusteuerte und ihn mit einem herzlichen Lächeln begrüßte. Watford reichte ihr einen schon vorbereiteten Drink. Irgendwann gab Watford Jonathan ein Zeichen und bat die Gäste doch ihre Plätze einzunehmen, weil in Kürze das Dinner serviert werden würde.

Melanie und Gibbs hatten ganz am Ende der Tafel Platz genommen. Melanie saß neben Victoria Dunbar und der Platz rechts von Gibbs, der eigentlich Richard Blumenfeld gebührt hätte, blieb leer. Gibbs war das im Grunde recht, denn so konnte er die Runde besser beobachten und wurde nicht durch banale Konversationsversuche seiner Tischnachbarn abgelenkt.

Wieder, wie schon beim Dinner am Freitag, kamen die beiden Aushilfsmädchen und fragten die Gäste, was sie zum Trinken wünschten und Gibbs war froh, dass man seine Bitte um ein Pint guten Bieres erfüllen konnte.

Dann wurde der erste Gang aufgetragen. Es war ein exzellentes Rinder-Carpaccio mit gebratenen Steinpilzen und Parmesanflocken, das bei Gibbs wahre Begeisterungsstürme auslöste. Warum in aller Welt musste es Menschen geben, die angesichts eines solchen Hochgenusses morden mussten? Nach dem ersten Gang, der zumindest bei Gibbs den ärgsten Hunger gestillt hatte, stand Watford auf und jeder im Saal wartete gespannt darauf, was er zu sagen hatte. Selbst Martha Stapleton schielte interessiert in seine Richtung.

»Liebe Mitglieder und Freunde der Familie Kingman, sehr geehrte Anwesende«, begann Watford. »Als wir im Laufe der letzten Woche auf die Insel gekommen sind, dachten die meisten von uns daran, an einem dieser Abende gemeinsam mit Mark Kingman seinen 70. Geburtstag zu feiern. Doch Mark Kingmans Platz muss heute leer bleiben. Ebenso wie der von Richard Blumenfeld. Stattdessen haben zwei Beamte von Scotland Yard an unserem Tisch Platz genommen. Den Grund kennen Sie alle: Ein unfassbares schreckliches Verbrechen hat das Oberhaupt dieser Familie hinweggerafft, ebenso wie ein weiteres Mitglied der Familie. Noch wissen wir nichts Genaues. Aber ich kann Ihnen versichern, dass die Ermittler vom Yard mit Hochdruck daran arbeiten, diese Tragödie aufzuklären. Aber lassen Sie mich heute ein anderes Thema ansprechen. Ich meine, wir sollten an diesem Abend einen Moment innehalten und an die beiden Verstorbenen denken.

Ich bin sicher, Mark Kingman würde jetzt gern unter uns weilen. Ich habe mir sagen lassen, dass er seine Geburtstagsfeiern gelegentlich mit längeren Ausführungen über die Geschichte der Royal Navy ausschmückte und dass diese wissenschaftlich sicher sehr interessanten Ausführungen von vielen oft nicht besonders geschätzt wurden. Heute Abend würden wir, glaube ich, alle mit Freude seinen Geschichten lauschen, könnte er sie denn noch erzählen. Mark Kingman hat auch mir sehr viel bedeutet, denn obwohl ich nicht zur Familie gehöre, war er stets wie ein gütiger Vater zu mir. Als mein eigener Vater starb, war er es, der mich unterstützt hat und mich langsam aufgebaut hat, sodass ich heute, so hoffe ich wenigstens, in der Lage sein werde, sein Erbe im Sinne der Familie weiterzuführen. Ich habe das große Glück in meinem Leben gehabt, einen Mark Kingman als Mentor an meiner Seite zu haben. Ich habe so einiges, ja eigentlich das meiste von ihm gelernt. Ich verdanke ihm viel.

In Mark Kingmans Leben gab es einige große Lieben. Die erste war die See. Er war nicht nur selbst zur See gefahren, er hatte sich auch nach seiner aktiven Zeit immer wieder und zuletzt immer öfters mit diesem Thema auseinandergesetzt. Als Verfasser zahlreicher wissenschaftlicher Artikel und Bücher hat er sich einen Namen gemacht. Mark Kingman war durch und durch Seemann und Soldat, aber auch ein Mensch, der in großen Zusammenhängen denken konnte. Und er konnte den Dingen auch kritisch gegenüberstehen, dort wo dies seiner Meinung nach notwendig war. Ich darf an dieser Stelle Miss Victoria Dunbar bitten, die Arbeiten an Marks Memoiren fortzusetzen und zu einem Abschluss zu bringen.

Die zweite große Liebe oder vielleicht war es auch die erste, galt seiner Frau Ann, die leider allzu früh von uns gegangen ist. Ich selbst habe sie nur immer als einen überaus gütigen Menschen erlebt. Sie war für mich fast so etwas wie eine liebevolle Tante. Oft genug bin ich als Jugendlicher mit meinen Sorgen zu ihr gekommen und sie hatte immer ein tröstendes Wort für mich.

Die dritte große Liebe galt seiner Nichte Irene. Für ihn war sie keine Nichte, für ihn war sie Tochter und Freundin in einem. Aber da gab es noch jemand, der im Leben von Mark eine große Rolle spielte. Ich spreche von der Mutter des gestern verstorbenen Richard Blumenfeld. Mit ihr verband Mark keine Liebe, aber eine tiefe innige Freundschaft.«

Ein diskretes Räuspern von Martha Stapleton, die dabei unschuldig wie ein Lamm vor sich auf die Tischdecke blickte, wurde von Irene mit einem bitterbösen Seitenblick geahndet. Paul, der so tat, als hätte er Marthas Räuspern nicht wahrgenommen, fuhr unbeirrt fort:

»Weil es in der Vergangenheit immer wieder Gerüchte zu diesem Thema gegeben hat, möchte ich diese hier ein für alle Mal beenden. Ich hatte gestern, nach dem Tod von Mark Kingman, die Aufgabe, Richard Blumenfeld ein persönliches Schreiben von Mark auszuhändigen. In diesem Schreiben erklärt Mark, dass Richard nicht sein Sohn war. Sie werden sich fragen, woher er das so genau wusste und warum er so lange mit dieser Enthüllung gewartet hat. Uns liegt eine vaterschaftliche Untersuchung vor, deren Ergebnis eindeutig ist. Mark ist definitiv nicht der Vater von Richard gewesen. Mir gegenüber hat Mark Kingman darüber hinaus gesagt, dass er es Richard deshalb verschweigen würde, weil er gerne möchte, dass Richard an ihn als Vater glaube. So hatte er es Richards Mutter am Totenbett versprochen. Hätte er ihm die Wahrheit gesagt, hätte er gar keinen Vater gehabt. Denn die Identität des wahren Vaters hat Richards Mutter nie preisgegeben. Er konnte ihn logischerweise aber auch nicht als seinen Sohn anerkennen, denn das war er nun mal nicht. Da wir nun seit gestern wissen, dass Richard Blumenfeld und Judy Kingman verheiratet waren, ist es vielleicht nur gerecht zu erwähnen, dass Richard Blumenfeld letztendlich doch zur Familie gehörte. Ich glaube, Mark hätte das sehr gut gefallen. Wir werden deshalb auch Richard ein gutes Andenken bewahren, was immer auch die polizeilichen Ermittlungen in dieser Sache noch ergeben werden.

In diesem Sinne, verehrte Anwesende, erhebe ich mein Glas und ich bitte Sie, mit mir auf das Andenken von Mark Kingman und Richard Blumenfeld anzustoßen.«

Gibbs, der die ganze Zeit auf Dr. Wafer geschaut hatte, war aufgefallen, dass dieser mit keiner Wimper gezuckt hatte, als Watford verkündete, dass Richard Blumenfeld nicht der Sohn von Mark Kingman war.

Kaum hatte das allgemeine Zuprosten sein Ende gefunden, da begannen die fleißigen Helfer um Jonathan mit dem Auftragen des Hauptganges. Das Mahl war noch köstlicher als das am Freitagabend und Gibbs, der etwas von gutem Essen verstand, sandte ein ums andere Mal verzückte Blicke zur holzgetäfelten Hallendecke, als könnte er dort das Geheimnis von

Maries erstklassiger Küche entdecken. Die Tischgespräche blieben eher einsilbig, meist beschäftigten sie sich mit dem guten Essen.

Dr. Wafer war der Erste, der aufstand und sich mit einem gemurmelten Gruß zurückzog. Als sich Charles Kingman eine seiner dicken Zigarren ansteckte, erhob sich auch Martha Stapleton. Natürlich nicht ohne einen bissigen Kommentar in Richtung ihres Bruders. Doch der nahm es gelassen und blies eine extradicke Rauchwolke in ihre Richtung. Robert Stapleton lächelte noch einmal freundlich in die Runde und folgte seiner Frau wie ein gut erzogener aber völlig resignierter Schoßhund nach draußen. Melanie und Victoria waren in ein sehr intensives Gespräch vertieft. Aus Wortfetzen, die Gibbs ans Ohr gedrungen waren, wusste er, dass sie sich über Lokale in London unterhielten, die sie beide kannten. Als Gibbs die beiden Frauen so betrachtete, fiel ihm eine gewisse Ähnlichkeit auf. Sie hätten gut und gerne Schwestern sein können. Beide waren etwas stämmig, mit großer Oberweite und einem freundlichen runden Gesicht. Auch Gibbs war aufgestanden und als Watford das sah, kam er um den Tisch herum und zog den Chief Inspector in eine ruhige Ecke des Raums.

»Ich möchte Ihnen noch einmal, auch im Namen von Irene, danken, dass Sie heute Abend unsere Gäste waren. Ich denke, das hat die Situation doch etwas entspannt. Wie schauen Ihre nächsten Schritte aus?«

Als Gibbs zu einer Erwiderung ansetzen wollte, unterbrach ihn Watford.

»Ich weiß, Sir, das geht mich nichts an. Ich frage auch nicht aus Neugier, sondern weil ich jetzt doch befürchte, dass morgen einige der Anwesenden den dringenden Wunsch verspüren werden, nach Hause zu fahren. In diesem Zusammenhang wäre es vielleicht hilfreich, wenn ich ein paar Argumente hätte, um die Bande wenigstens noch bis morgen Abend hinzuhalten.«

»Sie können allen sagen, dass der Fall kurz vor dem Abschluss steht. Mein Wort drauf. Morgen Nachmittag ist alles vorbei. Und Scotland Yard wird mitsamt den Missetätern die Insel verlassen. Am Donnerstag wird es eine Voruntersuchung geben. Da ich jedoch den Fall aufgeklärt habe, werden dort nur noch die absolut notwendigen Zeugen vorgeladen. Selbstverständlich kann ich Ihnen noch nicht sagen, wer das sein wird. Sie dürfen davon ausgehen, dass die beiden Toten ab Freitag zur Bestattung freigegeben werden. Mehr kann ich Ihnen jetzt leider auch nicht sagen.«

»Das hilft mir schon sehr, ich danke Ihnen für Ihr Vertrauen. Aus Ihren Äußerungen entnehme ich, dass Sie von mindestens zwei Tätern ausgehen.«

Watford machte eine kurze Pause und sah Gibbs an, doch der ließ sich nicht zu einer irgendwie gearteten Reaktion verleiten. Deshalb fuhr Watford fort: »Ich weiß nicht, wie Sie den weiteren Abend verbringen wollen, Sir, aber ich habe gehört, dass Sie ein großer Fan des Snookersportes sind. Wenn Sie Lust auf eine Partie haben, das Haus verfügt über einen erstklassigen Snookertisch.«

Gibbs' Augen leuchteten auf und er nahm die Herausforderung gerne an. Watford wandte sich noch einmal an die Gäste im Saal und verkündete laut, sodass es alle hörten, dass es in wenigen Minuten im Billardzimmer zu einem Snooker-Duell zwischen Scotland Yard und der britischen Anwaltschaft kommen werde, und lud alle zum Zuschauen ein.

Gibbs, der lange Zeit nicht am Tisch gestanden hatte, verlor prompt den ersten Frame. Im zweiten gelang ihm dann ein 50er-Break und Watford staunte nicht schlecht, als Gibbs die farbigen Kugeln am Ende in einem Zug vom Spot aus versenkte. Vielleicht waren der exzellente Cognac und mehrere Biere schuld daran, dass bei Gibbs die Konzentration nachließ und er nach einem harten, aber ungemein spannenden Safety-Duell die Entscheidungspartie verlor.

»Ich muss schon sagen«, lobte Watford, »es stimmt schon, was man sich über den berühmten Inspector vom Yard erzählt. Sie sind wirklich ein sehr erfahrener Spieler.«

Gibbs bedankte sich für das Spiel und das Lob, ließ aber wissen, dass er sich jetzt zurückziehen werde, weil morgen ein arbeitsreicher Tag auf ihn warten würde. Gemeinsam mit Melanie verließ er den Billardraum. Auf dem Weg zu ihren Zimmern bat Melanie darum, am anderen Tag nach Newquay mitkommen zu dürfen. Doch Gibbs winkte ab.

»Ich brauche Sie hier, DS. Ich habe auch einen Spezialauftrag für Sie. Ist allerdings nicht ganz legal, wenn Sie verstehen.«

»Ach?« Melanie, die den Beruf der Kriminalbeamtin nicht zuletzt aus einer gewissen Abenteuerlust heraus ergriffen hatte, war mit einem Mal sehr begeistert.

»Und was soll ich tun?«

»Morgen ist das Wetter bestimmt gut. Versuchen Sie Genevieve und Judy aus dem Haus zu locken und suchen Sie in Judys Zimmer nach einem Schlüssel. Ich bin fest davon überzeugt, dass sie einen Schlüssel zu der Tür von Richard Blumenfelds Zimmer hat. Es wäre sehr hilfreich, wenn wir den fänden.«

Melanie versprach, es zumindest zu versuchen, wollte aber für nichts garantieren. Damit war Gibbs zufrieden. Als er sich vor Melanies Tür verabschiedete, sagte er noch beiläufig: »Haben heute Abend übrigens verdammt gut ausgesehen, Melanie. Schlafen Sie gut.«

Melanie strahlte.

*

Nach dem Ende der Snookerpartie hatten die noch anwesenden Gäste Watford zu seinem wirklich überzeugenden Spiel gratuliert und noch ein wenig über die einzelnen Phasen des Matches diskutiert. Nach einiger Zeit trat Irene zu Paul.

»Ich werde mich jetzt zurückziehen. Was du über Mark und Richie gesagt hast, fand ich sehr schön und sehr angebracht. Ich würde gerne noch mit dir etwas besprechen. Wenn du magst, kannst du mich ja in einer halben Stunde besuchen kommen.«

Watford war überrascht von dem plötzlichen Stimmungswechsel Irenes. Er hatte sich schon den ganzen Abend gewundert, wie launig und herzlich sie sich mit ihm bei Tisch unterhalten hatte.

»Aber sehr gerne doch. In einer halben Stunde, sagst du? Ich werde da sein.«

Irene wandte sich um und winkte den anderen zum Abschied zu. Sie ließ einen aufgewühlten Watford zurück, der plötzlich wieder daran glaubte, es könnte zwischen ihnen alles gut werden. Oder war das alles nur eine taktische Maßnahme? Er wusste es nicht, aber er wusste, dass er seine Chance nutzen wollte, wenn es denn eine gäbe. Watford blieb noch eine knappe halbe Stunde im Salon und unterhielt sich mit den restlichen Gästen. Von den Gesprächen, die geführt wurden, bekam er so gut wie nichts mit. Er war in Gedanken bei Irene und nervös wie ein Pennäler vor seinem ersten Rendezvous. Immer wieder schaute er auf die Uhr und zählte die Minuten. Endlich wünschte er allen eine gute Nacht und zog sich zurück.

Der Teil des Hauses, in dem Irenes Wohnung lag, gehörte zum Westflügel der ersten Etage. Er bestand aus einem Salon, einem riesigen Schlafzimmer nebst Bad und einer kleinen, aber sehr gut ausgestatteten Küche, die jedoch kaum benutzt wurde. Die Räume waren über einen kleinen Seitenflur zu erreichen, auf dem auch die Privaträume Mark Kingmans lagen.

Paul vermutete, dass Irene ihn im Salon erwarten würde. Aufgeregt und mit zitternder Hand klopfte er an die schwere Eichentür. Doch nichts tat sich. Stattdessen öffnete sich die gegenüberliegende Tür, die zu Irenes Schlafzimmer führte.

»Komm hier herein, Paul. Ich habe mich schon bettfein gemacht. Ich hoffe, das stört dich nicht.«

Irenes Schlafzimmer war eigentlich ein halbes Wohnzimmer. Das breite moderne Bett stand zwischen den beiden Fenstern. Es gab eine Frisierkommode mit einem mannshohen Spiegel darüber. Einen fünftürigen Kleiderschrank und in der Mitte des Raumes eine Sitzgruppe mit einem kleinen Glastisch. Beleuchtet wurde das Ganze von vielen kleinen und größeren Spots, die in die Decke eingelassen waren und dem Ganzen den Eindruck eines Sternenhimmels verliehen.

»Nimm doch bitte Platz.«

Irene deutete mit einer Handbewegung auf die Sitzgruppe. Sie sah hinreißend aus. Unter dem cremefarbenen Morgenmantel, der um die Taille mit einem Gürtel zusammengehalten wurde, trug sie ein weißes Spitzennachthemd, das fast bis zum Boden reichte. Ihre Füße steckten in rosa Pantoffeln mit cremefarbenen Bommeln. Ihr rotes Haar, das Paul schon beim Dinner so atemberaubend fand, floss offen über ihre Schultern.

»Darf ich dir etwas zu trinken anbieten? Ich hätte da einen sehr guten Whiskey, aber auch Rotwein. Du trinkst doch gerne Rotwein.«

»Darf ich fragen, was du trinken möchtest?«

Irene schlug schelmisch die Augen nieder.

»Also ich wüsste da schon was …«

Und Paul wusste.

»Glaubst du, du hast alle Zutaten dafür da?«

»Oh ja, glaub' schon, müsste alles in der Küche sein.«

Paul schnalzte mit den Fingern, stand auf und lief in die Küche. Im Kühlschrank fand er alles, was er brauchte. Eis, Cachaça, Limonen und sogar brauner Zucker war da. Auch passende Gläser und Strohhalme fand er. Stolz trug er seine beiden Drinks wenige Minuten später in Irenes Schlafzimmer. Wie oft hatte er früher solche Drinks für sie beide bereitet …

Irene hatte inzwischen auf dem Ledersofa Platz genommen.

»Du hast es also nicht vergessen?«

»Wie könnte ich?«, fragte Paul zurück.

Sie ließen die Gläser klingen und Paul schaute Irene lange schweigend an.

Irene hielt seinem Blick stand, nippte an ihrem Glas und stellte es auf dem kleinen Beistelltisch ab.

»Warum schaust du mich so an? Hast du nie daran gedacht, dich nach einer anderen Frau umzusehen?«

»Nie! Hätte ich es getan, wäre es endgültig aus gewesen zwischen uns. Und ich habe immer gehofft, es könnte sich alles wieder einrenken.«

»Aber wenn es nicht zu dieser Scheidung gekommen wäre und das Kind, das ich erwartete, ein Junge gewesen wäre, dann wäre ich vielleicht nie zurückgekehrt.«

»Ja«, antwortete Paul, mehr nicht.

»Weißt du, dass du und Georg die einzigen beiden Männer in meinem Leben sind, mit denen ich geschlafen habe? Mit ihm hat es mir nie Spaß gemacht. Er war so brutal.«

Paul schwieg.

»Erinnerst du dich noch, damals, oben am Steilhang, als ich mein Röckchen hochgezogen habe und du wie ein Wolf über mich hergefallen bist? Weißt du eigentlich, dass ich das damals schon den ganzen Tag geplant hatte?«

Irene lachte. Bevor Paul etwas erwidern konnte, zog sie langsam ihr langes seidenes Nachthemd hoch. Paul konnte den Blick nicht von ihr wenden. Als er die weiche helle Haut an der Innenseite ihrer nur wenig geöffneten Oberschenkel und das leicht gewölbte Dreieck ihres Höschens sehen konnte, hörte sie auf.

»Warum tust du das, Irene?«

Sie lachte.

»Weil ich wissen wollte, ob dein Blick noch immer so hungrig ist wie damals. Und weil ich es schön fände, wenn du mich noch immer begehrenswert fändest, auch wenn ich nicht mehr das zarte junge Ding von damals bin.«

»Du bist noch immer schön und begehrenswert. Aber das weißt du. Und du weißt auch, dass du in meinen Augen immer so bleiben wirst.«

Mit einem Mal schlang Irene ihre Arme um ihn und küsste ihn voller Leidenschaft. Es dauerte lange, bis sie wieder voneinander ließen. Ihnen war klar, dass sie zusammengehörten. Die ganze Zeit. Und das war für beide ein gutes Gefühl. Watford brachte es auf den Punkt.

»Wie schön, wenn uns Mark jetzt so sehen könnte.«

»Er kann«, erwiderte Irene. Sie lag jetzt auf dem Sofa und schmiegte ihren Kopf an seine Schulter. Paul nickte. Und dann erzählte ihm Irene, was sie so viele Jahre niemandem hatte erzählen können, nicht einmal ihrem Onkel Marky.

»Weißt du, damals, als ich nach Zürich ging, da eröffnete sich für mich eine völlig neue Welt. Ich kam aus dieser beschaulichen Umgebung hier. Der einzige Mensch, den ich in meinem Alter kannte, warst du. Zürich war ganz anders. Ich war begeistert von meinen neuen Freunden und ich bewunderte sie. Ich dachte, so muss man sein, um in dieser Welt etwas darzustellen. Immer wenn ich von dir erzählt habe, fanden die anderen das langweilig. Und dann kam Georg. Schon am zweiten oder dritten Abend machte er mir klar, dass ich jetzt SEINE Freundin wäre, dich nannte er immer nur den Anwalts-Bubi. Die Deutschen haben so seltsame Ausdrücke in ihrer Sprache. Sie sagen immer

Moin Moin, was so viel bedeuten soll wie guten Morgen, aber sie sagen es den ganzen Tag. Georg hat mir verboten, mit dir zu sprechen. Er war so ... dominant. Er sagte mir, was ich zu tun hätte und was nicht. Natürlich war er auch charmant und nett, sonst hätte ich mich ja nicht in ihn verliebt, aber er war einfach nur ein Macho. Durch und durch. Wie hohl und dumm er in Wirklichkeit war, habe ich erst viel später bemerkt. Eines Tages verlangte er, ich solle mit dir endgültig Schluss machen. Ich konnte es nicht, da hat er meine beste Freundin gebeten, es zu tun. Vielleicht wäre alles etwas anders gelaufen, wenn du damals nicht so abweisend reagiert hättest.«

Paul fuhr erschrocken hoch.

»Wieso? Wie habe ich denn reagiert?«

»Na ja, vielleicht hast du es vergessen. Ist ja auch nicht so schlimm, aber Yvonne, die damals mit dir telefoniert hat, sagte mir, dass du mich aufs Übelste beschimpft hättest. Ich sei eine Schlampe, sollst du gesagt haben, eine Hure und du würdest mir alles erdenklich Schlechte wünschen.«

»Halt. Stopp, Irene. So etwas habe ich nie und nimmer gesagt. Ich erinnere mich genau an dieses Gespräch. Ich werde es wohl nie vergessen. Es war sehr kurz und sehr einseitig. Yvonne sagte sinngemäß: Hör zu, Irene liebt einen anderen. Bitte mach jetzt keine Szene. Es ist einfach so. Du bist raus aus dem Spiel. Klar? Und dann legte sie auf. Ich bin gar nicht dazu gekommen, irgendetwas zu sagen.«

Irene schaute Paul fragend an.

»Dann hast du mich nicht verflucht und mir nicht alles Böse auf dieser Welt gewünscht?«

»Natürlich nicht. Warum sollte ich das tun? Ich habe dich doch geliebt.«

»Mein Gott, Aber warum hat sie mir dann solche Lügen aufgetischt? Sie war doch meine beste Freundin.«

»Na, ganz einfach. Eben weil sie deine beste Freundin war. Sie wollte dir den Abschied so leicht wie möglich machen.«

Paul sah, dass Irene ganz feuchte Augen bekam. Er legte seinen Arm fest um ihre Schulter und zog sie zärtlich an sich.

»Erzähl weiter, ich will die ganze Geschichte hören.«

Und Irene erzählte weiter. Wie Georg sie geheiratet hatte. Dass die Familie sie nie richtig akzeptiert hatte. Dass die alten Männer des Winter-Clans alle unverbesserliche Nazis waren und es Georg offen verübelten, dass er eine Engländerin geheiratet hatte. Und wie es war, als sie dann schwanger wurde und man feststellte, dass es nur ein Mädchen geben würde. Von den Demütigungen und Zurückweisungen durch Georg. Bis sie es eines Tages nicht mehr aushielt, eine halbe Flasche Whiskey hinunterkippte und sich dann ans Steuer ihres Minis setzte.

»An den Unfall erinnere ich mich nicht. Ich weiß auch gar nicht, wo ich hinwollte. Später hat man mir erzählt, ich hätte einen gepackten Koffer im Auto gehabt und sei auf dem Weg zum Flughafen gewesen. Aber man hat kein Ticket gefunden.

Als sie mich aus dem Koma zurückholten, saß Mark da und da wusste ich, dass alles gut werden würde. Erst als ich erfuhr, dass ich mein Kind verloren hatte, da habe ich sehr geweint. Und die ganze Zeit nichts von Georg. Er hat mich nicht ein einziges Mal im Krankenhaus besucht. Nicht einmal einen Anruf gab's. Auch sonst niemand von der Familie. Nur eine Angestellte kam regelmäßig und brachte mir die Anziehsachen, die ich brauchte. Was dann kam, weißt du ja, die Scheidung, die Rückkehr nach Kingman Island. Es hat lange gedauert, bis ich das alles verkraftet hatte.«

»Aber warum warst du die ganze Zeit so böse auf mich?«

Irene griff nach seiner Hand.

»Das ist es ja gerade, was ich selbst nicht verstehe. Ich war wie vernagelt. Natürlich habe ich die ganze Zeit in Hamburg über meinen Fehler nachgedacht. Wie schlecht ich dich behandelt habe. Aber dann war ich auch wieder zu stolz, um dich um Verzeihung zu bitten. Besonders nach der Scheidung. Ich kam mir vor wie die große Verliererin. Und du warst der strahlende Sieger. Jedes Mal, wenn Mark mich besuchte, hat er mir von dir erzählt und wie toll du doch seist. Du bist so übergroß geworden in meiner Fantasie und ich so klein. Da habe ich begonnen, dich zu hassen. Ich habe mir eingeredet, das alles sei deine Rache dafür, dass ich dich verlassen habe. Und weil ich auch geglaubt hatte, was Yvonne mir damals gesagt hat. Später, als mir Mark die Galerie in London eingerichtet hatte, da sind wir uns ja Gott sei Dank aus dem Weg gegangen. Da haben sich meine Gefühle für dich auch wieder normalisiert. Erst als mir Mark eröffnete, dass du an seinem Geburtstag anwesend sein würdest, da wollte ich am liebsten absagen. Aber das konnte ich Mark nicht antun. Und es wäre auch alles glatt gegangen, wenn ich dann nicht auch noch das blöde Gespräch zwischen Martha und ihrem Mann mit anhören hätte müssen. Ich habe natürlich jedes Wort geglaubt. In meiner Vorstellung habe ich euch beide gesehen, wie ihr zusammen gesessen seid, du und Mark und die Geschichte ausgehandelt habt. Die Firma gegen die ältliche geschiedene Nichte. Komm, nimm sie doch. Kannst dir ja eine Freundin nebenbei halten. Hauptsache, ich habe sie unter der Haube. Da habe ich einfach rotgesehen. Bitte glaub mir, es tut mir alles so schrecklich leid. Ich bitte dich von ganzem Herzen um Verzeihung, Paul. Das war's, was ich dir sagen wollte. Aber jetzt bin ich schrecklich müde.«

Paul war aufgestanden. Liebevoll schaute er auf sie hinunter, wie sie mit angezogenen Beinen auf dem teuren Ledersofa saß, klein und schutzbedürftig und doch so wunderschön. Er nahm ihre Hände und zog sie zu sich hoch. Zärtlich legte er seine Arme um sie und hielt sie ganz fest. Er küsste sie behutsam auf den Mund, auf die Wangen, auf den Hals.

»Ich liebe dich so sehr, so sehr wie damals. Vielleicht sogar noch ein wenig mehr. Ich werde niemals eine andere Frau als dich lieben.«

Er hob sie hoch und trug sie vorsichtig zu ihrem Bett. Sie hatte den Kopf auf seine Schulter gelegt und weinte. Aber es waren Tränen des Glücks. Sanft setzte Paul sie auf das Bett. Er zog ihr den Morgenmantel aus und drückte sie zärtlich in die Kissen. Da lag sie nun vor ihm auf dem weißen Laken. So viele Jahre hatte es gedauert, bis sie wieder zusammengefunden hatten. Jetzt würde er sie nie wieder hergeben. Langsam zog er die Bettdecke über sie.

»Bitte lass mich jetzt nicht allein, Paul. Bleib bei mir heute Nacht. Ich möchte mich so gerne an dich kuscheln. Es ist mir, als hätte ich das die ganzen Jahre vermisst.«

»Ich werde dich nicht allein lassen. Nicht diese Nacht, nie mehr.«

Paul stand auf und zog sich aus. Als er völlig nackt vor ihr stand, hob sie eine Ecke der Bettdecke hoch und Paul schlüpfte hinein. Irene schmiegte sich eng an ihn. So eng wie es nur ging. So lagen sie noch eine Weile wach und waren sich ganz nah. Für Leidenschaft hatten sie später noch genug Zeit.

14. Kapitel: Letzte Ergebnisse

Etwas zu wissen, ist eine Sache,
es auch beweisen zu können, eine andere.
Kriminalistenweisheit

Gibbs stand schon morgens um halb acht unten an der Pier, wo ihn in Kürze der Hubschrauber der Küstenwache abholen sollte. Noch war es dunkel. Nur im Osten hinter Newquay kündigte ein lichter grauer Streifen am Himmel den nahen Morgen an. Die Küstenlinie war kaum auszumachen, ein leichter Dunstschleier lag über dem Wasser. Es war warm und es regnete nicht. Immer wieder tastete Gibbs nach seinen beiden Fläschchen in der Manteltasche. Dann endlich der ersehnte schwarze Punkt in der Luft über dem Festland. Einige Minuten später schwebte der Helikopter über die Hafenbucht ein und landete direkt neben Gibbs. Dieser eilte unter den sich drehenden Rotoren hindurch zum Cockpit und stieg ein. Zwanzig Minuten später stand Gibbs im Labor der Metropolitan Police und übergab seine beiden Beweisstücke.

»Es würde uns helfen, Sir, wenn Sie uns verraten, was Sie in den Fläschchen vermuten. Das eine schaut verdammt leer aus, ich weiß nicht, ob wir da überhaupt noch etwas finden. Aber wir werden uns Mühe geben.«

Gibbs erklärte, dass er nach einem starken Barbiturat und nach Digitalis suchen würde. Und nach Fingerabdrücken könnte man auch gerne schauen. Man versprach Gibbs, dass man sich sofort an die Arbeit machen würde, und er solle doch so in gut einer Stunde wieder vorbeikommen. Gibbs bedankte sich und steuerte das Büro von Superintendent Hutchinson an, das in einem anderen Gebäudeteil untergebracht war.

Er hoffte, dort nicht nur eine Tasse Kaffee zu bekommen, sondern auch schon das Ergebnis der Obduktion von Richard Blumenfeld. Den Kaffee bekam Gibbs prompt, der Bericht war noch nicht da. Hutchinson griff zum Telefonhörer und rief den Pathologen an.

Gibbs konnte dem etwas einseitigen Gespräch nicht viel entnehmen, doch als der SI auflegte, kündigte er Gibbs an, dass der Pathologe in wenigen Minuten mit seinem Bericht hier sei.

»Und? Wie kommen Sie voran, Chief Inspector?«

Gibbs sah zufrieden aus.

»Oh, ich kann nicht klagen. Je nachdem, welche Ergebnisse ich heute Morgen hier noch bekomme, werde ich schon bald eine Verhaftung vornehmen können.«

»Das hört sich ja erfreulich an«, meinte Hutchinson. »Dann werden wir uns wohl bereithalten müssen.«

»Ja, darum möchte ich bitten. Ich werde Sie anrufen, sobald die Sache gelaufen ist und Ihnen die Namen für die Haftbefehle durchgeben.«

In diesem Augenblick trat der Pathologe ins Zimmer. Er reichte Hutchinson ein Exemplar des Obduktionsberichts, der diesen jedoch sofort an Gibbs weitergab.

»Sie hatten recht, Chief Inspector, ein Selbstmord ist ausgeschlossen. Blumenfeld hatte eine hohe Dosis eines starken Barbiturates im Blut. Kennt man normalerweise unter dem Begriff K.-o.-Tropfen, die Wirkung tritt sehr schnell ein. Der muss geschlafen haben wie ein Toter. Den hätten selbst die Posaunen von Jericho nicht aufgeweckt. Interessant dabei ist, dass das Insulin nicht ins Fleisch, sondern direkt ins Blut appliziert wurde. Das war natürlich ein tödlicher Cocktail. Das Gute ist nur, er dürfte nicht viel davon mitgekriegt haben.«

Der Pathologe blätterte in seinem eigenen Exemplar des Berichts.

»Aha, hier, die Todeszeit. Genau lässt sie sich nicht feststellen. Aber wir wissen, dass er das Barbiturat ungefähr eine Stunde vor dem Insulin bekommen haben muss. Das konnte man an den Abbauprodukten in der Niere sehen. Aus anderen Anzeichen lässt sich vermuten, dass der Tod gegen drei Uhr eingetreten sein muss. War übrigens ein total fitter Bursche, dieser Blumenfeld, von seinem Diabetes mal abgesehen. Alle Organe einwandfrei. Da sieht man mal wieder, wie gut es ist, wenn man nicht raucht und nicht trinkt.«

Beim letzten Satz schaute er vorwurfsvoll auf Hutchinson, in dessen Aschenbecher schon am frühen Morgen eine stattliche Anzahl von Kippen lag.

Gibbs trank seinen Kaffee aus und bedankte sich bei Hutchinson. Beim Hinausgehen meinte der Pathologe: »Kommen Sie, ich begleite Sie zu den Kollegen von der Spurensicherung. Habe gehört, Sie lassen dort gerade zwei interessante Beweisstücke untersuchen.«

Als die beiden das Labor betraten, kam ein sichtlich stolzer Mann in weißem Kittel auf sie zu, der sich als diensthabender Leiter der Abteilung vorstellte.

»Meine Jungs haben Großartiges geleistet. In dem einen Fläschchen mit dem Restinhalt war tatsächlich Digitalis. Allerdings eine andere Sorte als die, aus denen die Tabletten des Mordopfers waren. Spielt aber keine Rolle, die Wirkung ist die gleiche. Fingerabdrücke haben wir auch gefunden. Wir haben sie mit denen verglichen, die die Kollegen vorgestern auf der Insel abgenommen haben. Sie stammen von einem gewissen Watford. Hilft Ihnen das was? Was in dem anderen Fläschchen war, haben wir auch herausgefunden. Wir haben erst ein paar Tropfen einer neutralen Trägerflüssigkeit hineingegeben und siehe da, an den Wänden und im Flaschenhals muss sich noch genug Material befunden haben, um eine Analyse durchführen zu können. Die Flasche enthielt tatsächlich Barbiturat, wie Sie schon vermutet haben. Übrigens das gleiche Barbiturat, das der Kollege auch im Leichnam Richard Blumenfelds nachweisen konnte. Auch auf diesem Fläschchen fanden wir mehrere Fingerabdrücke. Fragen Sie mich jetzt nicht, von wem. Steht alles im schriftlichen Bericht. Wenn Sie sich noch zehn Minuten gedulden, können Sie ihn gleich mitnehmen.«

Gibbs war zufrieden. Die Spezialisten hatten seine Vermutungen bestätigt und nun gab es keine Zweifel mehr für ihn, wer die beiden Morde verübt hatte. Kaum zwanzig Minuten später saß Gibbs zum zweiten Mal im Helikopter mit Kurs auf Kingman Island. Als er noch im Hubschrauber den Bericht las und feststellte, von wem die Fingerabdrücke auf dem Fläschchen mit dem Barbiturat stammten, da waren seine letzten Zweifel beseitigt. Trotzdem stimmte ihn diese Erkenntnis ein wenig traurig.

Am Landeplatz neben der Pier empfing ihn Melanie. Sie machte einen sehr zufriedenen Eindruck. Kaum, dass Gibbs vor ihr stand und der Hubschrauber laut aufheulend zurück zum Festland startete, holte sie aus ihrer Uniformjacke einen Plastikbeutel mit dem Schlüssel. Sie musste schreien, um das Geräusch des abfliegenden Helikopters zu übertönen.

»War ganz leicht. Die meisten haben sich nach dem Frühstück verzogen. Wollten einen Spaziergang um die Insel machen. Und ich konnte in Ruhe Judys Zimmer durchsuchen. Habe den Schlüssel gefunden. Es ist der Schlüssel zu Blumenfelds Tür.«

»Das haben Sie gut gemacht, Sarge. Und was können wir daraus schließen?«

Melanie sah ihren Chef fragend an.

»Wir sehen daraus, dass Judy ein sehr dummes Mädchen aber eine sehr begabte Schauspielerin ist.«

»So, so«, lachte Melanie, »und wie ist es Ihnen ergangen?«

»Oh, ich bin ganz zufrieden. Wir werden gleich mit Watford reden und dann machen wir reinen Tisch.«

Auf Droughty Hall angekommen, bat Gibbs Jonathan, er möge doch Paul Watford bitten, in sein Büro zu kommen, was dieser versprach. Und noch etwas anderes versprach er. Nämlich, einen kleinen Imbiss vorbeizubringen. Das war diesmal vor allem Gibbs sehr willkommen, weil er außer einer Tasse Kaffee im Büro von Hutchinson noch nichts zwischen die Zähne bekommen hatte.

Die beiden hatten sich gerade mit Heißhunger über die Schinken-Käse-Toasts hergemacht, als Watford erschien.

Gibbs bat ihn, Platz zu nehmen, und fragte ihn scherzhaft, ob er etwas abhaben wolle. Watford, der offensichtlich gute Laune hatte, lehnte dankend ab und wollte wissen, warum der Chief Inspector ihn habe rufen lassen.

»Die Sache ist die ...«, begann Gibbs und spülte einen letzten Bissen Toast mit etwas Tee hinunter. »Wir sind mit unseren Ermittlungen praktisch durch. Ich bin jedoch in einer etwas unbefriedigenden Situation. Ich könnte jederzeit eine Verhaftung vornehmen lassen. Ich weiß, was geschehen ist, wie es geschehen ist und durch wen. Aber das ist solange nicht von Nutzen, solange ich keine wirklich hieb- und stichfesten Beweise habe. Die Fakten, die wir kennen, sind zwar alle sehr belastend, aber alles reine Indizien. Ihnen als Anwalt brauche ich wohl nicht zu sagen, dass das meine Position vor einem Geschworenengericht nicht gerade erleichtert. Zumal ich davon ausgehen muss, dass die Familie Kingman gar nicht anders kann, als einem der Ihren die bestmögliche Verteidigung an die Seite zu stellen.

Ich würde es deshalb vorziehen, wenn wir alle Beteiligten an einem Ort versammeln könnten. Sagen wir in einer halben Stunde. Ich denke, wenn ich den Täter coram publico in die Enge treiben kann, wird er mir von selbst den Beweis liefern, den ich noch brauche. Bestenfalls bekomme ich ein Geständnis.«

Watford war plötzlich nicht mehr so guter Laune.

»Sind Sie sicher Inspektor, dass das nicht gefährlich werden könnte? Wenn Sie den Täter vor allen anderen bloßstellen, wer weiß, was der dann anstellt? Ich möchte keinesfalls noch einen Mord auf der Insel haben. Es hat mich Mühe genug gekostet, das öffentliche Interesse am Tod von Mark Kingman klein zu halten.«

Gibbs winkte ab.

»Vertrauen Sie meiner Erfahrung, Mr Watford. Ich kann Ihnen garantieren, dass nichts dergleichen geschehen wird. Melanie und ich werden ein sehr waches Auge haben auf unsere beiden Kandidaten. Schlimmstenfalls werden wir eingreifen. Und wenn alles so läuft, wie ich mir das denke, dann werden die Täter noch heute nach Newquay gebracht. Die Polizei unter Superintendent Hutchinson steht dort schon Gewehr bei Fuß und wartet nur auf meinen Einsatzbefehl. Die Alternative würde bedeuten, ich muss die Leute nach Hause lassen und die Ermittlungen müssen in eine andere Richtung weitergehen. Das heißt dann eine Menge Schreibtischarbeit, Hausdurchsuchungen etc. Schlimmstenfalls wird der Fall ad acta gelegt. Das würde mir persönlich wie eine Niederlage vorkommen, denn die Fakten an sich sind klar.«

Watford dachte einen Moment nach und gab dann seine Zustimmung.

»Ich werde allen sagen, dass sie sich in einer halben Stunde in der Bibliothek einfinden sollen. Ich lasse Sie dann durch Jonathan informieren, wenn alle versammelt sind. Was mache ich, wenn sich jemand weigert zu kommen?«

»Keine Sorge, Mr Watford, sie werden alle kommen. So sind die Menschen nun mal. Schon früher war die ganze Stadt unterwegs, wenn einer gehängt wurde. Ihnen persönlich möchte ich noch sagen, dass ich großes Verständnis hätte, wenn Mrs Winters nicht anwesend sein möchte. Sie wird für den Fortgang des Geschehens nicht unbedingt gebraucht. Aber ich habe auch nichts dagegen, wenn sie erscheint. Im Gegenteil. Vielleicht ist das, was sie dabei erfährt, ganz aufschlussreich für sie.«

Watford verließ die beiden Ermittler und machte sich daran, die Mitglieder der Familie und Dr. Wafer zusammenzutrommeln. Gibbs lehnte sich in seinem Stuhl zurück und schloss die Augen.

»Ich muss nachdenken, Melanie. Bis zum Termin in der Bibliothek möchte ich nicht gestört werden.«

15. Kapitel: Gibbs klärt auf

Jeder empfängt das, was seinen Taten entspricht.
Ich bin der, der alles erfüllt, der Erste und der Letzte,
der Anfang und das Ende.
Aus der Bibel

DCI Gibbs stand vor dem Kamin in der Bibliothek, die Hände auf dem Rücken verschränkt und trat unruhig von einem Bein aufs andere. Er hatte sein Sakko über einen Stuhl gehängt, seine Hemdsärmel waren hochgekrempelt und die Krawatte, die wie üblich nicht zum Hemd passte, hing locker um seinen Hals. Auf seinen Wunsch hin hatte sich der Rest der Familie vollzählig in der Bibliothek eingefunden und wartete nun gespannt auf das, was Gibbs ihnen zu sagen hatte. Auch Irene Winters war erschienen und saß ganz hinten am Fenster. Neben ihr stand Paul. Für einen Moment berührten sich ihre Hände und ihre Augen liebkosten sich. Aber das konnte nur Gibbs sehen, da die anderen alle wie gebannt in seine Richtung blickten. Melanie hatte den Auftrag bekommen, sich so zu setzen, dass sie sowohl Dr. Wafer als auch Judy Kingman im Blick behalten konnte. Gibbs hatte ihr eingeschärft, im Notfall schnell zu handeln und ohne Rücksicht auf Verluste vorzugehen, sollte es zu Gewaltausbrüchen kommen.

Die stickige Luft war erfüllt von einem leisen Raunen. Das Kaminfeuer im Rücken von Gibbs knisterte mit der Spannung um die Wette. Watford musste unwillkürlich an die Stimmung denken, die im Theater herrscht, wenn alle ihre Plätze eingenommen haben und darauf warten, dass das Licht ausgeht und sich der Vorhang hebt.

»Ich denke, wir sind vollzählig«, sagte Gibbs nach einem Blick in die Runde und Watford nickte.

»Mörder sind niemals glückliche Menschen«, begann Gibbs, »nicht einmal dann, wenn es ihnen gelingt, durch die Maschen des Gesetzes zu schlüpfen. Und sie verdienen niemals unser Mitleid, denn sie rauben einem Menschen die Zukunft.«

Gibbs machte eine Pause und ließ seinen Blick über die Reihen der Zuhörer wandern, als wolle er die Wirkung seiner Worte prüfen.

»Sie haben in den letzten Tagen einige schlimme Dinge erleben müssen. Sie sind Zeugen von zwei schrecklichen Todesfällen geworden und Sie mussten sich notgedrungen mit dem Gedanken auseinandersetzen, dass mindestens einer von Ihnen ein Mörder ist.

Meine Absicht ist es, Ihnen heute den Schuldigen oder die Schuldige am Tod von Mark Kingman zu präsentieren und eine Verhaftung vorzunehmen. Darüber hinaus will ich Ihnen die traurigen Umstände darlegen, unter denen Richard Blumenfeld sein Leben lassen musste. Heute ist Montag, und ich habe Ihnen versprochen, dass Sie nach den Feiertagen den Heimweg werden antreten können. Und wenn Hippolyt Gibbs etwas verspricht, dann hält er es für gewöhnlich auch.

Ich muss leider zugeben, dass ich mit der Art und Weise, wie meine Assistentin und ich den Fall gelöst haben, alles andere als zufrieden bin. Nicht, dass wir nicht einige interessante Fakten ermittelt hätten, woraus sich gewisse logische Schlüsse ableiten lassen, aber Polizisten brauchen nun einmal Beweise. Ohne Beweise haben wir vor Gericht einen schweren Stand.

Ich habe Sie trotzdem um diese Zusammenkunft gebeten, weil ich Ihnen quasi Rechenschaft ablegen möchte, über unsere bisherige Arbeit und weil dabei vieles ans Licht gekommen ist, was Sie wissen sollten, und nicht zuletzt auch deshalb, weil Sie als Steuerzahler schließlich ein Recht haben, zu erfahren, was Ihre Polizei so treibt.«

Watford war nicht schlecht erstaunt. Ihm gegenüber hatte Gibbs so getan, als wäre alles erledigt. Stattdessen schien er nun voller Selbstzweifel. Entweder hatte sich Gibbs überschätzt oder der Chief Inspector spielte ein ganz abgekartetes Spiel.

»Lassen Sie mich mit dem Fall des ermordeten Mark Kingman beginnen ...«

Dr. James Wafer, der gleich in der ersten Reihe direkt vor Gibbs saß, war aufgesprungen. Mit wütendem Blick sah er Gibbs an und deutete mit dem Finger auf ihn.

»Was wollen Sie eigentlich mit dieser miesen Show bezwecken, Sie Selbstdarsteller. Der weltberühmte Chief Inspector vom Yard. Sie wollen doch nur Ihr Ego aufpolieren und der staunenden Menge hier einen Mörder zum Fraß vorwerfen. Aber nicht mit mir werter Herr, nicht mit mir. Ich werde Ihnen Ihre Selbstbeweihräucherungssuppe gehörig versalzen. Ich habe Mark Kingman ermordet. Und niemand anderes. So. Und nun können Sie mich festnehmen und fertig ist das Ganze.«

Laute Rufe des Entsetzens waren zu hören. Sogar Robert Stapleton, war aufgesprungen und legte schützend seine Hand um die Schulter seiner Frau, die deshalb erstaunt zu ihm aufblickte.

Gibbs sah den erregten Mann ruhig an und sagte nur: »Setzen Sie sich, Dr. Wafer.«

Der alte Mann schien ein wenig irritiert, aber er setzte sich. Gibbs wartete, bis sich die Situation wieder etwas beruhigt hatte. Dann ging er die wenigen Schritte bis zu dem Platz, an dem Wafer saß und baute sich kerzengerade vor ihm auf.

»Dr. James Wafer, wohnhaft in Newquay, Suffolk Road 14. Sie gestehen also, dass Sie Mark Kingman in der Nacht von Freitag auf Samstag ermordet haben?«

»Das habe ich doch gerade gesagt, hören Sie nicht zu?«, entgegnete Wafer missmutig.

Gibbs strich sich nachdenklich über das Haar, ging wieder ein paar Schritte von Wafer weg und drehte sich abrupt zu ihm um.

»Darf ich Sie fragen, Dr. Wafer, wie Sie das gemacht haben wollen?«

Nun hatte er Wafer tatsächlich aus dem Konzept gebracht.

»Was heißt, wie ich das gemacht habe? Waren Sie nicht am Tatort, Mann? Haben Sie nicht das Messer in der Brust von Mark gesehen?«

Wafer drehte sich zu den anderen herum und ein heiseres Lachen entrang sich seiner Kehle.

»Er will von mir wissen, wie ich es gemacht habe!«

Aber sein Blick traf nur eisige Mienen. Wafer, der noch nie zu den Lieblingen in der Familie gezählt hatte, war in einem einzigen Augenblick zum Ausgestoßenen geworden. Niemand aus der Familie würde je wieder ein gutes Wort an ihn verschwenden.

»Sehr gut, Dr. Wafer. Sehen Sie, das war es, was ich von Ihnen hören wollte. Dass Sie Mark Kingman das Messer in die Brust gestoßen haben. Das ist mir allerdings schon ziemlich lange bekannt. Eigentlich war es mir schon ein paar Stunden, nachdem ich die Leiche untersucht habe, klar. Denn nur ein ausgesprochener Profi wie Sie kennt die Stelle, wo das Messer ohne Widerstand zwischen den Rippen hindurch mitten ins Herz dringt. Die meisten Laien treffen die Rippen oder stoßen zu weit links, weil die Menschen immer glauben, das Herz würde links sitzen. Nur ein Chirurg findet den richtigen Punkt, sogar durch die Bettdecke und bei relativer Dunkelheit. Denn es brannte kein Licht im Zimmer, als Sie Ihren grauenvollen Plan umsetzten. Nur der Mond schien durch das halb offene Fenster. Doch das reichte Ihnen völlig aus. Eine Meisterleistung, wenn man bedenkt, wie wenig Zeit Sie hatten. Nur wenige Minuten waren es, die Ihnen zur Verfügung standen, als Sie Ihren Gesprächspartnern im Billardzimmer, Genevieve Kingman und ihrem Mann, vorgaukelten, Sie würden frischen Wein aus dem Keller holen. Doch vielleicht wäre es besser gewesen, Sie hätten sich etwas mehr Zeit genommen. Denn hätten Sie Licht gemacht, hätten Sie zweierlei bemerken müssen. Zum einen, dass ein starkes Tau um den Heizkörper gewickelt war und durch das hochgeschobene Fenster nach draußen führte. Das hätte Ihnen vielleicht zu denken gegeben. Zum anderen und das hätte Ihnen sicher noch mehr zu denken gegeben, hätten Sie bemerkt, dass die Wunde, die Sie Mark Kingman zufügten, nicht blutete. Normalerweise würde ein solcher Stich ins Herz sofort stark bluten, sogar dann, wenn das Messer nicht wieder herausgezogen würde. Die dünne Decke über der Brust von Mark Kingman wäre in kürzester Zeit mit dem Blut des Opfers getränkt gewesen. Es gab aber kein Blut, Mr Wafer, nicht einen Tropfen. Ich brauche Ihnen als Arzt nicht zu sagen, was das bedeutet. Aber den anderen will ich es sagen. Mark Kingman war zum Zeitpunkt, als Sie ihm den Dolch ins Herz bohrten, bereits tot, und zwar mindestens eine Stunde. Nicht Sie haben Mark Kingman getötet, Dr. Wafer, das hatte schon ein anderer für Sie besorgt. Jemand, der weniger auf die tödliche Wirkung eines Messers vertraute, dafür aber auf die genauso tödliche Wirkung eines Giftes. Mark Kingman wurde mit einer Überdosis seines eigenen Herzmittels vergiftet.«

Gibbs legte eine kurze Pause ein und wandte sich gleichzeitig von Wafer ab.

»Ich weiß nicht, wie das Gericht die Tat von Dr. Wafer bewerten wird. Als versuchten Mord oder als Leichenschändung, ich kann es Ihnen nicht sagen, denn ich habe darüber nicht zu entscheiden. In meinen Augen ist er trotzdem ein Mörder, denn er konnte unmöglich wissen, dass Mark Kingman bereits tot war, als er ihm das Messer in die Brust rammte. Ich gebe zu, ich hätte mich schwergetan, das zu beweisen, aber da er es vor so vielen Zeugen aus freien Stücken gestanden hat, muss ich es nicht mehr beweisen.«

Der Arzt war völlig zusammengebrochen. Mit stierem Blick saß er vornübergebeugt auf der Kante seines Stuhls und schüttelte nur den Kopf. Gibbs nahm einen Schluck Wasser und fuhr fort: »Lassen Sie mich jetzt auf die anonymen Briefe kommen, denn sie stellen quasi den Anfang unseres Dramas dar. Den ersten Brief kennen wir nicht, denn er wurde von Mark Kingman vernichtet. Die drei nächsten Briefe wurden ohne besondere Ergebnisse bereits von der Kriminalpolizei in Newquay untersucht. Sie unterscheiden sich in ihren Inhalten nicht sonderlich. Sie enthalten einige verquaste Anschuldigungen, die vermutlich keiner versteht. Lediglich der letzte fällt aus dem Rahmen, weniger formal, aber inhaltlich. Im Gegensatz zu den anderen enthält er eine unverhohlene Drohung, die sich letztlich dann auch auf traurige Weise erfüllt hat. Das legt den Verdacht nahe, dass der Schreiber dieses Briefes auch der Mörder von Mark Kingman ist. Ich sage bewusst, es legt den Verdacht nahe. Denn natürlich könnte auch ein anderer die Gunst der Stunde für einen Mord genutzt haben, in dem sicheren Gefühl, der Verdacht würde vor allem auf den Briefeschreiber fallen.

Was ich allerdings in diesem Zusammenhang nicht verstehen kann, ist die Art und Weise, wie Mark Kingman und vermutlich auch Sie, Mr Watford, und ich nehme auch an, unser Dr. Wafer hier, auf die Briefe reagiert haben. Ich spreche von den Maßnahmen, die zum Schutz von Mark Kingman getroffen wurden. Das Testament zu ändern, um damit dem Schreiber der Briefe zu signalisieren, du wirst keinesfalls zu den Erben gehören, geht doch von einer völlig falschen Voraussetzung aus: Nämlich, dass es dem Schreiber um Geld ging. Aber nirgends finden wir einen solchen Hinweis. Nicht einmal im letzten Brief gibt es eine Forderung in diese Richtung. Eine tragische Fehleinschätzung. Eine weitere folgenschwere Fehleinschätzung war es, anzunehmen, die Briefe seien von einer einzigen Person geschrieben worden. Es erregte von Anfang an meine Aufmerksamkeit, dass der Schreiber plötzlich seinen Stil geändert haben sollte. Schließlich hat er über viele Monate seine immer gleiche Botschaft – inhaltlich nur leicht abgewandelt – an Mark Kingman geschickt und dann, wie aus heiterem Himmel, macht er eine Morddrohung daraus. Das erschien mir unnatürlich. Warum hat er den Tenor nicht langsam verschärft, warum sofort diese letzte aller möglichen Drohungen? Ich werde dich töten. Ja, es ist nicht einmal ein ›Ich werde dich töten, wenn …‹, es ist gleich die Ultima Ratio: ›Du wirst sterben.‹

Der langen Rede kurzer Sinn: Es gab für mich nur eine Erklärung: Der Verfasser des fünften Briefes konnte nicht identisch mit dem Verfasser der ersten vier Briefe sein. Eine Annahme zunächst, mehr nicht. Mittlerweile eine Tatsache.«

Ein Raunen ging durch den Saal.

»Die ersten vier Briefe, das wissen wir aus einer Zeugenaussage, stammen von Richard Blumenfeld. Und weil wir das zweifelsfrei wissen, wissen wir auch, wer den letzten Brief geschrieben hat. Denn der Autor des fünften Briefes musste die ersten vier Briefe kennen. Wie hätte er ihn sonst nachahmen können.

Ich sehe, meine Damen und Herren, wie einige von Ihnen aufatmen. Denn die meisten von Ihnen wussten bis zum Freitagabend überhaupt nichts von den Briefen. Damit kommen sie auch nicht als Autoren für den fünften Brief infrage. Schön: Aber wer kannte die Briefe?

Das ist zuerst einmal Mark Kingman selbst, denn an ihn waren sie ja gerichtet. Nun, ich glaube, man darf ihn als Autor ausschließen. Richard Blumenfeld kannte vier der Briefe, weil er sie geschrieben und verschickt hatte und er muss nicht schlecht gestaunt haben, als Mark Kingman am Abend vor seinem Tod einen fünften Brief hervorzauberte. Nur was sollte er tun? Er konnte nicht aufstehen und sagen: ›Halt ich habe doch nur vier geschrieben.‹ Blumenfeld wusste also sofort, dass sich da jemand zum Trittbrettfahrer gemacht hatte. Aber wer es war, wusste er nicht. Außerdem waren ihm ja die Hände gebunden.

Wie sieht es mit Paul Watford aus? Auch er kannte die Briefe. Er war es, der sie zur Polizei in Newquay gebracht hat. Und Paul Watford hatte ein Motiv. Er hatte zwar bereits alle Vollmachten, die es ihm ermöglichten, das Kingman'sche Wirtschaftsimperium zu führen, doch solange Kingman am Leben war, hätte er diese Machtfülle, die Watford durch ihn bekommen hatte, jederzeit wieder zurücknehmen können. Dieser Aspekt wird umso wichtiger, wenn wir bedenken, dass Mrs Winters nicht gerade sehr erfreut gewesen sein dürfte, dass ihr Onkel Paul Watford quasi zu seinem Nachfolger gemacht hat. Hätte sie es geschafft, ihren Onkel Mark davon zu überzeugen, dass Paul Watford der falsche Mann sei, das Imperium zu führen, dann käme der Tod von Mark Kingman Paul Watford sehr gelegen. Er hatte also, wenn wir nur die monetäre Seite betrachten, von allen das stärkste Motiv. Aber das gilt in erster Linie für den Mord, nicht für die Frage, wer den fünften Brief geschrieben hat.

Kommen wir zu Irene Winters. Wir wissen, von Paul Watford, dass ihr Onkel es unter allen Umständen verhindern wollte, dass sie Kenntnis von den Briefen erhielt, um sie nicht zu ängstigen. Sie erfuhr also wie alle anderen zum ersten Mal am Freitagabend davon. Hinzu kommt, dass sie nun wirklich absolut kein Motiv hatte, ihrem Onkel nach dem Leben zu trachten. Im Gegenteil, wenn man bedenkt, dass sie am Freitagnachmittag erfahren hat, dass ihr Onkel alle geschäftliche Verantwortung auf Paul Watford übertragen hat, dann hätte sie jedes Interesse daran haben müssen, dass ihr Onkel noch recht lange lebt, denn nur so hätte sie ihn überzeugen können, dass er Paul Watford wieder entmachten sollte.«

»Das stimmt nicht ganz, Inspector«, mischte sich Irene ein. »Paul hatte mir schon bei unserem Gespräch am Freitagnachmittag von den Briefen erzählt.«

Gibbs bedankte sich für die kleine Korrektur und fuhr fort: »Tja, somit kommen wir zum vorläufig letzten, der von den Drohbriefen Kenntnis hatte, zu Dr. James Wafer.«

Der Angesprochene reagierte nicht mehr. Noch immer saß er wie ein Häufchen Elend auf seinem Stuhl und machte den Eindruck, als ginge ihn das Geschehen rund um ihn nichts mehr an.

»Meine Damen und Herren, was wären wir Polizisten, wenn die Verbrecher nicht immer wieder ganz dumme Fehler machen würden? Sie planen die wunderbarsten Gemeinheiten, hecken voller Kreativität Ideen aus, wie sie jemanden zu beseitigen gedenken und letztlich sind es dann ganz dumme kleine Fehler, die ihnen immer wieder zum Verhängnis werden. In diesem Fall heißt der Fehler übermäßige Sparsamkeit. Ich habe mir wegen meines anfänglichen Verdachts noch am Samstag einen Durchsuchungsbefehl für die Wohnung und die Praxisräume des Dr. Wafer besorgt und meine Kollegen von der Metropolitan Police in Newquay haben ganze Arbeit geleistet. Was glauben Sie, haben wir da gefunden? Die Reste der Zeitung? Nein, so schlau war Dr. Wafer wohl, dies alles zu entsorgen. Natürlich fanden wir auch kein ähnliches Papier und keine Kuverts, wie das, das er für Versand des Briefes verwendet hat. Aber seine Sparsamkeit zwang ihn, drei Dinge aufzubewahren, Dinge, die nur Centbeträge wert sind und die jetzt zweifelsfrei seine Urheberschaft am fünften Brief beweisen. Da ist erst einmal die Schere, mit der er die Zeitungsseite beschnitten hat. Mr Wafer, ich frage Sie als Arzt: Hätten Sie sich nicht denken können, dass kleinste Partikel des geschnittenen Papiers an der Schneide hängen bleiben? Papier von der Zeitung, aus der der Brief verfertigt wurde? Dann fanden wir noch den Kleber. Zugegeben, es ist ein ganz normaler Haushaltskleber, wie ihn Millionen benutzen. Aber er entspricht in seiner Zusammensetzung genau dem, mit dem die Zeitungsseiten aufgeklebt wurden. Den wichtigsten

Beweis stellen jedoch vier an der Perforation verbundene Briefmarken dar. Die in dieser Reihe fünfte Marke fanden wir auf dem Kuvert des anonymen Briefes. Wie können wir das wissen? Es ist ganz simpel. Wenn Sie zwei Marken an der perforierten Kante trennen, ergibt sich ein ganz individuelles Abreißbild. Unter dem Mikroskop lässt sich einwandfrei nachweisen, dass die Marke auf dem Drohbrief aus dem Satz von fünf Marken stammt, den wir in Dr. Wafers Haus gefunden haben. Es gibt keinen Zweifel, Dr. James Wafer hat den fünften Brief geschrieben.

Worüber ich allerdings nur spekulieren kann, ist das Motiv. Ich weiß nicht, warum Dr. Wafer diesen Brief geschrieben hat. An seiner Schuld ändert es ohnehin nichts. Ich kann nur vermuten, dass er gehofft hatte, mit dem fünften Brief, der in seiner Aussage viel deutlicher war als die vorherigen, den Verdacht noch stärker auf den Schreiber der ersten Briefe zu lenken.«

Gibbs verließ seinen Standplatz am Kamin und ging langsam durch die Reihen der gespannt Lauschenden.

»Verlassen wir für einen Moment den Mord an Mark Kingman und wenden wir uns dem an Richard Blumenfeld zu.«

»Mord? Selbstmord meinen Sie wohl, es soll doch ein Geständnis in Form eines Abschiedsbriefes geben«, meldete sich Martha Stapleton zu Wort.

»Das ist richtig Ma'm, darauf komme ich noch«, antwortete Gibbs freundlich.

»Erinnern Sie sich an den Sonntagmorgen. Judy Kingman, zu dieser Zeit wusste noch niemand, dass sie in Wirklichkeit Mrs Blumenfeld ist, kam ganz aufgeregt in den Speisesaal und meldete den Tod von Richard Blumenfeld. Als wir an den Tatort kamen, habe ich als Erstes mit ihr gesprochen. Sie erzählte mir die Geschichte von der versprochenen Blutzuckermessung, die sie im Speisesaal auch Ihnen allen erzählt hat. Aber es gab eine Menge Ungereimtheiten in ihrer Geschichte, vor allem die Sache mit dem Schlüssel.

Als ich nämlich gestern den Tatort im Zimmer von Richard Blumenfeld inspizierte, fiel mir auf, dass ein Schlüssel auf dem Nachttisch des Ermordeten lag. Finden Sie das nicht auch seltsam? Warum legt jemand, der sich umbringen möchte, den Schlüssel zu seiner Tür auf seinem Nachttisch ab? Zumal, wenn er die Tür gar nicht abgeschlossen hat. Und dass sie nicht abgeschlossen war, das wissen wir von Judy, denn wie hätte sie sonst am Morgen in sein Zimmer kommen können. Also warum lässt er den Schlüssel nicht einfach in der Tür stecken?

Und dann war da noch der Abschiedsbrief. Wussten Sie übrigens, dass die meisten Selbstmörder gar keine Abschiedsbriefe hinterlassen? Ganz abgesehen davon, halte ich es für total unglaubwürdig, dass jemand, der aus dem Leben scheiden möchte, sich im Haus auf die Suche nach einer Schreibmaschine begibt, diese dann sehr sauber putzt, sie muss ziemlich staubig gewesen sein, denn sie stand jahrelang unbenutzt in einem Schrank hier in der Bibliothek, dann den Brief schreibt, fein säuberlich alle seine Fingerabdrücke auf der Maschine abwischt, die Maschine wieder an ihren Platz zurückstellt, in sein Zimmer geht und sich das Leben nimmt.

Offensichtlich wollte uns jemand glauben machen, Richard Blumenfeld hätte Mark Kingman umgebracht und sich dann aus Reue mit einer Überdosis Insulin selbst getötet. Ich will es kurz machen. Die Obduktion hat definitiv ergeben, dass Richard Blumenfeld ermordet wurde. Und zwar mit einer Überdosis Insulin. In seinem Blut wurde ebenfalls eine hohe Konzentration eines Schlafmittels gefunden. Dies musste ihm der Täter verabreichen, sonst hätte Richard bei eintretender Unterzuckerung sofort Gegenmaßnahmen ergreifen können. Jetzt könnte man einwenden, Richard habe das Schlafmittel vielleicht selbst eingenommen, um sich den Weg ins Jenseits leichter zu machen. Doch diese Möglichkeit scheidet aus. Anhand der verschiedenen Abbauprodukte des Barbiturates im Blut und in der Niere kann man sehen, dass zwischen der Einnahme des Schlafmittels und der Verabreichung des Insulins wenigstens ein Stunde Zeit verstrichen sein musste. Blumenfeld hätte sich die Überdosis Insulin also verpassen müssen, während er im Tiefschlag lag.

Also, meine Damen und Herren, alle die geglaubt haben, mit dem Tod von Blumenfeld sei die Sache geklärt, muss ich an dieser Stelle leider enttäuschen. Richard Blumenfeld war kein reuiger Selbstmörder, er wurde ermordet. Die Frage, die sich jetzt stellt, lautet: Haben wir es auch mit zwei Mördern zu tun? Oder sind beide Opfer von ein und demselben Täter ums Leben gebracht worden?«

Gibbs unterbrach seine Rede, blieb stehen und hob bedeutungsvoll den Finger.

»Ich habe zum Anfang meiner Ausführungen gesagt, dass ich mit der Art und Weise, wie wir den Fall gelöst haben, alles andere als zufrieden bin. Ich habe diese Formulierung gewählt, weil den entscheidenden Beitrag zur Aufklärung dieses Falls wieder einmal Kommissar Zufall geleistet hat. Nicht der große Chief Inspector Hippolyt Gibbs darf sich das Verdienst ans Revers heften, nein, das Lob gebührt diesem ominösen Kollegen. Ohne ihn könnte ich in der Tat jetzt nicht vor Ihnen stehen.«

Gibbs erzählte, wie er nach dem Gespräch mit Dr. Wafer das leere Fläschchen auf dem Felsplateau gefunden hatte. Er berichtete auch von dem identischen Fläschchen, das Watford im Müll der Küche entdeckt hatte.

»Damit steht unumstößlich fest, meine Damen und Herren, dass der Mörder von Richard Blumenfeld auch der Mörder von Mark Kingman sein muss. Ein Zufall, wonach zwei verschiedene Täter ein absolut gleich aussehendes Gefäß benutzen, um ihre mörderischen Ingredienzien zu transportieren, darf nach menschlichem Ermessen ausgeschlossen werden. Ich brauche nicht besonders zu betonen, dass das die Aufklärung des Falles sehr viel einfacher macht.«

Gibbs griff in die Tasche und hielt eines der beiden Fläschchen hoch, sodass alle es in der Runde sehen konnten.

»Hat jemand von Ihnen hier im Haus schon einmal ein Fläschchen wie dieses gesehen?«

Einige schüttelten den Kopf, andere blieben stumm.

»Das habe ich auch nicht erwartet. Und dennoch muss einer von Ihnen dieses Fläschchen wiedererkannt haben. Kommen wir langsam zum Schluss.«

Gibbs drehte sich zu Simon Kingman um.

»Mr Kingman!«

Der so Angesprochene erschrak sichtlich und blickte sich hilfesuchend im Raum um.

»Keine Sorge, Mr Kingman, Sie werden nicht verhaftet, jedenfalls nicht von mir. Als Sie mir am Samstag Ihre total verdreckten Schuhe brachten, da habe ich Sie gefragt, wie Sie wohl an einem Seil aus dem Fenster klettern würden. Erinnern Sie sich daran?«

Simon, dem immer noch nicht wieder so ganz wohl war in seiner Haut, räusperte sich und nickte.

»Natürlich erinnere ich mich daran. Weshalb fragen Sie das?«

»Weil Sie mit dieser Antwort so gut wie sicher aus dem Kreis derer ausschieden, die in Mark Kingmans Zimmer die falschen Spuren gelegt hatten.«

Gibbs erklärte kurz, was es mit der Geschichte mit dem Tau, den »falschen« Fußspuren unter dem Fenster und vom »verlorenen« Hemdknopf auf sich hatte.

»Zuerst dachte ich, diese Spuren wären von dem Menschen gelegt worden, der Mark Kingman auch das Messer in die Brust gestoßen hatte. Aber wir wissen ja nun, dass das nicht sein kann. Denn Dr. Wafer hat lautlos und im Dunkeln gehandelt und wir wissen auch, dass er gar nicht die Zeit dazu hatte, denn er war mit Genevieve Foucault-Kingman und ihrem Ehemann zusammen und verließ die beiden nur kurz, um Nachschub aus dem Weinkeller zu holen. In dieser kurzen Zeitspanne konnte er zwar den Dolchstoß setzen, aber nicht auch noch den Tatort mit mysteriösen Spuren drapieren. Aber wenn er es nicht war, wer war es dann? Und warum diese theatralische Ausschmückung, völlig ohne jeden Sinn und warum das belastende Material dem armen Simon Kingman unterschieben? Doch stellen wir dieses Rätsel noch einmal zurück.

Als uns Miss Judy oder besser gesagt Mrs Blumenfeld während der Testamentseröffnung mit der Tatsache konfrontiert hat, sie sei die Frau von Richard Blumenfeld und damit die rechtmäßige Erbin seines Legats, da war mir klar, warum sie uns die kleine Lügengeschichte von der versprochenen Blutzuckermessung erzählt hat. Sie wollte zu diesem Zeitpunkt nicht preisgeben, in welchem Verhältnis zu Richard sie wirklich stand. Es sei ihr verziehen. Wie es wirklich war, hat sie mir bei unserem zweiten Gespräch unmittelbar nach der Testamentseröffnung erzählt. Danach habe sie sich gegen Mitternacht vor seiner Tür von ihrem Mann getrennt. Sobald ihre Mutter eingeschlafen sei, wollte sie zu ihm kommen und mit ihm über seinen Verdacht bezüglich des Mörders von Mark Kingman sprechen. Sicherheitshalber schloss sie ihn zuvor in seinem Zimmer ein. Als sie dann wenig später am Schnarchen ihrer Stiefmutter erkannte, dass diese eingeschlafen war, ging sie zu Richard, sperrte die Tür auf und legte den Schlüssel auf den Nachttisch. Dann fand sie ihren toten Mann. War es nicht so, Mrs Blumenfeld?«

Judy nickte brav.

»Nun, für mich wäre es eine natürliche Reaktion gewesen, sofort nach Hilfe zu rufen. Mir wäre es in diesem Fall egal gewesen, ob die anderen dann erfahren hätten, dass ich mit Richard verheiratet gewesen bin. Nicht unsere Judy. Sie ging erst mal wieder zu Bett und überlegte, was jetzt zu tun sei. Ihr einziges Interesse war offensichtlich, den anderen zu verheimlichen, sie sei Mrs Blumenfeld. Aber diese menschlich schwer nachzuvollziehende Reaktion kann und darf ich nicht in Zweifel ziehen. Herzloses Verhalten ist in diesem Lande nicht strafbar und ich bin Polizist und kein Moralapostel. Zu denken gegeben hat es mir allerdings schon.

Kommen wir nun zum Wesentlichen. Ich will Ihnen jetzt erzählen, was in dieser Nacht tatsächlich im Zimmer von Richard Blumenfeld geschah, nachdem sich das Ehepaar Blumenfeld vor seiner Schlafzimmertüre verabschiedet hat. Vielleicht sogar mit einem zärtlichen Gute-Nacht-Kuss, mag sein. Doch dann ging Richard in sein Zimmer. Er muss sehr müde gewesen sein, denn das Schlafmittel, das ihm der Mörder mit irgendeinem letzten Getränk verabreicht hatte, tat seine Wirkung. Blumenfeld hatte nicht einmal mehr die Zeit sich auszuziehen. Er fiel wie er war auf sein Bett und lag dort so, bis wir ihn am anderen Morgen gefunden haben. Doch vorher kam der Mörder ins Zimmer, und zwar durch die Hintertür. Da lag er nun, der schlafende Richard. Er hatte noch sein Jackett an. Und lag völlig bekleidet auf seinem Bett. Sogar die Schuhe waren noch an seinen Füßen.

Das Schlafmittel hatte so schnell gewirkt, dass er nicht einmal mehr dazu kam, sich auszuziehen. Als wir seine Leiche fanden, hatte Richard aber sein Jackett nicht mehr an. Es hing fein säuberlich auf einem Kleiderbügel an einem Haken hinter der Tür. Und sein rechter Ärmel war aufgekrempelt. Das war der erste Fehler, den der Mörder gemacht hat. Nur ein Indiz zwar, aber ein Fehler. Denn wenn Blumenfeld so müde war, dass er nicht einmal mehr die Kraft hatte, seine Schuhe auszuziehen, wieso war er dann noch so munter, dass er sein Jackett ausziehen, es fein säuberlich auf einen Bügel hängen und sich den rechten Ärmel hochkrempeln konnte? Vergessen wir nicht, er wollte ja angeblich Selbstmord begehen. Es kann also nur der Mörder gewesen sein, der ihm das Jackett ausgezogen und den Ärmel hochgekrempelt hatte. Und das musste er tun, denn es sollte ja so aussehen, als hätte sich Richard eine Überdosis Insulin intravenös injiziert. Statt aber Richard vollends auszuziehen und seine Kleider ordentlich abzulegen, wie das ein Selbstmörder ohne K.-o.-Tropfen im Blut vermutlich getan hätte, tat der Mörder nur das Notwendigste, spritzte Richard eine ausreichende Menge Insulin und verschwand. So und nicht anders ist Richard Blumenfeld zu Tode gekommen. Aber wer ist dieser geheimnisvolle Unbekannte, der, wie wir definitiv wissen, sowohl Mark Kingman, als auch Richard Blumenfeld getötet hat. Meine Damen und Herren, ich spreche immer vom Mörder. Ich sollte eigentlich von einer Mörderin sprechen. Denn es war Judy Blumenfeld, die ihren Mann und ihren Onkel heimtückisch ermordet hat.«

Für einen Moment war es totenstill in der Bibliothek. Niemand der Anwesenden war imstande, etwas zu sagen oder sich auch nur zu bewegen. Aller Augen waren auf Judy gerichtet. In diesem Moment sprang Dr. Wafer auf und stürzte sich auf das Mädchen. Sein Blick war hasserfüllt und sein Gesicht eine einzige von Wut verzerrte Grimasse.

»Du elendes Flittchen«, schrie er, »du Hure, du hast meinen Sohn getötet, ich werde dich vernichten.«

Doch Melanie hatte aufgepasst. Noch bevor Wafer Judy erreichen konnte, hatte sie sich ihm in den Weg gestellt. Mit einem gekonnten Griff an sein Handgelenk drehte sie ihm den Arm nach hinten, sodass Wafer vor Schmerz aufschrie, griff um seinen Körper herum nach der anderen Hand und im nächsten Augenblick schlossen sich die stählernen Bügel der Handschellen. Wafer wurde zu seinem Platz zurückgeführt, wo er bald ebenso in sich zusammengesunken saß wie vor der Attacke. Der alte Mann wurde jetzt von einem wilden inneren Schluchzen geschüttelt.

Judy war ebenfalls aufgesprungen und hatte sich zu ihrer Stiefmutter geflüchtet, wo sie jetzt wie ein kleines Mädchen mit ängstlichem Blick auf ihrem Schoß saß, den Kopf an ihre Schulter geschmiegt. Der Erste, der sich einigermaßen gefangen hatte, war Simon. Er stand auf und kam drohend auf Gibbs zu.

»Wie können Sie unserer Kleinen nur so etwas antun, Sie herzloser Mensch? Was fällt Ihnen ein, Judy zu beschuldigen, sie hätte kaltblütig zwei Menschen getötet, nur weil sie Sie belogen hat. Sie ist Schauspielerin, eine sensible Künstlerin, da denkt und handelt und fühlt man nicht immer so, wie gewöhnliche Menschen. Was Sie da zusammengetragen haben, sind doch alles nur Vermutungen. Damit können Sie doch keinen alten Hund hinter dem Ofen hervorlocken.«

Auch Watford war herangekommen. Er legte dem erregten Mann die Hand auf die Schulter.

»Beruhigen Sie sich, Mr Kingman, ich kann die Sorge um Ihre Tochter durchaus verstehen.« Und zu Gibbs gewandt fügte er hinzu: »Also nichts für ungut, Chief Inspector, aber wollen Sie uns wirklich sagen, dass Sie nichts Stichhaltigeres haben, als Ihre Vermutung, wie der Mord abgelaufen sein soll? Und über den Mord an Mark Kingman haben wir bislang noch gar nichts vernommen. Ehrlich gesagt, ich verstehe Sie nicht.«

Gibbs schien nicht sonderlich beeindruckt von dem, was Watford ihm entgegengehalten hatte.

»Oh ja, Mr Watford, Sie haben selbstverständlich recht. Ich habe Ihnen nur gesagt, was geschehen ist, und ich kann Ihnen auch sagen, wie der Mord an Mark Kingman ablief. Das war ganz einfach. Jemand hat ihm in den Stunden vor seinem Tod, vermutlich während des Dinners, seine Tagesdosis Digitalis in ein Getränk geschüttet. Das hatte für ihn keine besonderen Folgen. Erst als er spät am Abend noch einmal die gleiche Dosis bekam, traten die Vergiftungserscheinungen ein.

Mr Watford, Mr Kingman und Sie alle, die Sie hier versammelt sind. Glauben Sie im Ernst, ich würde eine solche Beschuldigung gegen eine so bezaubernde und wie es scheint total hilflose junge Dame erheben, wenn ich sie nicht beweisen könnte? Natürlich kann ich das und ich werde es auch tun. Sehen Sie, die zweite Geschichte, die mir Judy Blumenfeld erzählt hatte, war wiederum eine Lügengeschichte, genau wie die erste.

Erinnern Sie sich bitte. Sie sagte aus, sie hätte Richard angeblich zu seiner eigenen Sicherheit eingesperrt, wäre dann zu ihm gekommen, hätte aufgesperrt und den Schlüssel auf das Nachttischchen gelegt. Leider ist ihr dabei ein dummer Fehler unterlaufen. Sie hat die beiden ziemlich gleich aussehenden Schlüssel, den von der Hintertür und den von der Vordertür verwechselt.

Ich habe Ihnen ja bereits gesagt, dass ich mich schon am Morgen über den Schlüssel auf dem Nachttisch gewundert habe. Plötzlich kam mir der Verdacht, es könnte sich vielleicht gar nicht um den Zimmerschlüssel handeln. Also probierte ich ihn aus. Und richtig, der Schlüssel passte nicht in das Schloss der Zimmertür. Vielmehr konnte man mit diesem Schlüssel eine zweite Tür in Blumenfelds Zimmer aufsperren, nämlich diejenige, die vom hinteren Teil des Zimmers in den Westflügel führt, genauer gesagt in eine Putzkammer des Westflügels. An dieser Tür, die laut Jonathan angeblich seit Jahren nicht mehr benutzt wird, fand ich Spuren, die mir zeigten, dass sie erst kurz zuvor geöffnet worden sein musste. Und der Schlüssel dazu, von dem Jonathan übrigens behauptet, er sei seit Monaten unauffindbar, lag auf Richards Nachttisch. Ich gebe zu, ich war etwas verwirrt. Im ersten Moment dachte ich, vielleicht war Richard doch der Mann, der nachts von seinem Zimmer aus durch die Hintertür in den Westflügel schlich und Mark Kingman den Dolch ins Herz rammte. Doch von diesen Überlegungen verabschiedete ich mich schnell wieder. Zum einen konnte man an der Tür eindeutig feststellen, dass sie von außen geöffnet wurde und zweitens wäre Richard doch nicht so töricht gewesen und hätte den Schlüssel nach der Messerattacke auf seinem Nachtschränkchen deponiert.

Jetzt frage ich Sie, wie kann das sein. Glauben Sie mir, es gibt nur eine Erklärung. Judy war nicht im Besitz des vorderen Schlüssels. Der steckte nämlich innen an der Tür, weil Richard selbst abgesperrt hatte, als er sich von Judy verabschiedete. Judy kann also nur über die hintere Tür ins Zimmer gekommen sein, denn dass sie dort war, bestreitet sie ja nicht. Nach dem Mord wollte sie dann das Zimmer über die Vordertür verlassen. Ihr war klar, dass sie den Schlüssel nicht mitnehmen konnte, sonst hätte man ihn ja vermisst. Also legte sie ihn auf das Nachttischchen. Unglücklicherweise vertauschte sie die beiden Schlüssel und legte den, mit dem sie gekommen war, auf dem Tischchen ab und nicht den für die Vordertür. Den Schlüssel für die Vordertür haben wir übrigens gestern in ihrem Zimmer gefunden. Ich denke, das ist schon ein sehr erdrückendes Indiz.

Aber auch das wäre mir noch zu wenig, um damit vor Gericht zu gehen. Viel bedeutender sind die beiden Fläschchen. Ich glaube, wir dürfen uns einig sein, dass durch die Tatsache, dass in einem der Fläschchen das Digitalis war und in dem anderen das Barbiturat, das wir im Körper von Blumenfeld gefunden haben, hinlänglich bewiesen ist, dass beide Morde von ein und demselben Täter verübt wurden. Das Fläschchen, das Sie, Mr Watford, im Küchenmüll entdeckt haben, trug Ihre Fingerabdrücke. Sie überlagerten einige ältere Abdrücke, die nicht mehr zu identifizieren waren. Das andere aber wies klare Abdrücke von Judy Blumenfeld auf.

Es tut mir leid, meine Damen und Herren, ich glaube unter diesen Umständen ist die Schuld von Judy Blumenfeld hinlänglich bewiesen.«

Watford, der Gibbs aufmerksam zugehört hatte, nickte.

»Es sieht so aus, Chief Inspector, als hätten Sie da in der Tat ein paar sehr schwere Trümpfe in der Hand.«

Und zu Judy gewandt fügte er noch hinzu: »Wenn ich dir als Anwalt der Familie einen Rat geben darf, äußere dich am besten nicht mehr zu der ganzen Geschichte. Wenn es zu einem Prozess kommen wird, werden wir dir den besten Strafverteidiger von ganz England zur Seite stellen. Das verspreche ich dir.«

Judy, die fast weinerlich, wie ein kleines Mädchen, dem der Nikolaus seine bösen Taten vorhält, den Ausführungen Gibbs gefolgt war, hatte ihren Platz in den Armen von Genevieve verlassen. Von einem Augenblick zum anderen war sie nicht mehr das kleine ängstliche Mädchen. Was sie von Watfords Angebot hielt, zeigte sie ihm mit einer unmissverständlichen Geste ihres linken Mittelfingers. Breitbeinig, die Hände in die Hüften gestützt, ging sie zu Dr. Wafer. Sie sah ihn herablassend an und spuckte vor ihm auf den Boden.

»Dieses Monster war also Ihr Sohn. Das wusste ich nicht. Aber vielleicht hätten Sie sich mal besser um ihn kümmern sollen, dann wäre vielleicht ein anständiger Mensch aus ihm geworden.«

Sie schnappte sich einen Stuhl, stellte ihn geradewegs vor die Front der versammelten Familienmitglieder und setzte sich rücklings drauf, die Arme über der Rückenlehne gekreuzt. Voller Verachtung sah sie in die Runde.

»Ihr miesen alten Heuchler. Ihr kotzt mich so was von an. Im Grunde eures Herzens seid ihr doch alle froh, dass ich euch zu eurem Erbe verholfen habe. Ohne mich hättet ihr noch Jahre gewartet. Und wer von euch hätte das schon erlebt. Und tut nur nicht so, als würde euch Richard leidtun. Die ganzen Jahre habt ihr ihn wie einen Bastard behandelt. Ihr habt ihn doch nur geduldet, weil ihr es euch nicht mit dem Alten verscherzen wolltet.

Und doch. Dieses harmlose und anscheinend so zurückhaltende und bescheidene Bürschchen, wie ihr ihn kennt, war in Wirklichkeit ein Monster. Ich bin vor 14 Monaten auf ihn hereingefallen. Und ich habe die Hölle erlebt. Spontan wie ich nun mal bin, habe ich ihn geheiratet. Er tat mir einfach leid. Und seine schüchterne zurückhaltende Art hat mir imponiert. Als wir vorvergangenes Weihnachten wieder in London zurück waren, sind wir gleich zum Standesamt. Und schon hatte ich die Scheiße an der Backe. Der ach so arme, arme zuckerkranke Richard. Ja, zuckerkrank war er auch. Daneben war er noch alkoholkrank, drogensüchtig, sexsüchtig und gewalttätig.

Haben das Ihre Spurensicherungsleute nicht bemerkt, Mr Ganzschlau? Haben sie sein Gepäck nicht durchsucht? Schade, sonst hätten sie bestimmt jede Menge Koks gefunden. Wenn er gesoffen hatte, hat er mich mehr als einmal grün und blau geschlagen. So war er nämlich, der ruhige sensible Dickie. Schon nach einem halben Jahr Ehe wollte ich ihn nur noch loswerden. Als er sich dann die Geschichte mit den Briefen ausgedacht hatte, da kam mir die Idee, wie ich die für mich nutzen konnte. Von seiner Seite aus war das alles ja nur ein Scherz. Er schiffte sich fast ein vor lachen, wenn er sich vorstellte, wie Mark die Dinger lesen würde. Im Grunde war es ihm scheißegal, ob er der Sohn von Mark war oder nicht, solange die Kohle von Mark kam. Und die kam. Monat für Monat. Und zum Geburtstag extra. Ich war echt neidisch. Ich musste meinem Vater jedes Pfund aus den Rippen leiern und er brauchte nur zur Bank gehen und abheben.«

»Aber warum um Himmels Willen hast du denn Mark umgebracht?«, meldete sich Irene aus dem Hintergrund.

»Na, das ist doch klar«, antwortete Judy freimütig, »das war doch gerade der Gag an der Sache. Ich brauchte doch ein Opfer, damit ich Richard einen Mord in die Schuhe schieben und dann seinen reuevollen Selbstmord inszenieren konnte. Und Mark war am besten geeignet. Ich wusste, dass er das Digitalis brauchte und außerdem war da noch die Erbschaft. Ich hätte auch Martha nehmen können, die alte Ziege, aber das wäre viel schwieriger gewesen.«

Die so Titulierte stieß einen spitzen Schrei aus und rief Judy sehr undamenhaft zu: »Miese Schlampe!«

Judy war mit ihrem Bericht noch nicht zu Ende.

»Das Dumme war nur, dass mir Charles dazwischengefunkt hat. Wenn ich das gewusst hätte, hätte ich mir die Arbeit sparen können.«

Gibbs, der die ganze Zeit über nur geschwiegen und sich Notizen gemacht hatte, schaltete sich wieder ein.

»Und was sollte die Geschichte mit dem Tau und den Schuhen und dem Hemdknopf?«, wollte er wissen.

»Ach das, das war doch nur so eine Art Übergag. Ich wollte es meinem Vater mal so richtig heimzahlen. Sollte er doch verdächtigt werden. Der geht mir doch sowieso so was von am Arsch vorbei. So und nun muss ich mal für kleine Mädchen. Ihr entschuldigt mich doch mal.«

Gibbs gab Melanie ein Zeichen und diese folgte ihr. In der Bibliothek saßen und standen die übriggeblieben Mitglieder der Familie. Sie alle waren fassungslos. Auch denjenigen, die bis zuletzt gehofft hatten, alles würde sich irgendwie doch noch als harmlos herausstellen, wurde jetzt das ganze Ausmaß der Katastrophe bewusst. Da war nichts Heroisches an diesen Morden, nichts, was für eine Familie wie die der Kingmans standesgemäß gewesen wäre, kein Herzblut, keine Leidenschaft, nicht einmal Eifersucht. Es war ein ganz billiges Vorstadtverbrechen, dumm aber kaltblütig durchgezogen von einer geldgierigen Neureichentochter, ohne jede Rücksicht.

Instinktiv hatten sich alle um Irene und Watford geschart. Nur Dr. Wafer saß mit Handschellen, die Hände auf den Rücken gefesselt, da und starrte ins Leere. Irene hatte nach Jonathan geläutet und bestellte im Speisesaal für alle heißen Tee und ein paar Biskuits. Wer wollte, sollte auch einen Whiskey bekommen.

In diesem Moment erschien eine etwas aufgelöste Melanie im Raum und flüsterte Gibbs etwas ins Ohr, der gerade seine Ärmel wieder herunterkrempelte und im Begriff war, sein Sakko anzuziehen.

»Ich erfahre soeben, dass Judy Blumenfeld aus dem Fenster der Toilette gesprungen und geflüchtet ist. Ich werde die Metropolitan Police anrufen müssen. Wir brauchen Leute, um die Insel systematisch zu durchsuchen. Bis es soweit ist, werde ich mit der Suche schon mal beginnen.«

Er befahl Melanie, auf Wafer aufzupassen und wandte sich an Watford.

»Sir, ich habe am Pier unten so eine Art Bootshaus gesehen? Gibt es dort ein Schiff, mit dem Judy die Küste erreichen könnte?«

»Im Prinzip schon«, meinte Watford, »dort liegt die Motorbarkasse von Mark Kingman. Aber ich glaube nicht, dass sie die in Gang bekommt. Ich werde aber besser mal Mills bitten, zur Anlegestelle hinunterzufahren und dort Wache zu halten. Wenn ich fertig bin, würde ich Sie gerne bei der Suche unterstützen, Chief Inspector.«

»Ich auch«, meldete sich Simon und Genevieve bot sich an, das Haus zu durchsuchen.

Als die Männer knapp zehn Minuten später das Haus verließen, hatte es leicht zu nieseln begonnen. Gibbs schickte Simon den östlichen Höhenweg entlang, er selbst wollte mit Watford die westliche Route nehmen.

Gibbs hatte irgendwie so ein Gefühl, sie könnte den Weg eingeschlagen haben, den sie auch gegangen war, um das Fläschchen zu entsorgen. Als sie die ersten Höhenmeter überwunden hatten und sich die Bäume des Parks lichteten, konnten sie den Weg vor sich sehen, wie er sich im Abstand von wenigen Metern zum Klippenrand zum höchsten Punkt der Nordspitze hinaufschlängelte.

»Hier, sehen Sie mal.«

Gibbs zeigte Watford einen undeutlichen Fußabdruck im feuchten Gras. Wenn man genau hinschaute, konnte man eine schwache Spur erkennen, die sich vom Hauptweg durch das Riedgras bis zu der Ginsterhecke zog, die Gibbs gestern den Weg versperrte. Die beiden Männer folgten der Spur. Als sie die Stelle der Hecke erreichten, durch die Gibbs gestern schon gekrochen war, entdeckten sie an den dornigen Zweigen ein paar schwarze Fäden, die von Judys Kleid zu stammen schienen. Gibbs zwängte sich erneut durch die Lücke, Paul folgte ihm. Vorsichtig gingen sie den Weg nach unten, der durch den leichten Regen heute gefährlich glitschig war. Das Wasser, das von der Felswand zu ihrer Rechten herunterfloss, sorgte für deutlich größere Rinnsale auf dem Weg. Es dauerte nicht lange, bis das Felsplateau in Sicht kam. Gibbs, der vorausgegangen war, hielt inne und deutete nach vorne. An der Wasserstelle kniete Judy und drehte ihnen den Rücken zu. Mit seltsam anmutenden Bewegungen wiegte sie ihren Oberkörper hin und her, warf bald den einen oder den anderen Arm in die Luft oder schöpfte Wasser mit den Händen aus dem Felsenbecken, um es sich über das Haupt rieseln zu lassen. Sie hatte einige Farne ausgerissen, zu einem Kranz gewunden und ihn sich ins Haar gesteckt. Vorsichtig und fast lautlos näherten sich Watford und Gibbs. Doch ein unbedachter Schritt und Gibbs rutschte mit einem Fuß ein paar Zentimeter auf dem losen Geröll bergab. Judy drehte sich um. Sie stand auf. Als sie Gibbs und Watford erblickte, lächelte sie und breitete die Arme wie zum Willkommensgruß aus.

»Oh Hamlet, oh Laertes. Welche Freude, dass ihr mich besuchen kommt. Wie war die Überfahrt, mein Prinz?«

Judy wiegte sich leicht in den Hüften und machte einige Tanzschritte. Ihr nasses Haar fiel ihr strähnig über die Schulter. Ihr Mund lächelte, aber ihre Augen blickten leer und trostlos aufs Meer hinaus. Langsam versuchte sich Gibbs zu nähern.

Doch Judy streckte ihm die Hand abwehrend entgegen.

»Nein, nein, hierher könnt Ihr nicht kommen, fremde Herren, hier ist die Bühne. Nur Schauspieler dürfen hier sein. Und nur die besten.«

Paul versuchte es mit Worten: »Komm Judy, wir wollen dich ins Haus bringen, hier erkältest du dich, sei lieb und komm. Deine Mutter weint sehr um dich.«

Er streckte ihr die Hand entgegen, aber Judy wich ganz zurück, bis an den Rand des Plateaus. Der Abstand war zu weit, sie waren noch gut zehn Meter von Judy entfernt. Selbst wenn sie sich beeilten, würden sie es nicht schaffen. Judy begann ihre Haare zu Zöpfen zu flechten. Dazu sang sie:

For bonny sweet Robin is all my joy
And will he not come again?
And will he not come again?

»Sie ist verrückt geworden. Sie glaubt, sie wäre Ophelia. Was machen wir jetzt?«

Gibbs und Watford sahen sich ein wenig ratlos an.

»Etwas müsste sie ablenken, dann könnte ich vielleicht rankommen«, flüsterte Gibbs Paul zu.

His beard was as white as snow
All flaxen was his poll

Ihr zartes Stimmchen brach sich an der Felswand und brachte die Luft zum Vibrieren. Plötzlich schien sie einen lichten Moment zu haben.

»Was wollen Sie von mir, Inspector? Glauben Sie ernsthaft, ich würde mich von Ihnen festnehmen lassen? Hahahaha! Lieber springe ich in die Tiefe.«

Mit einer theatralischen Handbewegung deutete sie nach unten. Ein irrsinniges Lachen entrang sich ihrer Brust. Jetzt versuchte es Watford.

»Niemand will dich festnehmen, Judy. Wir wollen nur, dass du nach Hause kommst, damit du dich nicht erkältest.«

Meine Herren,
so nett und adrett wie ihr dort steht,
geht nach Haus in euer Bett.
Ich will heut' Nacht nicht mit euch geh'n.
Ich will euch beide nicht mehr seh'n.

»Ophelia wird jetzt ihrem Leben ein Ende setzen.«

Und wieder fing sie mit dieser seltsamen Stimme an zu singen:

God ha' mercy with my soul
And of all Christian souls.
I pray God
God bye you

»Kennen Sie Hamlet? Das waren Ophelias letzte Worte im Stück. Was wird sie jetzt tun?«

»Ich weiß es nicht«, antwortete Gibbs. »Wir müssen mit ihr reden. Eine andere Chance haben wir nicht. Reden Sie über irgendwas. Fragen Sie sie etwas. Fragen Sie sie nach Richard.«

In diesem Augenblick schallte von oben eine Stimme herab.

»Judy, mein Schatz, was machst du denn da unten?«

Judy sah nach oben. Simon war an die Stelle gelangt, von wo aus Judy das Fläschchen heruntergeworfen hatte. Mit Entsetzen starrte er auf seine Tochter, die nur wenige Zentimeter vor dem Abgrund stand, jederzeit bereit, sich hinunterzustürzen.

Gibbs wusste, dass dies seine einzige Chance war. Judy war abgelenkt. Offensichtlich hatte Judy gerade wieder einen ihrer lichten Momente.

»Bist du es, Vater?«

Sie hielt die Hand über die Augen und starrte nach oben. Langsam, Schritt für Schritt, ging Gibbs auf Judy zu. Doch Simon konnte von seinem Platz aus Gibbs nicht sehen. Er rief Judy zu: »Halt aus Mädchen, ich komme und hol dich.«

Offensichtlich verschwand Simon aus Judys Blickfeld. Sie senkte den Blick und sah in Gibbs' Richtung. Es waren noch gute fünf Meter, die Gibbs fehlten. Er blieb wie angewurzelt stehen und bewegte sich nicht. Doch er wusste, dass er zu spät kam. Er sah es an ihren Augen. Sie war jetzt bereit, bereit für den finalen Schritt. Ein letztes Mal breitete sie die Arme aus, machte einen Knicks, als würde sie sich beim Publikum für den Applaus bedanken und trat zurück. Nur einen kleinen Schritt. Es war einer zu viel. Mit einem wie es schien überraschten, schier endlos langen Schrei stürzte sie rücklings in die Tiefe. Der Schrei endete erst, als der Körper am Fuß der Wand aufschlug.

Gibbs streckte die Arme aus. Eine sinnlose, verzweifelte Geste sie zurückzuhalten. Dann drehte er sich zu Watford um. Der kam ihm entgegen und nahm ihn am Arm: »Sie trifft keine Schuld, Sir. Noch ein Satz mehr von Simon und wir hätten sie gehabt. Aber woher sollte Simon das wissen.«

Watford beugte sich vorsichtig über den Rand des Plateaus. Aber alles, was er sah, waren knorriges Gestrüpp und die Brecher, die unbeeindruckt von dieser Tragödie gegen die Felsen am Fuß der Klippe donnerten.

Auf dem Weg nach oben kam ihnen Simon entgegen. Sie erklärten ihm kurz die Situation und machten sich dann gemeinsam auf den Rückweg.

Gibbs rief als Erstes das Suchkommando zurück und bat Hutchinson, mit dem Boot der Küstenwache zur Insel zu kommen.

»Es wird nur eine Festnahme geben, Sir, ein gewisser Dr. James Wafer. Schreiben Sie als Begründung: Mordversuch an Mark Kingman. Die eigentliche Mörderin hat sich gerade selbst gerichtet. Wir bräuchten ein Boot an der Westseite der Insel, vielleicht können wir den Leichnam bergen. Und es wäre schön, wenn Sie die ganze Bagage hier mit aufs Festland nehmen könnten. Der Fall ist abgeschlossen.«

Dann ging er in den Speisesaal, wo Watford den dort wartenden Angehörigen in kurzen Worten erklärte, was geschehen war.

Es war Irene Winters, die schließlich das Wort ergriff.

»Mr Gibbs, was ich nicht verstehe, ist, warum hat Dr. Wafer versucht meinen Onkel zu töten?«

Melanie, die den Arzt in der Obhut von Jonathan gelassen hatte, mischte sich ein.

»Ich kann das erklären«, sagte sie. »Wafer hat es mir gerade erzählt. Er ist jetzt übrigens wieder vernünftig, ich habe ihm die Handschellen abgenommen. Er sitzt mit Jonathan im Butlerzimmer und wartet darauf, dass ihn die Kollegen aus Newquay abholen. Soll ich, Chief?«

Gibbs nickte.

»Wafer ist schwer krank. Er hat nur noch wenige Monate zu leben. Aber er hat Mark Kingman damals schwören müssen, dass er es nicht war, der Richards Mutter geschwängert hatte. Er konnte, wie er sagt, diesen Schwur nicht brechen. Er dachte früher immer, er würde Mark überleben und wäre dann nicht mehr an seinen Schwur gebunden. Doch jetzt war ihm klar, dass er vor Mark sterben würde. Deshalb wollte er ihn töten, um sich endlich seinem Sohn offenbaren zu können.«

Irene hielt vor Verzweiflung die Hände vors Gesicht. Unter mitleiderregendem Schluchzen stieß sie hervor: »Aber dafür hätte er ihn doch nicht töten müssen. Mark hätte ihm vielleicht die Freundschaft gekündigt, aber er hätte ihm doch nichts tun können.«

»Doch!«, gab Watford zu bedenken, der zu Irene getreten war und sie vor den Augen aller liebevoll um die Schulter fasste: »So einfach ist die Sache leider nicht. Da gab es in der Vergangenheit eine unschöne Geschichte. Wafer wollte Mark mit ein paar Immobilien in Newquay betrügen. Mark hat das aber spitzgekriegt und ihm gesagt, jetzt wären sie quitt. Das war übrigens die Anspielung im Testament. Wenn Mark ihm jetzt seine Unterstützung entzogen und die Sache öffentlich gemacht hätte, wäre Wafer in den Knast marschiert. Abgesehen davon, dass er pleite gewesen wäre. Die Tragik an der Sache ist nur, Mark wusste schon seit Langem, dass Wafer Richards Vater war. Nachdem der Vaterschaftstest, den Mark hatte machen lassen, negativ war, hat er einen Gentest von den beiden anfertigen lassen. Deshalb wusste er auch längst, dass ihn Wafer belogen hatte.«

»Die Welt ist schlecht. Und immer geht es nur ums liebe Geld«, gab Martha Stapleton zu bedenken.

»Komm Robert, wir packen, vielleicht nimmt uns der Inspector mit aufs Festland, wenn wir brav sind.«

»Das kann ich gerne tun.«

Gibbs wandte sich an alle Umstehenden.

»Selbstverständlich gilt das auch für alle anderen Gäste. Wer abreisen möchte: Das Schiff der Küstenwache nimmt Sie gerne mit nach Newquay.«

Die Gäste ließen sich das nicht zweimal sagen und verschwanden in ihre Zimmer, um ihre Koffer zu packen. Auch Gibbs und Melanie begaben sich in ihre Zimmer.

Irene, die noch immer von Paul im Arm gehalten wurde, sah ängstlich zu ihm auf.

»Und du? Wirst du auch zurückfahren?«

Watford lächelte schelmisch.

»Wieso fragst du? Du wolltest doch, dass ich zurückfahre und am besten nie mehr wiederkomme.«

Irene gab ihm einen zärtlichen Stups und hielt ihm ihren Mund hin, um einen Kuss einzufordern. Sie bekam ihn.

»Was hältst du davon, wenn wir morgen gemeinsam nach London aufbrechen. Ich muss mal wieder in die Zentrale und außerdem möchte ich zu gerne deine Wohnung in London kennenlernen.«

»Oh ja, das klingt gut. Und heute Abend machen wir es uns so richtig gemütlich.«

Draußen hörte man den Hillman vorfahren. Hutchinson war gekommen.

Der Autor

Maximilian Maurer, geboren 1947 in München, war nach seiner Ausbildung zum Verlagskaufmann als Anzeigen- und Werbeleiter in einem kleinen Münchner Zeitschriftenverlag tätig. Danach wechselt er zum Wiesbadener Kurier in den redaktionellen Bereich. Bis zu seinem Ruhestand im Jahre 2011 war er über viele Jahre Redakteur und Pressesprecher beim ADAC in München.

Leichen kann man nicht ermorden ist der erste Fall für Chief Inspector Hippolyt Gibbs und Maximilian Maurers Debütroman.